U0096203

古典文獻研究輯刊

三 編

曾 永 義 主編

第14冊

宋傳奇「人鬼戀」研究

林 溫 芳 著

國家圖書館出版品預行編目資料

宋傳奇「人鬼戀」研究／林溫芳 著 — 初版 — 新北市：花木
蘭文化出版社，2011〔民100〕
目 4+170 面；19×26 公分
（古典文學研究輯刊 三編：第 14 冊）
ISBN：978-986-254-556-0（精裝）
1. 傳奇小說 2. 文學評論 3. 宋代
820.8   100015007

ISBN-978-986-254-556-0

9 789862 545560

古典文學研究輯刊
三 編 第十四冊   ISBN：978-986-254-556-0

宋傳奇「人鬼戀」研究

作　　者　林溫芳
主　　編　曾永義
總 編 輯　杜潔祥
出　　版　花木蘭文化出版社
發 行 所　花木蘭文化出版社
發 行 人　高小娟
聯絡地址　新北市永和區中正路五九五號七樓
　　　　　電話：02-2923-1455／傳眞：02-2923-1452
網　　址　http://www.huamulan.tw 信箱 sut81518@ms59.hinet.net
印　　刷　普羅文化出版廣告事業
初　　版　2011 年 9 月
定　　價　三編 30 冊（精裝）新台幣 48,000 元

宋傳奇「人鬼戀」研究

林溫芳　著

作者簡介

林溫芳，台灣台南人。曾任職出版社叢書編輯、電子報特約編譯，並曾任教於國、高中。目前為文字工作者、中國文化大學中國文學系博士研究生。

提　　要

　　宋傳奇上承唐代傳奇，下開明清文言小說，是中國文言小說演進歷程中不可或缺的一環。至於人鬼戀類型的故事，雖不乏研究者，然選材多集中於六朝志怪、唐傳奇及明清小說，宋代傳奇小說相關研究則付之闕如。本文試圖據此作全面且周延的探究，以彌補人鬼戀故事研究的斷層。

　　全文分六章。首先，討論宋傳奇人鬼戀之創作背景，及回顧前代相關故事的發展，冀全面瞭解現實社會對人鬼戀故事的影響。其次，將宋傳奇人鬼戀分為「兩情相悅」、「癡鬼單戀」、「貪慾尋歡」及「負心復仇」四大類，冀藉此四種歸納類型，凸顯宋傳奇人鬼戀之特色與殊處。接著，論述宋傳奇人鬼戀所反映之思想與特色。再者，探討宋傳奇人鬼戀之藝術手法，以明瞭此類小說在技巧上的傳承創新及藝術成就。最後，說明宋傳奇人鬼戀受制於時代背景所造成之侷限並歸結其對後世之影響。

　　每個朝代各有其特殊的時代背景與社會文化，類似的故事所呈現的旨趣與思想意涵自亦有別。人鬼戀故事是怪誕不經的幻想，是跨越陰陽的情緣，牽繫陽世與幽冥的靈魂。宋傳奇人鬼戀結合旖旎的戀情和冷酷的世態，透過作家的筆端，傳達出時代精神。所以故事中的人鬼戀情正如同世間男女的愛情，在充滿悲歡離合的癡迷裡，尋求慰藉與真愛；同時，又揭露時人對情慾的態度，反映出當時的社會文化、思想等實況。

目次

第一章　緒　論

第一節　研究動機與目的

一、確立宋代傳奇之價值

　　長期以來，宋代的文言小說多被研究者忽視，揆其原因，除六朝志怪、唐傳奇及明清小說各具特色，加上宋代又有話本等具濃厚時代性的文體出現外，某些學者對宋代文言小說的評價不高，亦是主因。如明代胡應麟認爲，「小說唐人以前記述多虛而藻繪可觀，宋人以後論次多實而彩豔殊乏。」〔註1〕楊愼亦主張：「宋人小說不及唐人」。〔註2〕近代學者魯迅承繼胡應麟之說，評論宋代小說：「既平實而乏文采，其傳奇，多託往事而避近聞，擬古且遠不逮，更無獨創之可言矣。」〔註3〕從此，宋代文言小說多被忽略，直至二十世紀八

〔註1〕　〔明〕胡應麟：《少室山房筆叢・九流緒論下》（臺北：臺灣商務印書館，1983年，影印《文淵閣四庫全書》冊886），卷13，頁306。

〔註2〕　〔明〕楊愼：《升庵全集・小說》（臺北：臺灣商務印書館，1968年，《國學基本叢書》冊308），卷71，頁925。

〔註3〕　魯迅：《中國小說史略》，收入《魯迅小說史論文集－中國小說史略及其他》（臺北：里仁書局，2003年2月），頁93。其後的學者，如孟瑤引用魯迅對宋傳奇的批評，謂：「宋朝的傳奇志怪是遠遜前代」。見氏著：《中國小說史》（臺北：傳記文學出版社，1986年1月），頁124～125。又如，吳組緗、沈天佑：「宋人的文言小說，無論是仿六朝短書體的也好，抑仿唐代傳奇體的也好，從內容到藝術描寫都無新的內容和新的發展。」見氏著：《宋元文學史稿》（北京：北京大學出版社，1989年），頁219。再如，齊裕焜：「宋代傳奇是直接承襲唐傳奇而來的，其成就遠不如唐傳奇。」見氏著：《中國古代小說演變史》

○年代以後，才逐漸受到學者的注意。〔註4〕

　　試觀宋傳奇，也許文采與虛構幻設的程度不若唐傳奇，但就文學史的角度，實居承轉樞紐，更遑論其中許多作品被後世仿效、演化。其中多篇人鬼戀故事更是一再被後代話本小說、戲曲所敷衍，如〈王魁傳〉敘寫王魁負桂英，桂英化為厲鬼復仇；又如〈錢塘異夢〉寫宋代才子司馬槱與南朝錢塘名妓蘇小小的人鬼相戀故事。其他如〈越娘記〉、〈四和香〉、〈無鬼論〉、〈大桶張氏〉等也流傳甚廣，多為後人所援引。〔註5〕由此可見，宋傳奇必有值得深入研究探討之處。何任一種文學的產生與流傳，自有其現實需求及文化背景。因此，在評價某一時代的文學、體裁，甚至是故事題材時，不應單從作品本身的創作意識、文采、風格及創作藝術等面向加以評斷，應同時考察其所處的環境與整個文學發展歷程，方能作出較全面而完整的評價。因此，雖然宋傳奇內容逐漸俗化，不似唐傳奇之綺麗華美，總體價值卻不容全盤抹煞。故擬將宋傳奇人鬼戀還原於歷史環境中，希冀爬理出殊性。

二、探索跨越生死之情愛

　　「問世間，情是何物？直教人生死相許！」愛情一直是人生的課題。兩漢樂府〈上邪〉〔註6〕傳達出男女之間對愛情的專注，是綿延不絕，是執意以求，更是至死不渝；南朝樂府：「沒命成灰土，終不罷相憐」〔註7〕更是生死

　　　　（甘肅：敦煌文藝出版社，1990 年 9 月），頁 45。其他如李悔吾、郭一箴等
　　　　人的說法與前述類似。詳見李悔吾：《中國小說史》（臺北：洪葉文化事業有
　　　　限公司，1995 年 4 月），頁 107。郭一箴：《中國小說史》（臺北：臺灣商務印
　　　　書館，1999 年 4 月），頁 136。

〔註4〕　趙章超指出，宋代文言小說直至二十世紀八○年代以後才開始逐漸受關注，揆
　　　　其原因，應與《中國文言小說百部經典》、《宋元筆記小說大觀》等小說叢書
　　　　相繼完成有關。見氏著：〈宋代志怪傳奇小說研究百年綜述〉（《社會科學研
　　　　究》，2002 年第 5 期），頁 141～148。

〔註5〕　有關宋傳奇人鬼戀被後世小說、戲曲援引的情況，詳見本文第六章第一節。

〔註6〕　〈上邪〉：「上邪！我欲與君相知，長命無絕衰。山無陵，江水為竭，冬雷震
　　　　震，夏雨雪，天地合，乃敢與君絕。」〔宋〕郭茂倩編撰：《樂府詩集・鼓吹
　　　　曲辭》（臺北：里仁書局，1984 年 9 月）冊 1，卷 16，頁 231。

〔註7〕　〈歡聞變歌〉：「金瓦九重牆，玉壁珊瑚柱。中夜來相尋，喚歡聞罔顧。歡來
　　　　不徐徐，陽窗都銳戶。耶婆尚未眠，肝心如推櫓。張罟不得魚，魚不櫓罟歸。
　　　　君非鸂鶒鳥，底為守空池？刻木作班鳩，有翅不能飛。搖著帆檣上，望見千
　　　　里磯。鍥臂飲清血，牛羊持祭天。沒命成灰土，終不罷相憐。駛風何曜曜，
　　　　帆上牛渚磯。帆作繖子張，船如侶馬馳。」詳見《樂府詩集・清商曲辭》，同

相依、相隨的愛情誓言。愛情到底有怎樣的魔力，令人不惜捨生相許？又是如何的纏綿俳惻，得以牽繫陽世與幽冥？人鬼之間的情愛糾葛，耐人尋味。

李劍國先生曾指出，「（愛情）這一主題雖說不是被表現得最多的，卻無疑是最重要的，包括了相當多的優秀傳奇，具體素材或純爲人事，或涉神鬼精怪，五彩紛呈。在傳奇文中幾乎從始至終貫穿著這一主題……。」〔註8〕試觀宋傳奇表現愛情主題的作品亦相形精彩，尤其是「陰間的女鬼來找陽世的男人，而且發生性關係，是魂魄傳奇中最具特色的兩性關係」。〔註9〕歷來學者在談論人鬼戀的流變時，多由六朝志怪，至唐傳奇，接著就是明、清小說；截至目前爲止，尚未出現探討宋傳奇人鬼戀之專著，甚至單篇論文也付之闕如。誠如程毅中先生所言：「沒有宋代傳奇，就不會有元明的傳奇小說，也就不能解釋清代《聊齋志異》的出現。」〔註10〕因此，本文試圖探索宋傳奇的陰陽情緣，以彌補人鬼戀故事研究的斷層。

第二節 研究範圍與文獻回顧

一、研究範圍

宋人傳奇是唐傳奇與明清文言小說之間的一個重要環節。〔註11〕所謂「傳奇」，乃是「從先秦兩漢史傳文學蘗變而來，由『雜傳』和『志怪』相結合而產生的一種極具文學性的文言小說形式。」〔註12〕至於傳奇的特色，正如魯

上註，卷45，頁657。
〔註8〕李劍國：《唐五代志怪傳奇敘錄》（天津：南開大學出版社，1993年12月），頁51。
〔註9〕王溢嘉：《不安的魂魄》（臺北：野鵝出版社，1993年7月），頁109。
〔註10〕程毅中：〈宋代的傳奇小說〉（《文史知識》，1990年第2期），頁10。
〔註11〕薛洪、李實、牟青、馬蘭：「宋人傳奇是唐人傳奇和清代文言小說之間一個不可或缺的發展環節，並具有自己的獨特風貌，因此，在中國小說史的研究上也是不容忽視的。」見氏選注：《宋人傳奇選》（長沙：湖南人民出版社，1985年10月），頁1。
〔註12〕石麟先生除說明傳奇是由雜傳與志怪結合產生之外，又進一步指出，雜傳對傳奇之影響爲「好奇」與「虛構」；志怪對傳奇的影響則在「題材」方面。見氏著：《傳奇小說通論》（鄭州：中州古籍出版社，2005年11月），頁1～6。其他關於傳奇小說的定義，如李劍國：「夫傳奇者，即魯迅所敘述宛轉文辭華艷之體，有別於志怪雜事之短製也。」詳見李劍國輯校：《宋代傳奇集》（北京：中華書局，2001年11月），頁1。薛洪勣：「中國古代作家（或文人）用

迅所云：「小說亦如詩，至唐代而一變，雖尙不離於搜奇記逸，然敘述宛轉，文辭華艷，與六朝之粗陳梗概者較，演進之迹甚明，而尤顯者乃在是時則始有意爲小說。」〔註13〕若由創作意識審視，傳奇乃作者自覺之幻設虛構；若由審美特徵判別，則傳奇的敘述較爲宛轉，文采亦更華豔。至於「傳奇」之名，肇因唐宋傳奇之內容多涉怪異詭奇之事，加上已具小說之藝術形式，足可與唐詩、宋詞相媲美，堪稱一代之奇。〔註14〕

　　傳奇小說雖有上述特徵，但若要與志怪、筆記小說判然劃分實有困難。尤其是兩宋之交，戰火頻仍，「許多傳統的傳奇小說，見於各種志怪、軼事小說集中，很難把它們與志怪小說和軼事小說分別開來。因爲它們敘事多帶志怪、軼事小說的特點，缺少傳奇小說那種詞藻綺麗、描寫細膩的特色；或者描寫雖較細致，而情節於過於簡略。……比如廉布《清尊錄》中的《大桶張氏》等，……大多只能算是一些準傳奇作品，甚至也可以歸入軼事或志怪小說之中。」〔註15〕由於「有意爲小說」、「敘事宛轉」、「文采華豔」等認定標準頗爲模糊，歷來宋傳奇的選本多集中於《青瑣高議》、《雲齋廣錄》等書之名篇。近幾年，大陸學者對宋代小說之輯錄不遺餘力，其中關於傳奇小說的編輯與整理計有薛洪、牟青、李實、馬蘭選注之《宋人傳奇選》，〔註16〕李劍國輯錄之《宋代志怪傳奇敘錄》〔註17〕、《宋代傳奇集》〔註18〕，袁間琨，薛洪勳主編之《唐宋傳奇總集》〔註19〕等書。其中《宋代傳奇集》不但收羅甚廣，內容詳贍，並詳加考証版本源流，對文字校勘亦屬精確，可謂研究宋代傳奇的基本資料；而《唐宋傳奇總集》一書參照魯迅輯錄的《唐宋傳奇集》、汪辟疆校錄《唐人小說》的編纂模式，廣錄唐宋傳奇之名篇佳作，詳加考證

　　　文言創作的一種寫人敘事的文學作品，相當於近現代的中、短篇小說。」見氏著：《傳奇小說史》（杭州：浙江古籍出版社，1998年12月），頁1～2。

〔註13〕魯迅：《中國小說史略》，收入《魯迅小說史論文集—中國小說史略及其他》（臺北：里仁書局，2003年2月），頁59。

〔註14〕袁間琨，薛洪勳主編：《唐宋傳奇總集·南北宋》（鄭州：河南人民出版社，2002年7月），頁1。

〔註15〕蕭相愷：《宋元小說史》（杭州：浙江古籍出版社，1997年6月），頁350。

〔註16〕薛洪、牟青、李實、馬蘭選注：《宋人傳奇選》（長沙：湖南人民出版社，1985年10月）。

〔註17〕李劍國：《宋代志怪傳奇敘錄》（天津：南開大學出版社，1997年6月）。

〔註18〕李劍國輯校：《宋代傳奇集》（北京：中華書局，2001年11月）。

〔註19〕袁間琨，薛洪勳主編：《唐宋傳奇總集》（鄭州：河南人民出版社，2002年7月）。

文本、作者生平等資料，亦簡評所選錄之作品，也是研究宋代傳奇的重要選本。本論文基本上以《宋代傳奇集》與《唐宋傳奇總集·南北宋》爲研究文本；兩書所未提及，而其內容、形式具傳奇的特徵，且屬名篇佳作，亦納入研究討論的範圍，冀求無遺珠之憾。

　　最後就研究標的之選錄加以說明。本文以「人鬼戀」爲研究主題，舉凡女鬼主動求愛，與男子遇合；或是女鬼現身與生前的丈夫、情人再續前緣；抑是女鬼與男子戀媾而復生；甚或是女子被戀人所害，最後化爲厲鬼向負心漢復仇的故事，均是本文考察、論述之標的。部分事涉女鬼與男子的故事，由於雙方關係不符上述之主軸，故不選取，如〈許家女郎〉描寫女鬼以陪葬的縑絲幫助男子，男子雖有意與之歡狎，但女鬼隨即消失不見；又如〈蘘球記〉敘述女鬼向男子報仇雪冤，但兩者生前並無情愛糾葛。另外，主角的身分爲「鬼仙」，亦不納入研究範圍。宋人曾慥曾提出鬼、仙之間的差異：「純乎陰者之謂鬼，純乎陽者之謂仙，陰陽雜焉之謂人。」〔註20〕其中仙又分爲五等，「仙非一也。其等有五。其法有三。五等：一曰鬼之仙；二曰人之仙；三曰地之仙；四曰神之仙；五曰天之仙。」〔註21〕由於鬼仙屬於仙，因此本文將「鬼仙」類的故事排除在外，如〈王子高芙蓉城傳〉、〈盈盈傳〉、〈縉雲鬼仙〉等篇章。另外，敘寫神仙的子女與人類間的戀情，因前者不歸屬幽冥，也不列入研究範圍，如〈嵊縣神〉、〈雍氏女〉、〈曾享仲傳〉等數則。

二、文獻回顧

（一）宋代傳奇之文獻回顧

　　如前所述，自魯迅以後，宋代小說的研究一直處於乏善可陳的局面。〔註22〕近年來，逐漸有學者注意到魯迅嚴厲批評宋代傳奇的影響，〔註23〕使宋代小說

〔註20〕〔宋〕曾慥：《道樞·傳道篇上》，收入《正統道藏·太玄部》（京都：中文出版，1986年影印《上海涵芬樓線裝本》），卷39，頁15052。

〔註21〕同上註，頁15052。

〔註22〕李劍國：「文言小說研究眞正具備科學的學術品格，成爲一個比較重要的研究方向，還是本世紀頭二十年的事，這就是鄭振鐸、魯迅等人所開展的具有拓荒性質的文言小說研究，……在以後的半個世紀中，文言小說研究處於蕭條局面。」見氏著：〈文言小說的理論研究與基礎研究〉（《文學遺產》，1998年第2期），頁30。

〔註23〕關於魯迅嚴厲批評宋代傳奇的影響，許軍先生說：「魯迅說：『宋一代之文人爲志怪，既平實而乏文采，……更無獨創之可言矣。』這種宏觀的評論並不

的研究出現重話本而輕傳奇、筆記等嚴重失衡的現象。〔註24〕因此，近代學者開始投入包括傳奇在內的宋代文言小說之研究，以下針對「宋傳奇」相關之著作與論文，作一扼要說明：

1、專　著

（1）《宋代志怪傳奇敘錄》，李劍國撰，天津：南開大學出版社，1997年6月

作者之選材以宋代筆記小說為主，只要見諸著錄的文言小說集或單篇小說，不論其存或佚，均詳加介紹、考証，實為研究宋代傳奇之重要參考書目。

（2）《傳奇小說史》，薛洪勣撰，杭州：浙江古籍出版社，1998年12月

此書首先界說傳奇之定義，接著將傳奇分為五個階段加以說明：一、傳奇小說的孕育成熟期（先秦─魏晉南北朝）；二、傳奇小說的第一個繁榮期（唐五代）；三、傳奇小說的繼續發展期（宋元明）；四、傳奇小說的第二個繁榮期（清前中期）；五、傳奇小說的轉型終結期（清道光年間、民國年間）。

（3）《傳奇小說通論》，石麟撰，鄭州：中州古籍出版社，2005年11月

將傳奇分為異遇、公案、技藝等十二大類，並挑出歷代名篇加以論述；再將傳奇之流變分為雛形、成熟、萎縮、復甦等四期，同時針對傳奇在「人物造型、情節設置、片段描寫、基本構思、細微末節」等五個面向對後代文學的影響加以探討。最後的附錄詳細記載現存之單篇與集著之傳奇作品的目錄。

全面，這不僅因為北宋的小說中也有富於文采，更因為南宋小說執著於現實的筆意使其提供了前代所沒有的人物形象與故事原型。」見氏著：〈論宋代文言小說中女性形象演變的文學史意義〉（《雲南社會科學》，2004年第1期），頁116。又如王國良：「如果我們要說《唐宋傳奇集》有什麼缺失，那可能是在二○、三○年代閱讀古籍的條件比較差，魯迅所能掌握利用的資料稍嫌不足；……（魯迅）對宋代傳奇做成『多託往事而避近聞，擬古且遠不逮，更無獨創之可言』的嚴苛評語，更影響到不少學者及小說史家無法對宋人傳奇小說全面而公正的評價。」見氏著：〈魯迅輯校整理古籍的成績與影響─以《古小說鉤沈》、《唐宋傳奇集》、《嵇康集》為例〉（《東吳中文學報》第7期，2001年5月），頁12～13。

〔註24〕丁峰山先生認為，目前宋代小說的總體評價仍偏低，處於揚唐抑宋的態勢。他還提出研究宋代小說的四個問題，一是嚴重失衡，注重話本研究，輕視傳奇和筆記研究；二是評價角度狹窄；三是標準不統一；四是繼承多突破少。見氏著：〈宋代小說在中國小說史上歷史地位的重新估價〉（《福建師範大學學報》，2003年第6期），頁73。

其他如程毅中《宋元小說研究》〔註25〕、蕭相愷《宋元小說史》〔註26〕、吳志達《中國文言小說史》〔註27〕、陳文新《中國傳奇小說史話》〔註28〕等書，均詳細闡述傳奇小說之流變與發展。另外，趙章超《宋代文言小說研究》〔註29〕則是詳細介紹宋代文言小說的研究現狀，並將相關文獻作一整理，且直陳其成果仍明顯不足；接著將宋代文言小說分為靈怪、兆應、仙釋、麗情、賢能俠義等五類；最後說明其藝術、時代及民俗等特色。

2、博碩士論文

（1）《宋代傳奇小說研究》，游秀雲撰，東海大學中國文學研究所碩士論文，1992 年 6 月

該論文將宋傳奇分歷史、愛情、志怪、俠義、宗教、公案及社會寫實七大類，並各擇若干篇以探討其故事特色及藝術技巧，以掌握宋傳奇的發展脈絡，凸顯宋傳奇的部分成就。惟在「愛情」與「志怪」類主題中，均未討論「人鬼戀」。

（2）《唐宋傳奇小說研究》，李軍均撰，華東師範大學博士論文，2004 年 4 月

除考論傳奇的源流，分述唐、宋傳奇的發展情況，並探討宋傳奇之主要專著的內容外，亦針對宋傳奇的俗化提出看法。

其他如《洪邁生平及其夷堅志之研究》〔註30〕、《夷堅志神鬼精怪世界的文化解讀》〔註31〕、《青瑣高議研究》〔註32〕、《雲齋廣錄研究》〔註33〕等，均是研究宋代文言小說之論文。由於以專書為研究標的，其內容對宋代傳奇各自提出獨特的見解，多有可觀之處。另外，尚有以宋代小說之某一主題為

〔註25〕程毅中：《宋元小說研究》（南京：江蘇古籍出版社，1999 年 9 月）。

〔註26〕蕭相愷：《宋元小說史》（杭州：浙江古籍出版社，1997 年 6 月）。

〔註27〕吳志達：《中國文言、說史小》（濟南：齊魯書社，2005 年 6 月）。

〔註28〕陳文新：《中國傳奇小說史話》（臺北：正中書局，1995 年 3 月）。

〔註29〕趙章超：《宋代文言小說研究》（重慶：重慶出版社，2004 年 12 月）。

〔註30〕王年雙：《洪邁生平及其夷堅志之研究》（臺北：政治大學中國文學研究所博士論文，1988 年 6 月）。

〔註31〕關冰：《夷堅志神鬼精怪世界的文化解讀》（寧夏：寧夏大學中國文學研究所碩士論文，2004 年 4 月）。

〔註32〕陳美偵：《青瑣高議研究》（臺北：中國文化大學中國文學研究所碩士論文，1996 年）。

〔註33〕馮一：《雲齋廣錄研究》（蘇州：蘇州大學文學碩士論文，2006 年 5 月）。

研究對象，如《宋代文言小說中女性群像之探究》〔註34〕一文，除對宋代文言小說在小說史上的地位多加肯定外，亦對當時婦女的社會地位與生活情況多所論述。再如，《宋代果報小說研究》〔註35〕、《宋代小說中的困境情節之研究》〔註36〕等，均各具所長。

3、單篇論文

（1）〈以雅入俗—宋代小說的普及與繁榮〉，張祝平撰，《雲夢學刊》第24卷第4期，2003年7月

此篇列舉宋傳奇由雅入俗的原因，包括皇帝與百姓的喜好、作者的身分由文士擴及野老。由於內容和形式日漸趨俗，題材也隨之擴大，小說的數量也隨之增加。

（2）〈宋人傳奇論〉，段庸生撰，《重慶商學院學報》，2000年增刊，2000年8月

文中認為宋傳奇常寄寓勸懲的原因，是宋人重視歷史教訓與小說的社會功能所致。另外作者也指出，宋傳奇的俗化，是反映文言小說在市民文化氛圍中發展的結果。

（3）〈宋代傳奇的特點及原因分析〉，王巧玲撰，《牡丹江教育學院學報》，2006年第6期

此文列出宋傳奇六個特點：作者地位普遍低下、順應文人審美心態、題材範圍較窄及處理手法單一、關注社會意義而充滿勸戒意味、語言藝術特色鮮明、開直接描寫人物心理之先河。

其他如〈宋傳奇的市民化特徵〉一文指出：「市民化特徵體現了宋傳奇對唐傳奇的一種發展」；〔註37〕〈是花香自有，只要靜中聞——說宋人傳奇〉一文特別提出，宋人傳奇的特點是「語言通俗淺近」，〔註38〕均是凸顯宋傳奇發

〔註34〕王怡斐：《宋代文言小說中女性群像之探究》（臺北：臺灣大學中國文學研究所碩士論文，2004年6月）。

〔註35〕邱芳津：《宋代果報小說研究》（臺北：中國文化大學中國文學研究所碩士論文，1999年12月）。

〔註36〕余定中：《宋代小說中的困境情節之研究》（嘉義：中正大學中國文學研究所碩士論文，2002年6月）。

〔註37〕毛淑敏：〈宋傳奇的市民化特徵〉（《河南師範大學學報》，哲學社會科學版，2004年第31卷第4期），頁121。

〔註38〕李景綱：〈是花香自有，只要靜中聞——說宋人傳奇〉（《嘉應大學學報》，社會科學版，1996年第2期），頁52。

展特徵的論文。

（二）人鬼戀故事之文獻回顧

人鬼戀題材從六朝志怪肇始，至唐傳奇之繼承與開拓，繼至宋元明清的發揚光大，其在中國古代小說、戲曲中，一直佔有相當的地位。歷來研究學者多認為，人鬼戀故事乃源於人神戀，〔註39〕是人們婚戀不自由的產物；〔註40〕至於該題材盛行的原因，乃中國古代社會婚姻重視禮俗，男女婚戀必經父命媒妁所致。以下就相關文獻作一整理與回顧：

1、博碩士論文

（1）《唐代人鬼戀故事研究》，鄧鳳美撰，東海大學中國文學研究所碩士論文，1997 年 6 月

全文先追溯人鬼戀故事的原始思維與唐朝的時代背景；接著，應用民間故事類型（AT 分類法）分析法，將唐代人鬼戀故事歸納為「人鬼悅戀」、「情緣再續」和「變調的戀情」三大類型；最後論述唐代人鬼戀的故事特質和藝術特色。惟前述分類並不完全適用於宋傳奇「人鬼戀」，例如〈越娘記〉，敘

〔註39〕關於人鬼戀源於人神戀的說法，如，林辰：「在中國小說史上，在很長的一段時間裡，愛情題材的作品是扭曲的──不是男人和女人，而是仙女、情鬼、豔妖主動把情愛投向人世間的平凡的男人。由仙女和人的情戀，引出人與鬼、人與妖的情戀，然後進入人和人的情戀。其源頭，是從神話中仙女故事演化而來的。」見氏著：《古代小說概論》（審陽：春風文藝出版社，2006 年 12 月），頁 41。顏慧琪：「人鬼姻緣的產生，和人神、人仙姻緣為同一系統。⋯⋯人神戀曲是最早的異類姻緣型態，人妖聯姻為其旁支，而人仙戀、人鬼戀均是後裔，與神婚故事有較類似的創作」。見氏著：《六朝志怪小說異類姻緣故事研究》（臺北：文津出版社，1994 年 5 月），頁 50。謝真元：「人鬼戀是人神戀小說的變形、擴展及其世俗化的結果。」見氏著：〈人妖戀模式及其文化意蘊〉（《重慶師院學報哲社版》，2000 年第 1 期），頁 18。

〔註40〕認為人鬼戀乃中國古代社會婚戀不自由所致者，如，葉慶炳：「禮教社會以父母之命、媒妁之言為婚姻的正途，不允許男女自由戀愛，對愛情小說的誕生與發展，這無疑是一項極大的阻礙，面對著這種情勢，聰明的小說家採取了迂迴的路線來發展愛情小說，那是先寫人與異類的愛情故事，這類故事本來就是子虛烏有的，不怕禮法之士口誅筆伐，所以從六朝到唐代，以人與異類的愛情故事為題材的小說非常盛行。」見氏著：《談小說妖》（臺北：洪範出版社，1980 年 2 月），頁 203～204。又如，洪順隆：「中國傳統的鬼觀念，雖然認為鬼是人死後的變化，是可怕的存在。但是在對象轉化的過程中，鬼與生前的對象重疊會合，乃成為情愛的對象，尤其在六朝時代，許多在陽世無法得到滿足的情欲，就藉助人鬼的轉化作用，企求由鬼『遂願』，達到愛情的境界。」見氏著：〈六朝異類戀愛小說芻論〉（《文化大學中文學報創刊號》，1993 年），頁 44。

述楊舜與女鬼越娘相遇、相戀、離別，後楊舜對越娘由愛生恨，甚至伐其墓、使道士製符令越娘靈魂受苦；最後，楊舜心軟放過越娘，越娘現身夢中道謝。此故事類型已含跨「人鬼悅戀」與「變調的戀情」。因此，宋傳奇人鬼故事的類型，實有必要重新分類與歸納。

（2）《「情史」人鬼婚戀故事研究》，黃蔚蓉撰，國立成功大學中國文學
　　　系碩士論文，2005 年 6 月

此以馮夢龍編纂的《情史》八百四十一則故事為研究範圍，探究其中「人鬼婚戀」的形成背景和主題意識，並分析人鬼婚戀故事的時空背景、情節模式、情緣類型；另外對人類與異類愛情本質的差異也多所著墨；至於人物寫作特色分析，則從人鬼之「形象」與「心理」兩方面著手。

（3）《六朝志怪小說異類姻緣故事研究》，顏慧琪撰，文化大學中國文學
　　　研究所碩士論文，1993 年 6 月

從六朝志怪小說異類姻緣中摘出「人鬼姻緣」一類，並分為「正統的人鬼姻緣」與「在世姻緣的延伸」兩項。前者再細分出「冢墓幻遇型」、「鬼入人室型」、「托夢償願型」三個小單元；後者則分「返家逐願型」、「重出墳墓型」、「托夢家人型」三端，並分別探討故事內容與藝術特色。研究重心在於建立異類姻緣故事形成與發展體系，及分析六朝異類姻緣故事的思想內涵。

（4）《唐代異類婚戀小說之研究》，林岱瑩撰，國立中興大學中國文學系
　　　碩士論文，1998 年 6 月

由唐代人與異類婚戀故事中，分出「人鬼婚戀及離魂奇戀」一類，再依人、鬼相識與否分「陌路因緣」和「情緣再續」兩項。

（5）《傳統短篇小說中鬼妻故事之研究》，蔣宜芳撰，逢甲大學中國文學
　　　研究所碩士論文，1995 年 1 月

全文蒐集一百五十七則鬼妻故事，將其分為「人間男子與遊魂鬼之姻緣」、「人間男子與塚墓女鬼之姻緣」、「人間男子與亡妻情緣之再續」三大類型。篇末詳述鬼妻故事產生的原因與所反映的思想。

其他如《唐人小說中變化故事之研究》〔註 41〕、《「聊齋誌異」中「人靈結合」故事研究》〔註 42〕等均曾歸結出人與鬼等異類的婚戀關係。

〔註41〕 李素娟：《唐人小說中變化故事之研究》（臺北：文化大學中國文學研究所碩
　　　　士論文，1997 年 6 月）。
〔註42〕 鄭幸雅：《「聊齋誌異」中「人靈結合」故事研究》（嘉義：南華大學文學研究

2、單篇論文

（1）〈文言小說人鬼戀故事基本模式的成因探索〉，嚴明撰，《文藝研究》，
　　　2006 年第 2 期，頁 55～60

　　將人鬼戀故事的成因歸納為三項：一、傳統陰陽觀及陽精崇拜；二、夾
縫中的文人矛盾心態；三、美色與美德的對立。最後藉由女鬼形象的演化，
說明中國文言小說中的人鬼相通故事，實際上記錄著歷代士人在兩性關係方
面的逐漸感悟和覺醒。

（2）〈人鬼婚戀故事的文化思考〉，洪鷺梅撰，《中國比較文學》，2000 年
　　　第 4 期，頁 90～97

　　認為魏晉南北朝時期的人鬼婚戀故事，大量存在者「生子」、「復生」母
題，乃體現生殖崇拜的主題，且其深層的意義在於超越生死。另外，對於主
動熱情、自薦枕席的女鬼，作者認為乃是人鬼婚戀故事中男性性愛幻想的載
體。

（3）〈理學束縛下的潛抑情欲──論《夷堅志》中的人鬼之戀〉，周榆華、
　　　郭紅英撰，《江西廣播電視大學學報》，2004 年第 2 期，頁 34～36

　　從理學與個體情慾之間的矛盾論述《夷堅志》中的人鬼戀。認為宋代男
女不能直接表現自身的情慾，只好透過人鬼相戀將受潛抑的情慾曲折地表現
出來。

（4）〈人鬼戀─以《搜神記》為本〉，蔡美瑤撰，《文華學報》，2006 年 3
　　　月，頁 57～67

　　認為六朝人鬼戀所反映的社會思惟，主要是傳統父權宰制婚姻所產生的
問題。另外，文中也分析人鬼戀敘事美學。

（5）〈陰陽越界─論《三言》人鬼戀故事之意涵〉，劉順文撰，《有鳳初
　　　鳴年刊》，2005 年 7 月，頁 199～207

　　從《三言》中擇出五篇人鬼戀故事，歸結出故事中女鬼共有「積極主動」、
「單向移動」、「內外兼備」、「生死如一」四項特徵。

　　其他如葉慶炳先生之〈魏晉南北朝的鬼小說與小說鬼〉，〔註 43〕提出人
鬼的愛情三部曲，廣為後來的研究者所引用；如〈論唐傳奇中的人鬼之戀小

　　所碩士論文，2004 年 6 月）。
〔註43〕葉慶炳：〈魏晉南北朝的小說鬼與鬼小說〉，收入《古典小說評論》（臺北：幼
　　　獅文化事業公司，1985 年 5 月），頁 101～141。

說〉〔註44〕、〈鬼道‧談風‧女鬼—魏晉六朝志怪小說女鬼形象獨秀原因探析〉〔註45〕、〈男性視野中的異類女子——《搜神記》婚戀小說中神女鬼女妖女形象文化透析〉〔註46〕、〈《聊齋志異》中女鬼形象的文化意蘊〉〔註47〕等皆沿其波，並進一步從衝破門第藩籬、女性角色的異化、嘲諷戲謔的人生態度……等角度，探討人鬼戀故事的社會成因。

　　綜上所述，宋代文言小說的文獻搜集與整理，已具初步規模；至於人鬼戀故事的研究，更是成果豐碩，不過，仍以六朝志怪、唐傳奇及明清的作品爲主，宋傳奇人鬼戀的研究仍相對薄弱，截至目前爲止，只見一篇以《夷堅志》之人鬼戀爲主體的單篇論文。可見，宋傳奇人鬼戀之研究仍有探索空間。

第三節　研究方法與論述架構

一、研究方法

　　中國文論中，向有「知人論世」〔註48〕之說，主張在探討任何作家、作品時，應透過具體的社會、文化等時代背景，方能精確地掌握作者之創作動機與作品蘊意。趙章超先生曾對宋代傳奇的研究提出建言：「在評價宋代志怪、傳奇時，應避免先入爲主的觀念，要（從）深入反覆的作品研讀中，去發掘其所具有前代作品之共性以外，於宋代特具的文化背景中所形成之獨特性。」〔註49〕職是之故，本論文除鑽研文本外，亦關注宋代歷史、文化與思

〔註44〕鐘林斌：〈論唐傳奇中的人鬼之戀小說〉（《南京師範大學文學院學報》，2005年6月第2期），頁95～103。

〔註45〕孫生：〈鬼道‧談風‧女鬼—魏晉六朝志怪小說女鬼形象獨秀原因探析〉（《西北民族學院學報》，1997年第2期），頁106～110。

〔註46〕莊戰燕：〈男性視野中的異類女子——《搜神記》婚戀小說中神女鬼女妖女形象文化透析〉（《語文學刊》，2002年第6期），頁27～30。

〔註47〕鄭春元：〈《聊齋志異》中女鬼形象的文化意蘊〉（《十堰職業技術學院學報》，2000年9月，第13卷第3期），頁18～23。

〔註48〕例如《孟子‧萬章下》：「頌其詩，讀其書，不知其人，可乎？是以論其世也。」收入〔清〕阮元校刻《十三經注疏》（北京：中華書局，1991年6月），頁2746。又如清代章學誠說：「不知古人之世，不可妄論古人文辭也；知其世矣，不知古人之身處，亦不可遽論其文也。」見氏著：《文史通義‧內篇二‧文德》（臺北：臺灣商務印書館，1957年），頁92。

〔註49〕趙章超：〈宋代志怪傳奇小說研究百年綜述〉（《社會科學研究》，2002年第5期），頁141。

想等相關史料，及歷來人鬼戀題材之研究成果；藉由整理與歸納之法，且關注語言、結構、情節等作品的「縱向關係」，〔註50〕擬在相關研究成果上，試圖爬梳宋傳奇人鬼戀之種種。

二、論述架構

第一章爲緒論，乃說明研究之動機與目的，並釐清傳奇之義界，界定研究範圍、研究材料之選取方向，最後說明研究方法與論述架構。

第二章將討論宋傳奇人鬼戀之創作背景及回顧前代人鬼戀故事之發展。首先，從中國傳統生者與亡靈的關係、社會風俗等面向，分析人鬼戀產生的原因；接著，回顧宋代以前人鬼戀故事的發展概況；最後，由宋代的政治、社會、文化風尚等角度切入，冀全面瞭解現實社會對人鬼戀故事的影響。

第三章主要探討宋傳奇人鬼戀之類型。歸結宋傳奇人鬼戀有四大類型：「兩情相悅」、「癡鬼單戀」、「貪慾尋歡」及「負心復仇」。每大類之下，依情節相近者細分設項，如「兩情相悅」類之下再分出「陽世團聚」、「冥界死合」、「幽明殊途」三個小項；而「陽世團聚」下，再分出「死而復生」與「借體還魂」兩個小單元。希望藉由所得之類型，凸顯出宋傳奇人鬼戀之特色及殊處。

第四章則以宋傳奇人鬼戀之思想與特色爲論述主軸。文學作品往往可反映出時代思想、文化及社會風俗，即使題材相同，然故事所要呈現的旨趣與思想意涵往往不同。因此，本章擬以宋傳奇人鬼戀之內容，結合宋代的社會、經濟、文化等活動，作一通盤的研究。

第五章以探討宋傳奇人鬼戀之藝術手法爲主。依文本之情節結構、敍事技法、人物刻劃及語言特色、詩歌運用等加以分析。藉以明瞭宋傳奇人鬼戀在小說技巧上的承繼與創新，及藝術成就。

第六章爲結論。除歸結宋傳奇人鬼戀對後世之影響外，亦說明其受限於時代背景所造成之侷限。

〔註50〕關於縱向關係，趙滋蕃先生說：「是指文學在發展中的歷史法則。他必須接觸到文學的源流，文體流變，文章風格。……同時，縱向關係，是指在發展過程類型結構的法則。它必須接觸到作品的語言、結構、情節、分析方法，文學的類型等諸如此類的問題。」見氏著：《文學理論》（臺北：東大書局，1988年），頁47。

第二章 宋傳奇「人鬼戀」之孕育背景

　　中國文學中鬼靈題材的描寫，由來已久，如《楚辭‧山鬼》描寫風姿綽約的山鬼，癡戀著思暮中的君子；〔註1〕《墨子‧明鬼》敘寫杜伯死後復仇的故事；〔註2〕《左傳》宣公十五年，記載鬼魂爲酬謝魏顆救其女，結草以救魏之性命。〔註3〕及至漢魏六朝的志怪小說，鬼妖故事大行其道，其中人鬼相戀尤見突出。從此，人鬼戀故事的發展，歷經唐、宋、元、明、清，歷代不衰。

　　人鬼戀故事的產生，自有其特殊的信仰與風俗，而構成這些的元素包括「特殊的感官知覺經驗、古老的思維模式、意識與潛意識的心理內涵、中國文化的特質」〔註4〕等。本章以此爲基礎，先探究人鬼戀故事的基本成因。接著，回顧六朝志怪與唐傳奇的人鬼戀故事之發展梗概，以闡明宋代以前人鬼戀故事之發展情況與承衍。最後，由宋代政經、文化等背景切入，以釐清人鬼戀題材在彼時受何種風尙或思想的影響。

第一節　人鬼戀故事之基本成因

　　一般人對鬼魅的印象多是醜惡、恐怖的，然而在人鬼戀故事中，鬼魅往

〔註1〕屈原等著、朱熹注：《楚辭集注》（北京：線裝書局，2002 年）。關於〈山鬼〉中的鬼魂，龔鵬程先生認爲，「〈山鬼〉乃後世各類小說筆記所載山精、木魅、花妖、狐怪、女鬼之原型。」詳見氏著：〈若有人兮山之阿〉（《聯合文學》第190 期，1990 年 8 月），頁 40。

〔註2〕（春秋）墨子：《墨子》（臺北：藝文出版社，1969 年，《百部叢書集成》）。

〔註3〕〔晉〕杜預注：《春秋經傳集解》（臺北：新興書局，1979 年 8 月，《相臺岳氏本》），頁 168。

〔註4〕王溢嘉：《不安的魂魄》（臺北：野鵝出版社，1993 年 7 月），頁 27。

往化身美風姿、多溫柔的情人，有些更是癡心不悔的情種。人們將許多浪漫的遐想寄託於鬼魅身上，也將人世間的缺憾投射於人鬼戀情，所以人鬼戀故事不僅是可資閑談、可供消遣的奇聞軼事而已，實具多重的文化內涵。葛兆光先生指出，文學作品中的神仙或鬼怪，都只是一種「象徵」、「符號」，用來表現人們的愛恨嗔癡，反映眞實人生。〔註5〕因此，經由人與異類的戀情，可透視隱藏於其中的思想、文化背景，甚至是被扭曲的人性。

一、婚戀自由之嚮往

中國古代社會男女之防甚嚴，婚姻亦講究父母之命，所以自然的情慾受到壓抑，不只婦女無法追求愛情，連男子多只能到秦樓楚館尋求短暫的情愛慰藉；這種抑制自由婚戀的現象，導致小說中不斷出現嚮往眞情摯愛的作品。「凡是文藝都是一種『彌補』，實際生活上有缺陷於是在想像中求彌補。」〔註6〕小說作者一方面要補償現實生活中無法自主婚戀的缺憾，另一方面要規避道德、俗世的壓力，於是，人鬼相戀的題材成爲最佳的載體。綜觀人鬼戀故事，女鬼多無所顧忌地追求男性，表達出「封建禮教與人文秩序的一種反抗與否定，其中深深地寄託著封建社會婦女對愛情的理想和自由人性解放的心願。」〔註7〕歷來人鬼戀故事常見的復生題材，就反映「傳統父權宰制婚姻」〔註8〕的情況，其所要傳達的是愛情之眞摯可貴，其內涵是人們對自由戀愛、自主婚配的憧憬與嚮往。現實生活中無能自主掌握的婚姻與愛情，藉由鬼魂掙脫禮教桎梏，讓婚戀自由的美夢在虛幻的世界達成。另外，由於故事主要呈現人們嚮往婚戀自由的心態，女鬼成爲表達情愛理想的假託對象，所以她們的形象往往就符合男性心中的期望，不但貌美、溫柔，且具主動追求男性等高度理想化的形象。

二、靈魂不滅之信仰

鬼魂崇拜是中國原始宗教信仰之一，其內容包括靈魂不滅、靈魂具超能力

〔註5〕 葛兆光：《道教與中國文化》（臺北：東華書局，1989 年 12 月），頁 399。
〔註6〕 朱光潛：《變態心理學派別》（合肥：安徽教育出版社，1997 月），頁 51。
〔註7〕 揚勝利：〈另一個世界將因調合適當而令人欣賞──魏晉南北朝文學中人鬼相戀故事初探〉（《山東教育學院學報》，1999 年第 1 期，總第 71 期），頁 85。
〔註8〕 蔡美瑤先生指出，「人鬼戀」這個特殊的題材，體現了傳統父權宰制婚姻的問題。見氏著：〈人鬼戀──以《搜神記》爲本〉（《文華學報》，2006 年 3 月），頁 58。

等，其中靈魂不滅的觀念主要表現於先民「對鬼的理解」。〔註9〕例如《禮記・祭法》：「大凡生于天地之間皆曰命，其萬物死皆曰折，人死曰鬼。」〔註10〕《禮記・祭義》：「眾生必死，死必歸土，此之謂鬼。」〔註11〕《論衡・論死》：「人死精神升天，骸骨歸土，故謂之鬼，鬼者，歸也。」〔註12〕《說文解字》：「人所歸爲鬼。」〔註13〕由上述可知「鬼」乃人死歸土，泛指人死後與軀體脫離的「靈魂」。在靈魂不滅的基礎上，生命雖然有限，死亡卻只是肉體毀壞，人仍可以另一種形態存在於他界。這種想法將可淡化人死即灰飛煙滅的焦慮與恐懼，同時對死後的歸處與世界之營造大感興趣。另一方面，「幽界類人鬼婚戀小說，往往能撫慰飽受死別創痛的在生者。……它的存在使在生者心理上獲得撫慰。」〔註14〕人們相信靈魂不滅，雖死猶生，既可以現身與人類談情說愛，自由婚戀，更可使生者稍得慰藉，紓解壓力及恐懼。

三、冥婚習俗之敷衍

　　中國冥婚之俗起源甚早，周代社會即有「遷葬」和「嫁殤」之說，〔註15〕前者是將男女死者合葬，使其成爲陰間夫妻；後者則是少女未嫁早夭的婚嫁方式；可見冥婚是「爲已死之男女相結爲婚姻」，〔註16〕亦稱爲冥契、冥配、幽婚等。至於幽婚的原因，或認爲是「作父母的過分疼愛子女，擬以此舉解

〔註9〕　林登順：「中國古人自也迷信人死以後靈魂依然存在。……從史前墓葬、古籍記載中，可以看到這種情況。……當時關於靈塊不死的觀念，主要表現在什麼是鬼的理解上。」見氏著：《中國上古鬼魂觀念及葬祀之探索》（臺北：中國文化大學中國文學系碩士論文，1987年6月），頁2～2。

〔註10〕《禮記・祭法》，收入〔清〕阮元校刻《十三經注疏》（北京：中華書局，1991年6月），卷46，頁1588。

〔註11〕《禮記・祭法》，同上註，卷47，頁1595。

〔註12〕〔漢〕王充：《論衡・論死》（臺北：文史哲出版社，1988年10月），卷20，頁1117。

〔註13〕許慎撰，段玉裁注：《說文解字注》（臺北：黎明文化事業股份有限公司，1986年12月），頁439。

〔註14〕劉燕萍：《古典小說論稿──神話、心理、怪誕》（臺灣：商務印書館股份有限公司，2006年7月），頁171～172。

〔註15〕《周禮・地官・媒氏》：「禁遷葬者，與嫁殤者」。賈公彥疏：「遷葬，謂成人鰥寡，生時非夫婦，死乃嫁之。嫁殤者，生年十九已下而死，死乃嫁之，不言殤娶者，舉女殤，男可知也。」詳見《周禮》卷14，收入〔清〕阮元校刻《十三經注疏》（北京：中華書局，1991年6月），頁733。

〔註16〕彭利芸：《宋代婚俗研究》（臺北：新文豐出版公司，1988年8月），頁83。

除心理上子女夭殤之痛」〔註 17〕、「偶婚與鬼魂信仰的混合物」〔註 18〕、「兼顧信仰、制度與親情的文化」。〔註 19〕尤其中國是父系社會，宗法體制主要是父傳子承，女兒應出嫁至他姓人家，若女子未婚夭殤，即被視爲破壞父傳子的宗法體制，違反「神聖秩序」，〔註 20〕所以必須設法將亡女以冥婚的方式嫁出去。歷來研究者，多主張人鬼戀故事源於冥婚習俗，例如孫遜先生認爲，「人鬼戀故事至少有二項因素與冥婚吻合，一是婚事在墳墓裏舉行，二是配偶多爲未婚女鬼。」〔註 21〕無論後世的人鬼戀故事是否具備上述兩項情節，可以肯定以「幽婚」爲素材的人鬼戀故事乃源自冥婚習俗。因爲中國冥婚習俗源遠流傳，自然而然成爲志怪小說的養分，女鬼主動尋找男子婚配的故事經過有意的虛構與敷衍，再結合各代的社會習尚，情節自然不斷推陳出新，才使有些故事不易觀察出冥婚的痕跡。然而，現實生活中的「冥婚」習俗，或多或少著眼於現實的功利，不若人鬼戀故事，每每強調只要男女雙方懷抱至誠的心意與堅貞的情感，即可跨越幽明阻隔，永結同心。

四、男性慾望之投射

　　人鬼戀故事反映出中國特殊的性夢幻想。學者在研究人鬼戀故事時，常指其爲「性夢中衍化出來」〔註 22〕、「人的性意識的外顯」〔註 23〕、「男人色慾幻想」〔註 24〕、「男主角性、情愛的滿足」。〔註 25〕試觀人鬼戀故事中的女主角，積極主動地向男子投懷送抱、自薦枕席，不但滿足男性的優越感，且

〔註 17〕馬之驌：《中國的婚俗》（臺北：經世書局，1985 年 12 月），頁 189。

〔註 18〕楚夏：〈試論中國古代的冥婚習俗〉（《民間文學論壇》，1993 年 2 月），頁 29～37。

〔註 19〕同註 4，頁 136。

〔註 20〕施芳瓏：「爲確保漢宗法體制在『父傳子』的『神聖』法則下持續運行，『女兒』這個不適當的因素，必要被排除於其父親的家系，出嫁到別姓的人家。但是，如果女子尚未嫁出時就死在其父親家，她的死本身就是一件破壞『神聖秩序』的事情。」見氏著：〈既鄙夷又畏懼——未婚去世女子的處理問題與文化意涵〉（臺北：《兩性平等教育季刊》，第 18 期，2002 年 5 月），頁 52。

〔註 21〕孫遜：《中國古代小說與宗教》（上海：復旦大學出版社，2000 年），頁 77。

〔註 22〕吳康：《中國古代夢幻》（臺北：萬象圖書股份有限公司，1994 年 1 月），頁 190。

〔註 23〕俞汝捷：《仙鬼妖人——志怪傳奇新論》（北京：中國工人出版社，1992 年 9 月），頁 60。

〔註 24〕王溢嘉認爲，中國女鬼故事的獨特結構，是由男人的色慾幻想，夜間遺精的色情夢及中國冥婚的文化理念等環環相扣相因相成的。同註 4，頁 109～143。

〔註 25〕蔣宜芳：《傳統短篇小說中鬼妻故事之研究》（臺中：逢甲大學中國文學研究所碩士論文，1995 年 1 月），頁 187。

投射出男性內心對女性的渴望。梅家玲先生指出：「不請自來、唾手可得的女性（指女鬼），於是取代了抽象的父權，成爲失意男人可堪自慰、可以自我肯定的憑藉。」〔註26〕誠如吳康先生所言，中國人的性夢故事很奇特，既不似世界上其他民族般美好，男女主角也並未幻化爲英俊王子或白雪公主，反而是以人與異類的戀情爲內容。此乃因民族與文化的差異，加上中國數千年來封建專制的正統觀念對性的可怕歪曲與潛抑，所以別出心裁地寄託到人與鬼、神之戀。〔註27〕之所以如此，或與傳統道德規範有關，只要小說作者將情慾投射於鬼女，即可輕易地擺脫禮教、道德的束縛；同時將鬼女塑造成顧盼多姿、善體人意的形象，以完全符合男性的期待。

五、採陽補陰之觀念

《周易・繫辭上傳》：「精氣爲物，游魂爲變」，朱熹注曰：「陰精陽氣，聚而成物，神之伸也。魂遊魄降，散而爲變，鬼之歸也。」〔註28〕換言之，「精」與「氣」是構成生命的兩種原始材料。〔註29〕道教尤爲重視精氣，且有所謂採補的養生之術，亦視男性的陽精爲生命力的源泉，如張君房即云：「男女可行長生之道。……使男女並取生氣，含養精血。」〔註30〕又如《養性延命錄》記載：「道以精爲寶，……施人則生人，留之則生身。」〔註31〕此種觀念被小說家吸收、敷衍，成爲鬼妖故事中的情節。人鬼戀小說經常出現男子與女鬼交媾之後，男子多會精氣羸弱，女鬼則因爲汲取陽氣，或因而復生，抑是維持容貌原形。紀昀曾提出女鬼與生人歡狎的原因：「蓋鬼爲餘氣，漸消漸滅，

〔註26〕 梅家玲：〈六朝志怪人鬼姻緣故事中的兩性關係─以「性別」問題爲中心的考察〉，收入洪淑苓等人合著：《古典學與性別研究》（臺北：里仁書局，1997年9月），頁116。

〔註27〕 同註22，頁189。

〔註28〕 〔宋〕朱熹：《周易本義》，收入程頤：《易程傳》（臺北：文津出版社，1987年6月），頁577。

〔註29〕 對於精、氣、魂、魄的概念，王溢嘉先生進一步指出：「中國人的靈魂觀把魂分爲魂與魄，魂是使精神發揮作用的原動力，魄是使形體發揮動力的原動力。根據這原理，魂與魄有四種組合：有魂有魄是活人；無魂無魄是死人；有魂無魄是鬼；無魂有魄是屍。」同註4，頁77。

〔註30〕 詳見〔宋〕張君房：《雲笈七籤・清靈眞人裴君傳》（臺北：臺灣商務書局，1983年，《四部叢刊》冊32），卷105，頁714。

〔註31〕 （南朝）陶弘景：《養性延命錄・御女損益篇》，收入《正統道藏・洞神部》（京都：中文出版，1986年影印《上海涵芬樓線裝本》），卷下，頁13322。

以至於無。得生魂之氣以益之，則又可再延，故女鬼恒欲與人狎，攝其精也。」〔註 32〕意即，只剩下靈魂的女鬼，必須仰賴男子精氣的滋潤，男人成為她們的拯救者，「他們的身上充盈著陽氣，女鬼像植物趨光一樣需要他們們溫撫，只要與他們親吻、交歡，就能吸收富有生命力的陽氣。」〔註 33〕可見崇拜陽性的觀念透過採陽補陰的情節展現，並滲入人鬼戀故事之中。

第二節　宋之前人鬼戀故事之發展梗概

人鬼戀是一種異常、脫序的愛情故事，橫亙在人鬼之間的不只是生死之分，更是陽世與冥府之間不同世界的區隔。因此，人鬼之間的愛恨情愁，往往能挑起人們的好奇心；人鬼故事間的怪奇異常多反映出時代的意義。文學是一種傳承、延續，在研究單一朝代的作品時，亦須溯源，仔細觀察發展脈絡，方能辨其因襲與變異，最終得窺全貌。以下就宋代以前之人鬼戀故事的發展概況，作一簡要的敘述，以尋繹宋代人鬼戀的發展軌跡。

一、六朝人鬼戀故事之概況

六朝從曹丕廢漢獻帝建魏、司馬炎篡魏立晉，再至「永嘉之禍」致西晉滅亡、東晉偏安江南，開始南北長期對峙，歷經逾四百年的動盪不安。此段時期政治紊亂、社會紛擾、生活普遍清苦，於是人們心中的失望與無常之感，只能寄託於現實之外；適逢佛教傳入、道教蓬勃發展，於是志怪小說大量出現。志怪小說多載鬼怪神異之事，人鬼相戀的情節亦出現其中，由於事涉未知，故多幻想，極富神祕色彩。不過，由於當時小說觀念尚未成熟，故事篇幅多形簡短、零星，結構亦較不完整。其特色歸納有二：

（一）粗陳梗概，素樸之美

六朝是人鬼戀故事的發端，部分情節與人物的描寫多粗陳梗概。例如《搜神記・崔少府墓》〔註 34〕、《搜神後記・徐玄方女》〔註 35〕、《異苑・秦樹》

〔註 32〕〔清〕紀昀：《閱微草堂筆記・姑妄聽之（四）》（上海：上海古籍出版社，2005年 4 月），頁 335。

〔註 33〕康正果：《重審風月鑑：性與中國古典文學》（臺北：麥田出版社，1996 年），頁 209。

〔註 34〕〔晉〕干寶：《搜神記》（臺北：臺灣商務印書館，1983 年，影印《文淵閣四庫全書》冊 1042），卷 16，頁 447。

〔註36〕等故事，對女鬼的外貌並沒有隻字片語的描繪，對男女相愛的過程也極少著墨，多以鬼女暮來朝去，主動與男子媾合，雙方情愫漸生，有的女鬼甚至生子，或為男子帶來後半生的富貴。雖然故事的情節對情愛採略筆的寫法，卻具「更多的性慾的衝動與要求，這就使得男女之間的愛情帶有了一種純樸的、粗獷的野性。」〔註37〕

　　楊義先生在論述六朝志怪的幻想方式時曾指出：「經以入情，緯以神秘，乃是志怪幻想的精髓所在。一種隱秘之情鬱結於中，以怪誕不經的幻想若煙若夢地表現出來，自能拓出一個幽邃而空幻的審美境界。」〔註38〕六朝人鬼戀故事雖沒有華麗的文字、曲折繁複的情節，但其利用豐沛的情感與幽邃的神秘感編織出綿密的虛幻世界，即使並未深刻的描寫情愛，但男女間的情感自然流露，更蘊含素樸的美感。

（二）情節傳奇，後世典範

　　雖然六朝小說仍處於「殘叢小語」〔註39〕、「粗陳梗概」〔註40〕的階段，故事的形式與寫作技巧較為粗簡，但人鬼戀之情節構思不但豐富多姿，而且浪漫、傳奇。因此，與其他主題相比，六朝小說中的人鬼戀情節與鬼魅形象顯得格外攝人心魄，〔註41〕可謂上承秦漢的神仙故事，下啟唐代傳奇。至於類型，可略分為人鬼短暫遇合與復生兩者，以下分述之：

1、短暫遇合

　　鬼女與男子遇合，雙方情意纏綿，但未久鬼女即離去或消失。如《搜神記・紫玉韓重》，〔註42〕描寫吳王夫差之女紫玉與韓重私訂終身，吳王不同意

〔註35〕〔晉〕陶潛：《搜神後記》（臺北：臺灣商務印書館，1983年，影印《文淵閣四庫全書》冊1042），卷4，頁479。

〔註36〕同註34，卷6，頁529。

〔註37〕楊勝利：〈另一個世界將因調合適當而令人欣賞——魏晉南北朝文學中人鬼相戀故事初探〉（《山東教育學院學報》，1999年第1期，總第71期），頁84。

〔註38〕楊義：《中國古典小說史論》（北京：中國社會科學出版社，1995年12月），頁116。

〔註39〕廖玉蕙：「漢魏六朝的小說多半是零碎的殘叢小語。」見氏著：《唐代傳奇——唐朝的短篇小說》（臺北：時報文化出版，1987年1月），頁16。

〔註40〕魯迅：「小說亦如詩，至唐代而一變，……與六朝之粗陳梗概者較，演進之迹甚明。」見氏著：《中國小說史略》，收入《魯迅小說史論文集一中國小說史略及其他》（臺北：里仁書局，2003年2月），頁59。

〔註41〕同註21，頁61。

〔註42〕同註34，卷16，頁445。

婚事，紫玉因此氣結而亡；之後韓重備牲幣至紫玉墓前祭悼，紫玉感其至誠，遂與韓重在塚墓之中盡三日夫婦之禮，再如烟地消失。又如《異苑・秦樹》，描寫秦樹夜行失道，與女鬼遇合，天明兩者依依而別。再如《搜神記・盧充幽婚》，〔註43〕敘述盧充之亡父爲其婚定鬼妻，雙方在冥界完婚，共度三日即別。其他如《搜神記・駙馬都尉》〔註44〕、《搜神記・鍾繇殺女鬼》〔註45〕等，均是人鬼短暫纏綿，隨即分手的故事。六朝的人鬼戀題材，無論雙方情感如何綢繆，在幽明殊途的觀念之下，多只能黯然離別。

2、死而復生

爲歌頌眞摯的愛情，彌補人鬼相戀卻不能相守的缺憾，出現諸如「亡而復生」、「借體還魂」等情節，讓彼此之情得以延續。如《搜神記・王道平》，〔註46〕男子啓棺助女鬼復生，結爲夫妻；《搜神後記・徐玄方女》中的女鬼托夢給男子而復活，得遂良緣。值得一提的是《搜神記・河間郡男女》，〔註47〕描寫女子因戀人從軍經年不歸，被母逼迫另嫁他人，女子不久即病亡。戀人回鄉後，至女冢前哭訴相思之情，並發冢開棺，女即復活。丈夫與戀人爲爭取婦人，訟於官府，判官最後將婦人判給戀人，所持的理由是：「以精誠之至，感於天地，故死而更生。此非常事，不得以常禮斷之」。這類死而復生的故事，通常必須具備如金石般的摯情，才能使亡者起死回生；而這種情愫正是世間男女共同追求與夢想的愛情。劉楚華先生云：

> 中國社會長期在儒家道德規範下，文學中所歌頌的自主婚姻理想，從來沒有過現實的基礎，惟其如是，它是歷久常新的題材，中國小說由晉河間男女至明杜麗娘，套用同一復生模式，反覆追尋的是同一愛情夢幻。〔註48〕

現實中的愛情受道德之束縛而難以如意，只好幻化爲人鬼故事，撫慰人們的心靈；復生題材隨著不同的社會文化，加入新的元素，也增添人鬼戀許多浪漫色彩。

〔註43〕同註34，卷16，頁447。
〔註44〕同註34，卷16，頁446～447。
〔註45〕同註34，卷16，頁449。
〔註46〕同註34，卷15，頁436。
〔註47〕同註34，卷15，頁436。
〔註48〕劉楚華：〈志怪書中的復生變化〉，收入黃子平主編：《中國小說與宗教》（香港：中華書局，1998年8月），頁22。

　　不過，並非所有的復生故事都能團圓收場，也有復生失敗，致人鬼離散。如《搜神記・談生》，〔註49〕女鬼的丈夫因不耐三年之約，用火照看女鬼，使其再次亡故。又如《搜神後記・李仲文女》，〔註50〕男子在夢中與女鬼遇合，女鬼復生之前，因不慎遺履於廁中被家人發現，遭發棺相驗，復生遂告失敗。

　　大體而言，六朝人鬼戀故事可歸納出以下幾個基本情節：一、傳達愛情之美好，甚至可以超越生死。二、女鬼主動挑引、大膽獻愛，男性面對鬼女的離合多處於被動。三、在幽冥殊途的觀念之下，人鬼的結局多為分離；換言之，小說所歌頌的愛情，只是鏡花水月，故事往往散發出一股凄楚。四、復生故事，女鬼多須與男子同塌共處一段時間，吸取人類的精氣，方可枯骨生肉，重新為人。凡此，多為後世人鬼戀故事的原型，而女鬼的形象趨於「人格化、人情化」，〔註51〕亦為後世的鬼魅形象創造出極富藝術生命力的原型。

二、唐代人鬼戀故事之概況

　　唐代國勢強盛，政治安定，社會繁榮。《通典》云：「家給戶足，人無苦窳，四夷來同，海內晏然。」〔註52〕是記載當時社會安康樂利的情形。在此太平盛世的氛圍下，人們的思想自由，文人士子可以較專心於文學創作，加上大眾好尚奇異的心理，小說文體逐漸獲得青睞。誠如胡應麟先生所言：「變異之談，盛於六朝，然多是傳錄舛訛，未必盡幻設語，至唐乃作意好奇，假小說以寄筆端。」〔註53〕唐代小說觀念進步，結合有利於文人創作的社會背景，唐傳奇人鬼戀故事不但數量較六朝多，且情節更加曲折多變，敘事行文也更見巧思與文采。

（一）襲承六朝，踵事增華

　　唐代人鬼戀愛故事之主要情節多承繼六朝，再踵事增華。例如，反映冥

〔註49〕同註34，卷16，頁447。

〔註50〕同註35，卷4，頁480。

〔註51〕石昌渝先生指出，「鬼魅人格化、人情化，是魏晉志怪的一個顯著特點。……其中貫注著深厚的人文精神。這個走向是迷信向藝術的轉變，也是從志怪向傳奇的轉變，無論在文化的意義還是文學的意義上都有重要的價值。」見氏著：〈論魏晉志怪的鬼魅意象〉（《文學遺產》，2003年第2期），頁21。

〔註52〕〔唐〕杜佑：《通典・選舉典・歷代制下》（蘇州：古文軒出版社，2004年12月，《隋唐文明》），卷15，頁131。

〔註53〕胡應麟：《少室山房筆叢・二酉綴遺中》（臺北：臺灣商務印書館，1983年影印《文淵閣四庫全書》冊886），卷20，頁387。

婚習俗的人鬼通婚、以團圓收場的鬼女復活、或人鬼相戀，卻分手告終，甚而出現魅惑害人的故事。

1、幽明嫁娶，反映冥婚

此類故事多敘男子進入女鬼之殯宮，雙方結爲鬼夫妻，曲折地反映冥婚的習俗。如《廣異記・王乙》，〔註54〕寫王乙赴京趕考途中，邂逅閭女李女，李女踰牆與之私合，但李女在翻牆時不愼被鐵齒刺腳，不治而亡；王乙得知後，至她的墓前祭拜，竟伏地而卒，家人乃爲其等冥婚。又如《廣異記・長洲陸氏女》，〔註55〕敘陸女停喪於殯宮待葬，託路過殯宮的陸某轉告父母，冥間有李某向其求婚，因「室女義難自嫁」，故請家人代爲完成婚儀而冥婚。再如《紀聞・季攸》，〔註56〕故事中青春蹉跎、銜怨而亡的女鬼，強令楊胥入塚墓共寢，再由家人爲其主持盛大的冥婚之禮。

上述故事雖然源於冥婚習俗，但情節曲折離奇，構思新穎，足見唐傳奇人鬼戀作者在六朝志怪的既有基礎上，馳騁想像，再經適當剪裁，創造出可觀的故事。他如《傳奇・薛昭》〔註57〕、《傳奇・崔煒》〔註58〕、《玄怪錄・袁洪兒夸郎》〔註59〕、《異聞集・獨孤穆》〔註60〕等亦是幽明通婚的故事，均敘述人間男子進入塚墓，與墓中女鬼成婚。〔註61〕

2、復生還魂，浪漫喜劇

敷衍自六朝復生情節之唐傳奇，如《廣異記・張果女》〔註62〕描述張果

〔註54〕〔唐〕戴孚：《廣異記》，收入王汝濤編校：《全唐小説》（濟南：山東文藝出版社發行，1993 年 3 月），頁 467。

〔註55〕同註 54，頁 466。

〔註56〕〔唐〕牛肅：《紀聞》，收入王汝濤編校：《全唐小説》（濟南：山東文藝出版社發行，1993 年 3 月），頁 321。

〔註57〕〔唐〕斐鉶：《傳奇》，收入王汝濤編校：《全唐小説》（濟南：山東文藝出版社發行，1993 年 3 月），頁 1220～1223。

〔註58〕同上註，頁 1208～1213。

〔註59〕〔唐〕牛僧孺：《玄怪錄》，收入王汝濤編校：《全唐小説》（濟南：山東文藝出版社發行，1993 年 3 月），頁 375～377。

〔註60〕〔唐〕陳翰：《異聞集》，收入王汝濤編校：《全唐小説》（濟南：山東文藝出版社發行，1993 年 3 月），頁 159～163。

〔註61〕關於唐代世間男子進入塚墓與鬼女結婚的「幽明情緣」故事，詳見鄧鳳美：《唐代人鬼戀故事研究》（臺中：東海大學中國文學研究所碩士論文，1997 年 6 月），頁 63～78。

〔註62〕同註 54，頁 457。

女年十五、因病殤亡,其鬼魂主動向男子獻身,人鬼相愛逾恆;最後女鬼請男子發棺,女鬼復生,兩人完婚遂願。《廣異記‧劉長史女》〔註63〕之劉女,亦是未婚夭殤,停喪於船上待葬,與男子遇合,雙方情意深濃;女鬼經開棺、復活,亦與男子締結佳偶。兩則故事,不約而同的在最後增加第三者對女鬼復生的反應,或阻礙雙方的姻緣,不但增強故事的戲劇張力,也讓女鬼復生與男子團圓出現喜劇的效果。此外,更著意描寫男女主角的熱情大膽,毫不忸怩的表現出情慾的需求。

3、黯然離別,歌頌愛情

如同六朝,唐傳奇人鬼戀的結局亦多為分離,不過,後者對人鬼愛情之發展過程多所著墨,似有意藉此歌頌愛情的偉大。例如〈李章武傳〉,〔註64〕敘王家子婦與李章武一見鍾情,王婦因思念李某過甚而卒。後李章武至廢屋追悼王婦,人鬼乍見,互訴離情,雙方執著的深情令人感傷。不過,儘管兩情依依,黎明破曉逼使鬼魂不得不返回地府,人鬼戀情就此劃上句點。

又如《通幽記‧唐晅》〔註65〕中的妻魂有感丈夫唐晅之至誠,重返人間以慰藉其相思之情,人鬼繾綣難捨,但妻魂亦必須在天亮之前重回幽冥。雙方分別時,鬼妻題詩曰:「不分殊幽顯,那堪異古今。陰陽途自隔,聚散兩難心。」真切道出人鬼殊途幽明兩隔,戀情實難再續的無奈。其他如《廣異記‧李陶》〔註66〕、《廣異記‧閻陟》〔註67〕、《集異記‧金友章》〔註68〕中的人鬼戀情,都是以分離作結。

4、情緣變調,魅惑害人

人鬼除兩情相悅外,尚有鬼魅為禍的故事。主要有二類,其一是鬼魅幻化為美女,色誘男子交媾,最後男子總會嘗到放縱情慾的苦果;另一是女子含冤銜恨而亡,化為厲鬼復仇。前者如《玄怪錄‧王煌》,〔註69〕敘述王煌偶

〔註63〕 同註54,頁517～518。
〔註64〕 〔唐〕李景亮:〈李章武傳〉,收入王汝濤編校:《全唐小說》(濟南:山東文藝出版社發行,1993年3月),頁64～67。
〔註65〕 〔唐〕陳劭:《通幽記》,收入王汝濤編校:《全唐小說》(濟南:山東文藝出版社發行,1993年3月),頁1419～1421。
〔註66〕 同註54,頁465～466。
〔註67〕 同註54,頁436。
〔註68〕 〔唐〕薛用弱:《集異記》,收入王汝濤編校:《全唐小說》(濟南:山東文藝出版社發行,1993年3月),頁662。
〔註69〕 註59,頁404～406。

遇容色絕代的白衣女子，並娶她為妻；白衣女子原是赤面耐重鬼所幻化，主要目的是尋找替死鬼，最後王煌果然被踩死。又如《廣異記·河間劉別駕》，〔註70〕描寫劉別駕與女鬼邂逅，雙方縱情交歡數宿，導致劉某身染痼疾。這類故事主要仍是藉由美艷女鬼害人，以勸戒世人勿任情縱慾。

至於厲鬼復仇的故事，如《逸史·嚴武盜妾》，〔註71〕敘嚴武拐騙軍使之女私奔，之後嚴武畏罪，竟將該女灌醉，以琴絃縊殺，再沉於河中，最後女子化為厲鬼向嚴復仇索命。又如《通幽記·竇凝妾》，〔註72〕描寫竇凝為娶崔氏，將小妾及其新生之二女沉於江中，小妾之鬼魂在十五年後向竇凝報仇雪冤。這類故事主在傳達為惡必遭報應的觀念。

唐傳奇人鬼戀之題材雖然承自六朝，但情節模式已出現若干變化：其一，面對艷若桃李的鬼女，唐傳奇的男主角，不再僅處於被動的角色，已有出言相挑，甚至痴心祈求女鬼出現。如《廣異記·王玄之》，〔註73〕王玄之遇女鬼，主動挑引，雙方遂交合。又如《廣異記·楊準》，〔註74〕楊准遇見美艷女鬼，即直言惑挑。再如《傳奇·曾季衡》，〔註75〕曾季衡因貪戀美色，不以人鬼為間，女鬼為其精誠所感，現身相就。其次，描繪女鬼的形貌，多是容色絕代，男子多因迷戀美色而與女鬼談情說愛。如《廣異記·王玄之》中的男主角對鬼女「情愛甚至」、《廣異記·李元平》〔註76〕則是「相見忻悅，有如舊識」、《宣室誌·鄭德楙》〔註77〕因鬼女「姿色甚艷，目所未見，被服燦冠絕當時」，遂同意娶她為妻。其三，人鬼戀情的發展過程多言及情愛，不再只是單純的人鬼縱慾而已。

（二）敘事委宛，綺麗雋永

唐傳奇人鬼戀在「幻設」、「作意好奇」〔註78〕之下，作者已具備一定程

〔註70〕同註54，頁468。

〔註71〕〔唐〕盧肇：《逸史》，收入王汝濤編校：《全唐小說》（濟南：山東文藝出版社發行，1993年3月），頁849～850。

〔註72〕同註65，頁1413～1414。

〔註73〕同註54，頁468。

〔註74〕同註54，頁466～467。

〔註75〕〔唐〕斐鉶：《傳奇》，收入王汝濤編校：《全唐小說》（濟南：山東文藝出版社發行，1993年3月），頁1239～1240。

〔註76〕同註54，頁486。

〔註77〕〔唐〕張讀：《宣室志》，收入王汝濤編校：《全唐小說》（濟南：山東文藝出版社發行，1993年3月），頁1332～1334。

〔註78〕同註53，卷20，頁387。

度的審美自覺，所以構思細密宛轉，技巧更顯高妙。

1、著重鋪陳，情意纏綿

唐傳奇人鬼戀在奇異荒誕的情節中，已增加描寫人鬼間的感情糾葛，有些故事甚至凸顯愛情能跨越生死，呈現出敘述宛轉，曲折有致的藝術美感。

如《廣異記‧王光本》，描寫王光本因公離家，愛妻暴亡，他自認未盡照顧妻子之責而哀痛逾恆。篇中對王生悼念亡妻、自責悔恨的情節多所刻劃，甚至妻魂在冥間都因此而「倍益淒感」，不得不重返人間加以勸慰。作者以濃郁深沈的筆墨渲染王生悼念亡妻的情緒，刻意塑造出淒楚哀傷的氣氛。又如《通幽記‧唐晅》亦多鋪陳唐晅的悼妻之慟，其中最直接而感人之處莫過於他因思妻而「全失壯容，驟或雪鬢」，其癡心不悔的執意深情，極盡纏綿之致。

再如《傳奇‧曾季衡》，敘寫女鬼感念曾季衡的至誠，現身與之歡合，最後因曾季衡負約洩密，人鬼戀情無奈告終。故事之情思綿密，情感深摯，令人無法或忘。其他如《廣異記‧張果女》、《廣異記‧劉長史女》等故事，均極力描寫人鬼相識、相歡的經過，以強化人鬼之間的深情愛意。

2、人物刻劃，逼真鮮明

唐傳奇人鬼戀不僅情節安排屢見巧思，人物刻劃也更為細膩，其形象塑造逼真而鮮明。例如《乾𦡱子‧華州參軍》，〔註79〕故事描寫柳生與崔氏女的生死戀情。全篇以崔氏女為主軸，生動地刻劃她堅持婚姻自主，至死不悔，甚至化為鬼魂都緊緊依隨柳生的癡情、堅毅形象。至於男主角柳生，不懼官府壓迫，執意愛戀崔女，他執著、積極的形象亦令人讚嘆。

又如〈霍小玉傳〉中的霍小玉，生而為人，她姿色穠艷，溫柔專情，善體人意；死而為鬼，「容貌妍麗，宛若平生。著石榴裙，……紅綠帔子。」〔註80〕仍是一逕的美麗可人。無論是人、還是鬼，霍小玉生動、鮮明的形象，躍然紙上。這也是唐傳奇人鬼戀之女鬼趨於人性化的表現。

唐傳奇人鬼戀的基本情節雖多承繼六朝志怪，但其故事結構佈局遠較六朝繁複，而且「處處流露出唐代作家對現實生活的觀感、別具用心的主題意識和社會文化訊息。……浪漫而鮮明的唐代社會丰彩，加上自信而有意識的

〔註79〕〔唐〕溫庭筠：《乾𦡱子》，收入王汝濤編校：《全唐小說》（濟南：山東文藝出版社發行，1993年3月），頁2665～2667。

〔註80〕〔唐〕蔣防：〈霍小玉傳〉，收入王汝濤編校：《全唐小說》（濟南：山東文藝出版社發行，1993年3月），頁73。

創作表現技巧，自然豐腴了唐代人鬼戀愛故事的內涵。」〔註81〕另外，唐傳奇以綺麗華美的文字表達豐富的想像，不論情節、人物、語言及敘事都別具特色，影響後代的人鬼戀作品相當深遠。

綜觀六朝與唐朝的人鬼戀故事，前者奠定故事的基本情節；後者在前代的基礎上，添加不同元素，以更純熟的寫作技巧刻劃人物形象，深化故事的內涵。因此，人鬼戀故事經過這二個時期的蘊釀與發展，成就斐然。

第三節　宋代之社會文化背景

文學風格的形成，往往受當代之政治、社會及文化等方面之影響；不同的時代背景，將孕育出姿態迥異的文學風貌。以下就宋代之政治、社會、文化背景，作一番考察，以瞭解現實社會對人鬼戀故事的影響。

一、政經背景

趙匡胤結束五代十國長期分裂、動蕩的局面，建立宋朝（960～1279）。由現存宋代傳奇的完成年代來看，主要集中於北宋中期至南宋中期（998～1124），此乃宋代由盛而衰、偏安江南尚未面臨存亡的時期，社會相對安定，亂中有治，對文學的發展亦具穩定作用。宋代國祚約三百二十年，主要的政經環境如下：

（一）中央集權，外患不斷

有鑑於唐、五代藩鎮擁兵自重、割據為禍，宋太祖一方面將政治、財政、軍政、司法等皆集權於中央，迅速控制節度使擁兵自重的局面，恢復社會秩序。雖然中央集權有助於加強全國的聯繫、商品經濟發展和水陸交通的發達；卻同時導致政府機構重疊、官員人數增多，使人事開銷大增。另一方面，太祖的用人政策重文輕武，幾乎以文人治國，致宋代始終積弱不振，加上黨爭不斷，黨同伐異，甚至相互迫害，朝政紊亂。

在外患方面，宋代外患主要有三：遼、西夏及金。宋初北方飽受遼國之侵擾，太宗二次御駕親征均無所獲，於是與遼國簽訂澶淵盟約（1004 年），以大量的絹與金銀換得北宋約一百二十年的太平。此一承平時期，成為宋代經

〔註81〕同註61，頁34。

濟、工商業快速發展的關鍵。至北宋中葉以後，金先滅遼，再揮軍南下，最
後擄走徽、欽二帝，北宋滅亡。宋高宗趙構稱帝，建都於臨安（杭州），史稱
南宋。此後宋金之間的戰事未曾間斷，最後南宋被蒙古所滅（1279）。綜觀上
述，宋代統治階層的腐敗和浪費，內部面臨人事、軍事費用快速膨脹；對外，
不斷妥協退讓，以納幣稱臣、喪權辱國的方式面對強大的外患。無論內政、
外交都讓宋代財政捉襟見肘。因此，儘管宋代社會經濟發達，但財政始終困
窘、平民生活多貧苦。

　　社會越是動盪不安，人們越喜歡談論奇異之事，志怪成為人們心靈的寄
託。宋人往往以鬼界假託人事，其中人鬼戀故事之發展，也在這種紛亂雜沓
的環境中，更顯精彩多貌。例如，宋傳奇人鬼戀之中有些女主角因流離轉徙
的逃亡途中，被擄掠、蹂躪，有些慘遭殺害，有些義不受辱而自殺，她們不
約而同地以鬼魅的形態「存活」於現世，然後與男主角遇合、相戀。因此，
宋代的亂世是滋養人鬼戀故事的搖籃。

（二）經濟繁榮，平民崛起

　　宋初經過六十餘年的休養生息之後，社會逐漸平和、繁榮。〔註 82〕這段
時期，政府採取獎勵農墾、減輕賦稅等措施，使農產品的產量大幅提高，人
口因此迅速成長。〔註 83〕隨著農業生產的安定發展，配合完善的商品稅收制
度，促使手工業快速發展；而紙幣「交子」的運用，使貨幣流通量大幅度增
加，加上便捷的水陸交通等因素，促使商品快速流通，進一步刺激商品經濟
發達與城市繁榮。〔註 84〕至於海外貿易更是盛況空前，當時與宋代有貿易關
係者即達五、六十國。〔註 85〕據黃仁宇先生統計，北宋天禧五年（1021）國

〔註82〕《東京夢華》曾描繪北宋末年東京汴梁的生活景象：「太平日久，人物繁阜。
　　　　垂髫之童，但習鼓舞；斑白之老，不識干戈。時節相次，各有觀賞；燈宵月
　　　　夕，雪際花時，乞巧登高，教池遊苑。舉目則青樓畫閣，繡戶珠簾，雕車競
　　　　駐於天街，寶馬爭馳於御路，金翠耀目，羅綺飄香。」內容提及四時節慶，
　　　　皇帝出宮與民同樂的情形。可見在戰事暫歇的承平時期，民眾的生活是一片
　　　　安和樂利的繁榮景象。〔宋〕孟元老撰，伊永文箋注：《東京夢華錄箋注・序》
　　　　（北京：中華書局，2007 年 7 月，影印《中國古代都城資料選刊本》），頁 1。
〔註83〕滕澤元先生根據現存史料加以分析比對，認為至宋末，人口總數約 1 億數千
　　　　萬人。見氏著：〈宋代人口突破一億大關〉（《人口研究》1986 年第 6 期），頁
　　　　47～49。
〔註84〕陳振：《宋史》（上海：上海人民出版社，2003 年 4 月），頁 301～324。
〔註85〕趙汝适：《諸蕃志》（臺北：臺灣商務印書館，1986 年 3 月，《四庫全書本》），
　　　　卷上，頁 1～51。

家總收入，約相當於今日 60、70 億美元。〔註86〕不過，也由於經濟快速成長，社會整體的價值觀、風尚也隨之改變；甚至出現士人因厚利轉而經商之事，〔註87〕顯示商品經濟在生活中益加重要，社會逐漸轉往重商業、重財利的趨向。在人們競相逐利之下，社會奢靡之風漸生；官吏亦貪贓枉法，道德逐漸淪喪。

由於商業貿易發達、城市繁榮、人口大幅增加，人們對行商之觀念逐漸轉變，商人的社會地位逐漸提高，市民階層迅速擴大，平民地主逐漸取代世族地主，成為社會不可忽視的新興勢力。市民階層的崛起，不但影響宋代的思想、學術、文化及藝術，最重要的是促進民間文藝的發達，如說話、說書等口頭文學盛行，促使話本小說的創作百家爭鳴、繁榮鼎盛；又如戲劇、曲藝等也競相發展。這些民間文藝與傳奇小說相互影響，促使傳奇小說逐漸發展出一波通俗的潮流，再加上原有承繼唐傳奇筆調的文人創作，使宋傳奇同時兼具雅、俗兩種風格。市民階層的崛起除影響宋傳奇的風格外，由於重士、農而抑商的觀念轉趨淡薄，社會普遍士、商雜處，士人有機會將生活中所見所聞寫入作品之中，於是宋代傳奇出現大批市井人物的生活情態。

二、思想背景

（一）崇尚三教，信仰巫鬼

宋代儒、釋、道三教並存，「三教之設，其旨一也」〔註88〕、「言異理貫、三教同歸」，〔註89〕三者對立情況逐漸緩和，〔註90〕甚至出現合流的趨勢。最

〔註86〕黃仁宇：《中國大歷史》（臺北：聯經出版事業公司，1995年），頁154。

〔註87〕《宋史》：「江、淮間雖衣冠士人，狃於厚利，或以販鹽為事。」見〔元〕脫脫等：《宋史‧食貨下四》（臺北，鼎文書局，1983年11月），卷182，頁4441。

〔註88〕《續資治通鑑長編》載真宗大中祥符六年七月至十二月之事，云：「玉清昭應宮太初明慶殿有舍利出，上謂宰相曰：『三教之設，其旨一也，大抵皆勸人為善，惟達識者能總貫之。滯情偏見，觸目分別，則於道遠矣。』遂作感應論以著其事。」〔宋〕李燾：《續資治通鑑長編》（北京：中華書局，2004年9月），卷81，頁1853。

〔註89〕〔宋〕智圓：「夫儒釋者，言異而理貫，莫不化民，俾遷善遠惡也。儒者飾身之教，故謂之外典也；釋者修心之教，故謂之內典也。……此三者，派之而不可分，混之而不可同。」見氏著：《閑居編‧中庸子傳上》（北京：九洲圖書，2000年，《頻伽大藏經》冊154），卷19，頁534。

〔註90〕宋代重視文治，在尊崇儒教之外，同時對佛、道採取保護提倡的政策。例如太宗在太平興國七年（982）成立譯經院，大量校刊佛家經典，並在五臺山、峨嵋山、天臺山等地興建佛寺，並著《御制逍遙詠》、《御制蓮華心輪回文偈

明顯的例證莫過於佛教為求在中國長期發展，乃修改傳統教義以符合儒家忠孝之道；而儒家則需要借重佛學的思想重建天人的關係；〔註91〕道教為獲國君之青睞，教義也採取與儒家不相違背為原則。在儒、釋、道三者相互交流之下，小說常出現佛、道相互援引的情況，例如，小說中的因果報應，往往夾雜儒、道、釋的觀念，已非絕對、純然的佛教因果報應觀。又如，道教之齋醮，乃在原有方士醮祭之基礎上，引入佛教齋義，而形成齋醮並行的特殊形式。〔註92〕因此，小說中所呈現的宗教思想已很難析辨其教派。〔註93〕受三教趨於融合的影響，小說所表出的內容、技巧更加多姿，鬼魅題材的故事也更形豐富。

　　雖然宋代的儒、釋、道三教已逐漸合流，但巫鬼信仰仍是社會宗教的主流之一，甚至三教都分別受鬼神信仰的影響。〔註94〕如本章第一節所述，鬼魂崇拜是中國原始宗教信仰之一，其信仰的根基相當深厚紮實，發展至宋代

　　頌》等經典，真宗亦撰《崇釋論》等，足見宋代對佛教的尊崇。至於道教，宋代諸帝除崇奉佛教外，也崇奉道教，例如太宗厚待陳摶，認為他「必善其身，不干勢利」（《宋史·陳摶傳》卷457），真宗甚至偽造天書，在汴京大修玉清昭應宮與景靈宮。再如，徽宗曾以道士百人執威儀前導，建玉清和陽宮以安道像，並下詔訪求道教遺書，增至五千三百餘卷，刻成中國第一部鏤版的《萬壽道藏》。由上可知，三教在宋朝同時並存的情況。

〔註91〕陳運寧：「佛教本土化、中國化是佛教思想與儒、道思想，特別是與儒家思想融會的結果，由於儒佛兩家思想在穩定人心、緩和社會矛盾，鞏固封建秩序方面有著殊途同歸的妙用，所以這種融會便是相互的：從佛教方面來說，他們需要『援儒入佛』，以求獲得本土特色，借以在中華、大地站穩腳跟；從儒家方面說，他們需要『援佛入儒』，尤其是需要汲取佛學本體論思想來重新勾畫一幅新的天人關係的藍圖，並以此為基礎，建構一種新儒家思想體系。」見氏著：《中國佛教與宋明理學》（長沙：湖南人民出版社，2002年6月），頁70～71。

〔註92〕李獻章：「齋醮之義，即佛道設壇祈禱之儀式也，道教齋醮，雖前有所承，然其立為科儀，實乃襲自佛教。」見氏著：〈道教醮儀的開展與現代的醮〉收入《中國學誌》第五本（東京：泰山文物社，1986年），頁3。

〔註93〕孔令宏：「這一時期（宋代）的三教融合，實質上變成了儒學為主，難以說清楚哪是儒家的、哪是釋的或道的，要指出三教在細微之處的互相吸收，將變得頗為瑣碎和困難。」見氏著：《宋明道教思想研究》（北京：宗教文化出版社，2002年4月），頁405～406。

〔註94〕張勁松：「鬼信仰在漫長的流傳過程中與人為宗教合流，也就是說被人為宗教吸收利用，這是必然的。……但是，人為宗教對原始鬼信仰及行為方式的吸收又不會是機械的全盤照搬，而是根據自己的需要，或是加以整飾，或是雖（疑為「深」字之誤）化其中的某些內容。」見氏著：《中國鬼信仰》（臺北：谷風出版社，1993年6月），頁165～170。

甚至成爲「信仰本根」。〔註95〕歷來中國的志怪故事,「鬼魂題材占有極大的比重」,〔註96〕再加上宋代理學興起,各種束縛隨之增加,小說作者只好設法迴避,導致鬼魅題材在當時極受青睞,〔註97〕也助長人鬼戀故事的發展。由於鬼魂可以溝通幽明,顛倒生死;人無法達成的願望,都可藉由鬼魂的「神通」來完成,所以無論是企盼中的婚戀自由,或是情慾的渴望,均能透過鬼魅幻化來滿足受壓抑的本性。

(二)理學勃興,小說載道

儒家自孔、孟創始以來,歷經兩漢的章句訓詁之學,至唐代韓愈提倡「文以載道」,已逐漸走向重視儒學經典義理,賦予文學重任。至宋代,性、理之說大行,儒者由性、理出發以追溯儒家仁義道德的本源,認爲天理是道德的本體,是人固有的本性。由此逐漸發展、建構出新的儒學體系,成爲當時思想的主流,並被稱以「理學」。理學的興起,影響當代甚鉅,〔註98〕由於理學家相當重視文學對社會、政治及人生的教化功能,導致宋代文學趨向現實性。此對傳奇小說的發展影響相當大,在思想方面,由於理學著重思辨與理性,致想像力被限縮,使多數傳奇小說的內容較爲平實,虛構的情節也相對貧乏。

理學家「存天理,滅人欲」〔註99〕的表述,禁錮了宋人對情慾的需求,使文人不得不將此本性投射於人鬼相戀的故事中。楊義先生指出:「唐人的最高精神形式是詩,宋人的最高精神形式則是理學。……《夷堅志》的內容和傾向是非常複雜,甚至互爲矛盾的。它樂於說鬼,與理學趣味不投;卻又常常以人間倫理去解說鬼世界的是非,使鬼故事中不乏理學氣。……在作爲理學空氣濃郁時代的一部志怪書,《夷堅志》是交織著異端和正統的多重品格的。」〔註100〕理學對宋傳奇人鬼戀的影響也是既矛盾又複雜,一方面,在理

〔註95〕魯迅:「宋代雖云崇儒,並容釋道,而信仰本根,夙在巫鬼。」同註40,頁86。
〔註96〕同註23,頁56。
〔註97〕林辰:「與唐代小說家相比,宋代小說家更喜歡鬼魅題材。」見氏著:《神怪小說史》(杭州:浙江古籍出版社1998年),頁215。
〔註98〕蔡崇榜:「從北宋初期開始,理學作爲社會哲學思想,對人們的各種社會文化活動,產生約束和影響。」見氏著:《宋代修史制度研究》(臺北:文津出版社,1991年6月),頁3。
〔註99〕朱熹:「人之一心,天理存則人欲亡,人欲勝則天理滅。未有天理人欲夾雜者,學人須要於此體認省察之。」〔宋〕黎靖德編:《朱子語類》(長沙:岳麓書社,1997年),卷13,頁199。
〔註100〕同註38,頁209。

學思想的禁錮之下，人們藉人鬼戀故事發洩受抑制的本性，拓展出一片相對自由的情慾空間；同時又必須顧及主流的道學思想，藉小說闡示義理、寄寓教化。因此，宋傳奇人鬼戀在彰顯情慾與文以載道的雙重意蘊之下，呈現出既言情又載道的特殊審美情趣。

三、文學風尙

宋代尙文，〔註101〕治理國家的方針爲「興文教、抑武事」，〔註102〕此對宋代社會影響甚鉅。由於統治階層尊重知識份子、提倡文藝，不但促使宋代文化快速發展，更令文學極度興盛，有學者甚至稱宋代爲「中國的文藝復興」。〔註103〕

（一）崇博尙學，喜好異聞

宋代統治者相當重視文治教化，不但獎勵興學促進教育普及，更降低科舉考試門檻，使宋代知識份子的地位與人數大幅提升。劉揚忠先生指出，「宋代文化人不但隊伍之龐大遠逾前代，而且學養之深厚從總體看也爲前代所不及。」〔註104〕在這樣的氛圍之下，宋代的讀書風氣越來越興盛，並逐漸推崇博通的讀書觀念，此亦擴及文言小說的領域，當時甚至認爲小說與「九流並起，皆得聖人之道，以盡萬物之情。足以啓迪聰明，鑒照今古」。〔註105〕因此，

〔註101〕宋代尙文的傳統，源於宋太祖「尊士」的作風，此可由其首開「殿試」制度窺見一二。所謂殿試，乃是皇帝親自在大殿主持科舉最高一級的考試。余英時先生曾引宋代范鎭《東齋紀事》的記載，論述此事。他說：「禮部貢院試進士日，設香案于墀前，主司與舉人對拜，此唐故事也。所坐設位供張甚盛，有司具茶湯飲漿。至試學究，則悉徹帳幕、氈席之類，亦無茶湯，渴則飲硯水，人人皆黔其吻。非故欲困之，乃防氈幕及供應人私傳所試經義。蓋嘗有敗者，故事爲之防。歐文忠有詩：『焚香禮進士，徹幕待經生。』以爲禮數重輕如此，其實自有爲之。……認爲宋代進士考試比在唐代更受禮遇，自太祖、太宗以下，諸帝在殿試階段往往親臨試場，甚至親自閱卷，以示鄭重。而在禮部舉行進士初試時，接待也過於唐代。」見氏著：《朱熹的歷史世界》（臺北：允晨文化，2003年）冊上，頁274。
〔註102〕同註88，卷18，頁394。
〔註103〕〔法〕謝和耐（Jacques Gernet）著、耿昇譯：《中國社會史》（南京：江蘇人民出版社，2005年5月），239～285。
〔註104〕劉揚忠主編，傅璇琮、蔣寅總主編：《中國古代文學通論－宋代卷》（瀋陽：遼寧人民出版，2005年5月），頁5
〔註105〕李昉的〈太平廣記表〉言：「臣昉先奉敕撰集太平廣記五百卷者，伏以六籍既分，九流并起。皆得聖人之道，以盡萬物之情。足以啓迪聰明，鑒照今古。

宋代小說的閱讀階層慢慢擴大，從上至下都有小說的愛好者，如宋仁宗要求臣子「日進一奇怪之事」以爲娛樂〔註106〕、宋高宗皇后「愛神鬼幻誕等書，郭彖《睽車志》始出，洪景廬《夷堅志》繼之。」〔註107〕又如洪邁的《夷堅志初志》甫完成，「士太夫或傳之，今鏤板于閩、于蜀、于婺、于臨安，蓋家有其書。」〔註108〕足見文言小說在宋代社會頗受歡迎。

另外，作文趨向純文學的概念亦是宋代文壇的另一個特色。北宋初期，士大夫積極參與政治，重視文章的經世致用的功能，但隨著黨爭加劇，不少知識分子因黨爭而仕途坎坷、屢遭貶謫，這些文人的心理逐漸從對社會的關注，轉爲個人內在的追求，並將作文之標的轉爲抒發人生經歷。如，歐陽修即曾表示著述《六一詩話》的目的在於「資閑談」。此風逐漸擴散，北宋文人相繼投入書寫筆記的行列，例如，葉夢得《石林燕語·序》：「下至田夫野老之言，與夫滑稽諧謔之辭，時以抵掌一笑。窮谷無事，偶遇筆札，隨輒書之。」〔註109〕又如，王闢之《澠水燕談錄》亦稱著書之目的乃「用消阻志、遣餘年

伏惟皇帝陛下，體周聖啓，德邁文思。博綜群言，不遺眾善。」見〔宋〕李昉等編：《太平廣記》（臺北：文史哲出版社，1981年11月），頁1。其實，宋人對小說的態度是既複雜又矛盾，一方面好讀小說，如錢惟演曾說：「平生惟好讀書，坐則讀經史，臥則讀小說。」詳見歐陽修《歸田錄》，收入《宋元筆記小說大觀》冊13，（上海：上海古籍出版社，2001年），頁620；另一方面又認爲讀小說乃不學無術，如李覯謂：「近年以來，新進之士重爲其所搖動，不求經術而摭小說以爲新。」詳見〔宋〕李覯：《盱江集·上宋舍人書》（臺北：臺灣商務印書館，1983年，影印《文淵閣四庫全書》冊1095），卷27，頁228。

〔註106〕〔明〕郎瑛：「小說起於宋仁宗，蓋時太平盛久，國家閒暇，日進一奇怪之事以娛之。」見氏著：《七修類稿·辨証類·小說》（臺北：世界書局，1963年4月，《讀書箚記叢刊》第二集），卷22，頁330。關於仁宗喜愛小說一事，明代天都外臣《水滸傳敘》亦有記載：「小說之興，始於宋仁宗。於時天下小康，邊釁未動，人主垂衣之暇，命教坊樂部纂取野記，按以歌詞，與秘戲優工，相雜而奏。是後盛行，遍於朝野。蓋雖不經，亦太平樂事，含哺擊壤之遺也。其書無慮數百十本，而《水滸》稱爲行中第一。」詳見朱一玄、劉毓忱編：《水滸傳資料匯編》（天津：百花文藝出版社，1981年8月），頁187。

〔註107〕張端義：《貴耳集》（北京：中華書局，1965年《四庫全書總目》），卷142，第1213頁。

〔註108〕〔宋〕洪邁：《夷堅乙志·序》（臺北：明文書局，1982年4月），卷2，頁185。

〔註109〕〔宋〕葉夢得《石林燕語·序》，收入《宋元筆記小說大觀》冊3，（上海：上海古籍出版社，2001年），頁2469。

耳」。〔註110〕再如《東坡志林》，內容多載夢幻幽怪，神僊伎術，諧謔縱浪等傳奇故事。這股記錄閑談的風氣，逐步影響中下階層的文士，於是社會出現一股搜集奇事異聞之風，助長不少人鬼戀故事的流傳。

（二）野老閒談，里巷拾遺

不同於唐傳奇多出於仕宦名公之手，〔註111〕宋傳奇多「俚儒野老之談」〔註112〕、「里巷稍知文字者所爲」，〔註113〕作者的生平多不可考，無名氏之作更比比皆是，即使是較知名的作者，如劉斧、李獻民等人之事蹟也不齊全，這或因作者並非達官貴人，且社會地位不高所致。〔註114〕至於創作的心態，唐代作家以傳奇溫卷、逞才炫能，此在宋代已不復存在。宋傳奇作者受當代重視史學的影響，創作是基於拾遺舊聞、逸事，以爲補史。

後人多評論宋代小說之品質遠不如唐代，傳奇作品更是每下愈況，除上述偏好散文、崇實黜虛的文風所致外，有學者亦歸咎於作者之才力不濟。〔註115〕何滿子先生對此曾提出「社會成因」之說：

> 這也不能苛責後世（宋元）的作家，……唐代國力強盛，統治者自
> 信心也較強，思想上的控制鉗轄相對來說比較寬鬆，……而在程朱

〔註110〕〔宋〕王闢之：「以爲南畝北窗、倚杖鼓腹之資，且用消阻志、遣餘年耳。」見氏著：《澠水燕談錄・序》，收入《宋元筆記小說大觀》冊2，（上海：上海古籍出版社，2001年），頁1226。

〔註111〕唐傳奇作者如元稹、白行簡、李公佐、蔣防等人多爲中過進士的飽學之士，房千里甚至當過宰相。

〔註112〕同註53，卷20，頁306。

〔註113〕魯迅：《古小說散論・稗邊小綴》，收入《魯迅小說史論文集―中國小說史略及其他》（臺北：里仁書局，2003年2月），頁482。

〔註114〕張祝平先生指出：「傳奇志怪的作者在宋初大部分是士大夫高官顯宦，如《稽神錄》作者徐鉉（一說是由布衣蒯亮作）、《江淮異人錄》作者吳淑、《楊太貞外傳》作者樂史都曾任高官，《洛陽縉紳舊聞紀》作者張齊賢在宋眞宗時官至宰相。到了北宋中後期一些重要的傳奇志怪小說作者都是一些名不見經傳的下層士人、書會才人。《青瑣高議》的編著者劉斧，只知道人稱『劉斧秀才』，《雲齋廣錄》作者李獻民只知道生活在徽宗時期。《搜神秘覽》的作者章炳文只知其爲開封人，《茅亭客話》作者黃休復只知其爲蜀人。這些作者的生平事蹟皆不可稽考。顯然不是達官貴人。給洪邁提供故事的，『非必出於當世賢卿大夫，蓋寒人、野僧……凡以異聞至，亦欣然受之，不致詰。』大部分是社會下層人士。」見氏著：〈以雅入俗―宋代小說的普及與繁榮〉（《雲夢學刊》第24卷第4期，2003年7月），頁77～78。

〔註115〕俞汝捷先生認爲，「宋傳奇藝術技巧粗糙、拙劣，給人的整個感覺是作者才力不逮，缺乏熱情和想像力。」同註23，頁202～203。

　　理學作為社會統治意識的宋元以後，禮教惡性發展為嚴酷的精神桎
梏，窒息了全社會的活力，作家的創造力也因之而萎頓。〔註116〕
小說作者一方面受制於理學，致想像力與創作力被圍限，作品的情思較難綺
靡流麗；另一方面，受當朝的思想鉗制，「忌諱漸多，所以文人便設法迴避」。
〔註117〕也因此，宋傳奇作者為擺脫思想束縛，不得不假託鬼魂的戀情、言行，
曲折地將當時社會的階級與情慾壓抑等現象表現出來。

　　無論如何，在教育普及、讀書識字者增加之下，小說作家的身分不再侷
限於上層文士，中下階層的作者已能將身邊所知可感的事物，詳實地記錄下
來。於是，宋傳奇的取材範圍擴大，形式也更加自由，而且平易通俗的語言
取代華麗的文采；更重要的是，宋傳奇「很少有學究的腐儒氣，倒是顯地表
現出對市民價值觀念與審美需要的迎合。」〔註118〕

〔註116〕何滿子：《中國愛情與兩性關係──中國小說研究》（臺北，臺灣商務印書館，
　　　　1995年1月），頁88～89。

〔註117〕魯迅曾就唐宋小說比較：「唐人大抵寫時事，而宋人則多講古事；唐人小說少
　　　　教訓，而宋則多教訓；大概唐時講話自由些，雖寫時事不至於得禍，而宋時
　　　　則忌諱漸多，所以文人便設法迴避，去講古事。」見氏著：《中國小說的歷史
　　　　的變遷‧第四講》，收入《魯迅小說史論文集─中國小說史略及其他》（臺北：
　　　　里仁書局，2003年2月），頁524。

〔註118〕朱恒夫：《宋明理學與古代小說》（上海：上海古籍出版社，2005年12月），
　　　　頁71。

第三章　宋傳奇「人鬼戀」類型

　　宋傳奇人鬼戀的內容或敘人鬼相愛、或單方有情愫，抑是雙方的遇合僅著眼於情慾享受，甚或是情感變調，一方化爲鬼魅報仇；無論是那一種類型的故事，均各有特色。茲將宋傳奇人鬼戀分爲以下四類加以討論：

　　第一類「兩情相悅」──主要論述內容屬於「人深情、鬼癡情」的故事；人鬼間繾綣難捨，或於陽世團圓，或於冥界死合，時或無緣相守終致人鬼分離。無論何者，情眞近癡的愛戀令人動容。

　　第二類「癡鬼單戀」──探討「人寡情、鬼多情」的單戀故事；雖然鬼魅執意強求，人卻表現得索然寡情，所以無論鬼魅如何地挑逗與誘惑，情海也難興波瀾。部分的鬼魂甚至以「特殊能力」苦苦糾纏，終至悲劇收場。

　　第三類「貪慾尋歡」──研究「人無情、鬼薄情」的人鬼貪歡故事；由於人或鬼沈溺於情慾，使雙方的邂逅交合著眼於縱慾、貪歡。

　　第四類「負心復仇」──討論「人絕情、鬼無情」的鬼魂復仇故事；癡心女子因戀人薄倖或背約而亡故，死後化爲屬鬼報仇。故事的主軸以因情人負心導致鬼魂復仇，呈現人鬼間愛恨情仇之糾葛。

第一節　兩情相悅

　　愛情興發本諸天性，生滅每無因由，也許是一見鍾情，也可能是日久生情；愛戀男女總渴求兩情繾綣、終成眷屬。人鬼之間的戀情與渴慕亦如世間男女，希望長相廝守、共度白頭，怎奈陰陽的鴻溝，往往迫使人鬼之間無法執手偕老。爲終結這種無奈的悲情，讓人鬼情緣得以銜續，小說家以無窮的

想像，透過鬼魂復生或活人殉情，讓人與鬼在陽世團圓，或在幽冥再續前情。當然，也有愛情的結局不如所願，人鬼最終仍是兩相分離。

以下依結局，將「兩情相悅」的人鬼戀故事，分作「陽世團聚」、「冥界死合」、「幽明殊途」三類加以探討。

一、陽世團聚

從六朝開始，中國傳統人鬼異路、幽明殊途的觀念，一直橫亙在人鬼戀情中間，讓兩者相愛卻無能相守。為彌補此一缺憾、凸顯真愛的偉大，小說家以虛構之筆，透過某種難以言說的神祕力量，將存在於生死之間的扞格加以通融化解，[註1] 讓鬼魂得以復生、附體，重返陽世、成就人鬼戀情。「陽世團聚」即是討論這類復生故事；由於復生的方式又分為女鬼重投原體，或借用他人的身體，因此細分「死而復生」與「借體還魂」兩端言之。

（一）死而復生

人可以為愛而死，鬼可以為情復生。人、鬼戀情想在陽世白頭偕老，惟有鬼魂設法突破生死界限，起死回生，雙方才能進一步完成婚姻的夢想。宋傳奇人鬼戀屬於此類型者，計有〈馬絢娘〉、〈胡氏子〉、〈解七五姐〉三則。

一般而言，復生故事多以女鬼主動出現、自薦枕席，再趁與男子媾合時採補陽氣而復活，〈馬絢娘〉即屬此類。故事寫馬絢娘死後暫厝於佛寺，主動與士人歡好，人鬼同居月餘，絢娘坦誠「非人亦非鬼」，因得士子之精氣，即將復生，並詳細交待開棺、照料等復生事宜，士人如其所言，絢娘果然復生。最後兩人結為夫婦，轉徙他鄉，數年之內生下二子。

另一則〈胡氏子〉，並不全然因「採補男性精氣」而復生。內容描寫未婚的胡氏子，聽聞前通判之女容顏絕世，未適人即死，感嘆之餘，乃取熏爐、備酒至少女墓前奠祭，但求會見墓中佳人。如此接連兩個月，女子感念胡氏子的「眷眷之意」，盛裝與胡氏子歡好。最後，女鬼因飲用人間食物導致身體無法隱沒而復活。這個故事不論是復生方式、雙方的遇合及結局都相當特別，女鬼復生的主因是食人間煙火；人鬼之遇合乃男子勤懇至誠才感動女鬼，而非女鬼主動委身；至於結局更是獲得雙方家長的祝福，皆大歡喜，這在人鬼

〔註1〕 賴芳伶：「生死的界線並非絕不可逾越，……經由某種不可測知的神祕力量，生與死之間所存在的扞格可以通融化解。」見氏著〈試論六朝志怪的幾個主題〉（《幼獅學誌》，卷17，第1期，1982年5月），頁96～97。

戀故事中實屬難得的圓滿。

上述女鬼之復生，或多或少都需依賴男子的精氣，〈解七五姐〉則完全不同，是以「法術」復生。故事敘述解氏自幼好學、修習道教法書，父母替她招施華為贅婿，〔註2〕施華因受岳父母凌辱而離家，七五姐因此不思飲食而亡故。數月之後，施華突在旅舍遇見衣衫襤褸的七五姐，夫妻團圓。之後解父從鄰人處得知此事，雖不相信，仍迅速將七五姐的棺柩火化。三年後，解父又聞女兒仍與施華同居一處，以為她被精魅附身，乃延請法師施法；雙方鬥法時，七五姐詳述因修習九天玄女傳授的「反生還魂之法」，不但復生，甚至可以長生不死。從此，七五姐與家人相處如初。最後結局頗為奇特，七五姐偶見自己的墳墓，突大笑離去，從此消失無蹤。故事描寫濃厚的夫妻之情，尤其是七五姐憑恃自身的力量復生，完全不須丈夫的精氣，更凸顯愛情至上的理想。

以上故事的女鬼，復生方式不盡相同。〈馬絢娘〉乃延續六朝志怪中「女鬼藉著與生人寢息，吸取人氣，以求復生」〔註3〕的類型；〈解七五姐〉則受道教長生不老思想的影響，利用法術復生；至於〈胡氏子〉中的女鬼除因食人間煙火外，也因與男子相處日久，漸漸復生為人。三則故事中的女鬼均受愛情的感召而復生，誠如劉楚華先生所言：

> 婚姻型的女鬼復生故事，善用死亡的豐富象喻性，借復生的情節手段，歌頌情的力量。〔註4〕

女鬼為愛情勇敢跨越陰陽相隔的鴻溝，因而在陽世獲得良緣佳婿，或再續生前情緣，所以起死回生應該是他們執著於愛情最好的回報。

（二）借體還魂

有時女鬼受限於生前的軀體毀壞等因素，無法以原體復生，只得借體還魂，才能與戀人在陽世再續前情。本文所謂「借體」，包括借用新死的屍體或

〔註2〕 招贅乃宋代貧富通婚的一種形式，將於第四章第二節中的「婚姻觀」另行說明。

〔註3〕 顏慧琪將六朝志怪中異類姻緣的「復活戀情」，分為三類：「一種是女鬼藉著與生人寢息，吸取人氣，以求復生；一種是生時為情侶之一方不幸早故，雙方的戀情仍然堅貞，精誠動天地，故開棺即活；最後一種是人鬼戀的變形，男女雙方俱死，在陰間相遇，事脫後皆活，乃相尋共結連理。」見氏著：《六朝志怪小說異類姻緣故事研究》（臺北：文津出版社，1994年5月初版），頁232。本文所論述的〈馬絢娘〉之復生方式屬第一類；至於其他兩類，並未見於宋傳奇人鬼戀。

〔註4〕 劉楚華：〈志怪書中的復生變化〉，收入黃子平主編：《中國小說與宗教》（香港：中華書局，1998年8月），頁28。

投胎托生。這類故事有〈靳瑤〉、〈楊三娘子〉二則。

〈靳瑤〉敘述靳瑤偕同妻子祭謁后土祠,妻子突然心痛,回家後隨即暴亡。當時人們傳言后土祠被五通神依附,經常興妖作怪,靳瑤哀慟氣憤之餘,先將妻子火化,再具羊酒,訴於城隍祠。雖然城隍同意放回靳妻之魂,但她的身體已被焚燬,只能設法借助他人的肉體還魂。靳瑤依妻魂之言求助於茅君,歷經艱苦的奮鬥,終於讓妻魂得以借新死者的屍體還生。妻子重返陽世的力量,源自於丈夫的至誠感動鬼神,人與鬼才有機會接續夫妻之深情。

上一則故事之男女主角的關係是陽世夫妻,而〈楊三娘子〉則是經過冥婚儀式的人鬼夫妻,而重生的方式則是投胎轉世。故事描寫韋高因避靖康之亂南徙,偶遇表妹楊三娘子,雙方經鄰居王老娘做媒、備禮納采,成就歡好。未久,楊之兄長前來挈取她的靈柩回鄉,韋高方知所遇、所娶乃女鬼,但他仍為三娘素服哭奠、護喪。之後三娘於夢中告訴韋高即將投胎、再續夫妻情。十餘年後,韋高果真娶得「步趨容止,絕似三娘」的民家女。故事中的人鬼情感,因男子情深義重,女鬼心念舊恩而投胎托生,終於成就另一椿老夫少妻的美滿姻緣。

「陽世團聚」故事中的顛倒生死、復生就愛之情節,自六朝以來即屢見不鮮,似乎現實生活無法順遂的愛情,一經「死亡、復生」的轉輪,即可得償宿願;於是故事中的男女主角,以至誠的心和熾熱的愛,在幻設的情境裡,致力讚頌跨越死生之真情。

二、冥界死合

〈華山畿〉云:「君既為儂死,獨活為誰施?」以身殉情的浪漫故事歷代迭出,如梁祝、〈孔雀東南飛〉、〈韓朋夫妻〉等,表現出世間男女為愛就死的痴情。「冥界死合」類型即是探討這類以身殉情、人死隨鬼的故事。男女主角或是因人世的情愛糾葛無解,或是陰陽阻隔人鬼戀情,於是,生者捨棄生命追隨鬼魂共赴黃泉,將人鬼之間無解的愛情寄託於幽冥世界。

「冥界死合」可分「人間情侶」、「陰陽戀人」兩者。前者是指男女主角在人世已相互戀慕,其中一方因故過世化為鬼魂,因兩情眷戀,再次遇合後,生者欣然追隨鬼魂至陰府;後者的主角分別為人、鬼,雙方戀媾之後,同赴幽冥。因此,這類故事的特點是活人殉情跟隨鬼魂而去,雙方團圓於幽冥世界。凸顯愛情傳奇不只在陽世開花,更可在冥界結果。

（一）人間情侶

「人間情侶」這類的故事，先寫人間之情，再延伸至人鬼之愛，最後以人隨鬼歸、同赴黃泉收結。歸結此類故事共有〈遠煙記〉、〈周助〉、〈周瑞娘〉三則。故事中男女主角均具夫妻名分，有的是生前已婚娶，有的則是死後方結爲夫婦。在傳統婚姻制度之下，夫妻的情義有時更甚於男女歡愛，此類故事以哀怨筆調，娓娓訴說夫妻間的恩義情愛，扣人心弦。

〈遠煙記〉敘述太學生戴敷浪蕩敗家，致使妻子王氏被岳父強行奪帶回娘家；戴敷日夜號泣，王氏則誓不改嫁。不久王氏病亡，臨終遺言：請戴敷取其骸骨同歸故里。其時戴敷窮困潦倒，慨然以身上衣物賄賂園人才竊得妻骸。之後戴敷益發貧窮，常到江邊釣魚自給，每每覺得江水煙波中有人與他對望。再過二年，終於看清煙波中的影像竟然是妻子王氏。人鬼相會，互道離索之恨。原來王氏魂魄一直守候在戴敷身邊，因他的陽氣旺盛無法靠近。最後，戴敷神態自若地隨妻魂沒入水中，以生命回報妻子生死相隨的愛戀。一段纏綿蘊藉的情緣，始於妻子誓不改嫁、因情就死，終止於夫隨妻魂投水、以愛相殉，夫妻之愛、人鬼之情在洞庭煙波中相續。

同樣是因爲「父母之命」而無法結合的是〈周瑞娘〉。故事敘女子周瑞娘未嫁而亡，出殯後逾旬，突於白晝現身，稟告父母她已在冥府結婚，並索求生前所織布匹作爲嫁妝。父母「見而唾之」，瑞娘請父母別怕，並說明原委：

> 千一娘之死，盡是爺媽做得。……去歲九月，林百七哥過門，見我
> 而喜。歸白百五郎，欲求婚聘。及媒人求議，父母不從。林郎因此
> 悒怏成病。……憑訴陰司，取我爲妻。

原來是男鬼生前求婚遭拒，訴於陰司，才召瑞娘魂魄赴幽冥完婚。瑞娘雖因此喪命，內心非但不排斥，還興高采烈地回家索討嫁妝，足見她對夫婿的感情。最後，父母依言將布匹如數給予鬼女與鬼婿，鬼夫妻表示將到西川經商，不復再見。

〈周瑞娘〉雖然篇幅短狹，但在「兩情相悅」類型中相當特殊。一般多以女鬼與陽世男子相戀，其卻是男鬼渴求人間女子；再者，即使她已死而爲鬼，男鬼娶了她仍可得到一筆豐厚的嫁妝。另外，人鬼相悅戀的故事多以女鬼復生或投體轉世，再與男主角結合爲圓滿結局，〈周瑞娘〉卻是女子就死、無懼地嫁給男鬼。如此男女主角的地位置換，除凸顯女子爲爭取婚戀自由的決心，也對父母主婚的體制表達強烈的不滿。

　　上述兩則故事男女主角分別是人世與陰間夫婦，另一篇〈周助〉則是未婚夫妻。故事描寫周助與孫氏女已「問名納采」，本是天作良緣，無奈孫氏病亡，瞑目之前以未能嫁給周助爲「泉下恨」。周助聽聞孫氏容色絕品及其遺言，乃偕友發棺。當周助掀起棺蓋，孫氏忽然復生，兩人歡合之後，孫氏隨即又死。未及半年，周助也亡故；在他未死之前，僕人常在半夜聽到周助與孫氏之笑語。故事中的男女主角素未謀面，也談不上深情厚愛，但依中國傳統，男女訂親之後，夫妻的名份即定，孫氏殷殷懸念的是成爲周助名正言順的妻子，所以她短暫的復生與周助媾合，是爲盡夫妻之情，也是企求妻子名分。至於男主角周助，即便未婚妻已成爲鬼女，他對她的愛戀終始如一，甚至還隨她共赴黃泉。故事傳達出情與義並重的人鬼摯戀。

　　「人間情侶」中的三則故事，既無女鬼自薦枕席或男子主動相挑的情慾戲碼，也沒有男子與女鬼交媾而損及壽命或健康的描寫，加上雙方的關係均爲夫妻，可說是符合傳統社會道德的規範的人鬼戀故事。

（二）陰陽戀人

　　「陰陽戀人」主要討論男子與女鬼相戀後，欣然捨命、跨越生死界限，再續人鬼情緣的故事。宋傳奇人鬼戀中，此類故事僅兩則，其戀情都在如眞似幻的夢境中展開。

　　〈錢塘異夢〉是世間男子與百年前的女鬼在夢中談戀愛的故事。內容敘寫宋代才子司馬槱晝寢，夢見一位美人，人鬼在夢中以詞寄情。未久，司馬槱調任餘杭爲官，美人再度入夢，雙方在夢中歡好，此後女鬼每夕必至司馬的夢中。司馬槱毫不忌諱地將夢境告訴僚屬，僚屬以公署之後有蘇小小墓，懷疑夢中佳人即是蘇小小。最後，司馬暴亡，魂魄與蘇小小同乘畫舫而去。故事的結局浪漫、淒美，司馬槱爲愛獻出生命追隨女鬼同赴幽冥，人鬼間的愛情既跨越陰陽界線，也衝破時空的限制。

　　另一則〈無鬼論〉，則是男女主角在夢幻之中「幽明通婚」，〔註5〕最後男子隨鬼妻赴幽冥。故事敘述進士黃庸擬作〈無鬼論〉以解天下之惑，突被自

〔註5〕　鄧鳳美先生將「幽明通婚」定義爲：「生人進入塚墓內與墓中的女鬼締結良緣，完成正式的婚姻關係的故事。」她另指出，這類型故事最得唐代文人的青睞，數量多、篇幅長，且多包含對現實人生「別有所託」的寓意。見氏著：《唐代人鬼戀故事研究》（臺中：東海大學中國文學研究所碩士論文，1997 年 6 月），頁 63～64。宋傳奇人鬼戀「幽明通婚」的故事相當少見，這涉及宋人著作小說的心態與時代背景，本文將於第四章進一步探討。

稱王大夫者邀至家中教導二子，並許嫁貌美的女兒。黃肅每次從王宅返家，都以爲經歷一場幻夢。直至婚娶、洞房，黃肅仍以爲置身夢中。婚後黃肅居妻家月餘，王大夫因接獲新職，將攜女同行，相約隔年清明再來迎黃肅。如膠似漆的新婚夫妻被迫分開，離情別恨，更顯眷戀、更形哀悽；結局出人意外，竟是黃肅在約期（次年的清明節）當日暴亡。故事中的男子在夢中娶得鬼妻，不但婚姻幸福美滿，並擁有從未享受過的富裕生活。以此與「陽世團聚」類型故事相較，後者的女鬼復生與男子結婚通常只是喜獲重生、得遂良緣，並未因此而顯貴。似乎透露出世俗男子娶妻希冀人財兩得，而女子唯平安活著、順利婚嫁，即是美滿人生。

　　「何惜負霜死，貴得相纏繞。」〔註6〕一旦愛情的比重高於生命，死亡將不再恐怖，人也會無所畏懼地跨入幽冥世界，相就纏綿之愛。「冥界死合」類型故事，男女主角將生命傾注於熾烈的愛情，執意以往，不恨不悔，即使犧牲生命也在所不惜。故事中的愛情是單純的男女之情、人鬼之愛，既沒有門第考量，也沒有財色目的，完全是建立在兩情契合或知己靈犀的基礎上，幾乎是愛情的極致表現。雖然人鬼的戀情無法在陽世延續，至少可以在冥界魂魄相依，也算是一種幸福。再者，此類五則故事中，活人的死亡方式，除〈遠煙記〉投水外，另四則均是莫名暴亡，如此的安排應是「捨生就情」與傳統「樂生、好生」的觀念相衝突，只好將死亡的原因一筆帶過。

三、幽明殊途

　　別離使愛情的面貌更形繁複，讓愛情的旋律更顯激越淒楚。在中國傳統觀念裡，人與鬼分處陽陰兩界，因爲幽明殊途、生死異路，人鬼相戀的結果，正如葉慶炳先生所言，以「分離居多」。〔註7〕揆宋傳奇人鬼戀「兩情相悅」類型共二十七則，結局屬分離者多達十七則，是所有類型故事最多者，而「幽

〔註6〕　〔宋〕郭茂倩編撰：《樂府詩集・清商曲辭》（臺北：里仁書局，1984年9月）冊2，卷48，頁703。

〔註7〕　葉慶炳先生將女鬼愛情故事的情節結構分爲三部曲：「第一部是由女鬼毛遂自薦；第二部是兩情相好，遂同寢處；第三部分離。」見氏著：〈魏晉南北朝的鬼小說與小說鬼〉，收入《古典小說評論》（臺北：幼獅文化事業公司，1985年5月），頁101～141。同時，他又說：「在我國古典小說中，人與鬼幽明有別，縱然兩情相好，結局總是分離。」見氏著：《談小說妖》（臺北：洪範出版社，1980年2月），頁102。

明殊途」即是討論這類人鬼相戀最後卻分離的故事。依雙方分手的原因分為「外力介入」與「緣盡離散」兩端。

（一）外力介入

所謂「外力介入」，是人鬼分離的原因是第三者介入所致。依第三者的身分可再細分為二：一是「親友破壞」，通常是親友發棺、遷葬等作為，令鬼魂不得不含恨而去；另一是「道士禳除」，指鬼魂被道士畫符、作法禳除而去，導致原本相愛的人鬼被迫分離。

1、親友破壞

首先探討因家人發棺致復生失敗的故事，例如〈畢令女〉。內容寫靈壁縣令畢造有二女，大女為前妻所生，次女恃生母鍾愛，時常凌侮大女；大女的婚事也因次女阻撓而不成，終致抑鬱而亡。大女死後「魂魄漂搖，無所歸」，偶遇九天玄女傳授她「回骸起死」之法，只要採陽補陰即可復生。於是大女魂魄尋得一名士子與之歡合，人鬼繾綣逾半年，不幸女鬼贈予士子的一面銅鏡被次女發現，堅持掘開大女墓穴相驗。發棺後，「長女正疊足坐，縫男子頭巾。自腰以下，肉皆新生，膚理溫軟，腰以上猶是枯臘」，還魂仙法因墓毀棺破而破解，大女復生失敗。

故事中人鬼遇合的原因，雖是女鬼欲採陽補陰以求復生，但雙方情意相投，加上女鬼乃婚姻受阻而亡，所以她積極尋求復生以成為「名正言順」的妻子。〔註8〕無奈因親友的破壞而復生失敗，致人鬼情緣被迫告終。

諸如因發棺致人鬼分離的情節亦見〈玉尺記〉。故事敘海州舉子王生寄居僧舍，女鬼戀慕其風采而主動獻身，雙方「究古論今，吟風詠月」，情意甚厚。女鬼致贈王生一只白玉尺，以誌永不相忘。之後女鬼之兄在寒食節到寺廟祭拜她，驚見玉尺，於是啟殯發棺，只見「亡妹面色宛然如生，唯玉尺不在」。人鬼之情，就此無奈結束。故事並未述明女鬼有復生的意圖，加上女鬼是為愛而委身於男子，所以情愛的動機又較〈畢令女〉更為單純。

另有因遷葬致人鬼分離者，如〈王蕚〉。故事敘王蕚與女鬼遇合，雙方情意甚篤，女鬼因家人準備將其棺柩遷回家鄉，不得不離去，最後雙方在淚眼中分手。一段浪漫、感人肺腑的人鬼戀情因家人的遷葬而終止。

〔註8〕 康正果先生認為，「女鬼之所以急欲再生，就是渴望回到現實的秩序中，以活人的形體在對方的親屬面前亮相，做一個明媒正娶的妻子。」見氏著：《重審風月鑑—性與中國古典文學》（臺北：麥田出版社，1996年），頁209～210。

除上述發棺、遷葬等原因，還有因爲朋友刻意破壞而使人鬼相離者，如〈玉條脫〉所附的「蔡禋事」。故事敘男子在寺廟窺某亡女之畫像甚美，暗自祈求得見畫中美婦；是夕婦人的魂魄果來相就。之後男子因財務困窘，女鬼贈予金釵資助他，兩情相得甚歡。男子之友人妒嫉他人財兩得，設法加以破壞，導致女鬼「再次死亡」。這類因爲親友介入致人鬼分離的故事，親友的行爲通常是無意的，如本篇因嫉恨而刻意破壞，頗爲罕見。

2、道士禳除

討論在人鬼相悅戀之下，鬼魂因術士的干涉而不得不離去。此類之情節大同小異，一開始先描寫人鬼之情意甚篤，一旦鬼魂的身分被揭穿，男主角或其家人即懇求術士制伏女鬼。

例如〈吳小員外〉，敘寫京師富家子弟吳小員外與友春遊，在酒肆邀飲當爐少女，少女因此被父母責罵，悒快而亡。吳返鄉後對少女異常思慕，遂於隔年重遊舊地，並於半途遇該少女之鬼魂，雙方同居逾三月。由於吳生的容貌日漸憔悴，其父請法師察視，法師謂吳生遭鬼魅糾纏即將死亡，於是授劍給吳生殺鬼以求自保，吳生依其言，女鬼中劍後「流血滂沱」，魂消魄散。

又如〈京師異婦人〉，描寫女子離魂與士子相戀，雙方情意甚濃。半年後，有法師警告士子，其周身佈滿妖氣，將不可治。士子遂聽從法師之計，施符於女鬼身上，女鬼因而魂歸本體，並且一命鳴呼。人鬼之愛亦以「情殺」爲結局。

上述故事，人鬼之間原本情意纏綿，卻因道士介入而分開。吳康先生說：

> 男女情愛是永恆的，但橫亙在我們面前的人鬼之戀的普遍陰影並沒
> 有被塗抹掉。人鬼之戀必傷人元氣，吸人精氣，促人壽命這個觀念
> 永恆地在男生女鬼間劃下了一條鴻溝，不可逾越。〔註9〕

世人怕傷元氣、怕喪命，所以鬼女的身分一旦被揭穿，幾乎就變成邪魅，不再是昔日溫柔可人、美麗多情的枕邊人，所以男子才會對法師言聽計從，甚至不擇手段對付女鬼。

另一則〈建德茅屋女〉亦是女鬼被道士禳除的故事，但男主角不似上述般「無情」。內容描寫蔡五因新婚妻子爲醜陋之陰陽女，憤然離去。未久即偶遇女鬼謊稱被夫拋棄，人鬼「情意訢合」，遂結伴移居他鄉，並產下一子。之

〔註9〕 吳康：《中國古代夢幻》（臺北：萬象圖書股份有限公司，1994年1月），頁216。

後蔡五接連巧遇兩位術士，皆指稱該婦爲女鬼，但蔡五始終不肯相信。某日忽有一道士闖入蔡五家向女鬼噀水，女鬼隨即消失不見。故事的男主角並未因與女鬼交媾而致精氣耗損，也堅信婦人不是鬼魂，但道士強行介入，終致人鬼被迫分手，相較於前述〈吳小員外〉等故事之男主角執意爲求保命而哀求道士制伏女鬼，甚至手刃女鬼的情節，本則人鬼戀更具愛情至上的意義。

（二）鬼魂求去

「鬼魂求去」主要討論人鬼戀情並未出現任何阻力，甚至兩情正是濃烈，鬼魂卻爲某些原因突然離去，有些分手的理由更僅是緣盡而已。其實，人間情愛是聖潔、旖旎浪漫的，卻也有終止的時候，而人鬼之間本就存有陰陽相隔的思想鴻溝，更遑論其自由戀愛的形式完全不符世俗規範，所以若由女鬼主動求去，或是將人鬼之聚散歸諸於緣的生滅，不但可輕易擺脫道德禮教的束縛，同時活人與異類接合所致的矛盾與衝突也可迎刃而解。以下分「鬼主動相離」、「鬼了結願望離去」兩者，加以論述。

1.鬼主動相離

情愛正熾熱，戀人突然求去，往往令戀人震驚、難過，有時甚至做出非理性的行爲。例如，〈越娘記〉即是男主角一時失去理智，折辱深愛的女鬼。內容記敘楊舜俞乘醉夜行荒原、失道，投宿於女鬼越娘之茅屋。越娘言明自己是鬼魂，懇求舜俞將她的骸骨遷葬，舜俞依其言，雙方相得甚歡。未久，越娘以「陰陽相交，有損陽體」爲由，向舜俞辭別，但舜俞眷眷不願割捨。數月之後，舜俞果然臥病，越娘悉心服待，並在他病癒後消失無蹤。舜俞難捨舊情，在愛極、思極之下，他開伐越娘的墳墓，甚至使道者畫符困辱之。越娘飽受箠撻之苦，現身指責舜俞，表示寧做孤魂野鬼，也不願與他相遇，這對迷失在愛恨漩渦的舜俞而言，不啻當頭棒喝。於是他當下醒悟，懇求道士放過越娘，雙方終得平和分手。〈越娘記〉這類故事的人鬼情愛糾葛，正如張火慶先生所言：

> 鬼原本即是人，死後靈識不滅，或者回饋生前的感情，或者眷戀人
> 世的恩愛，於是徘徊於陽間，與活人糾纏，虧損了人類的陽氣，又
> 加深了自己的罪孽。但愛情則在這種互相傷害的情況下，益加執著、
> 堅貞。〔註10〕

女鬼惟恐損及戀人的陽氣，所以選擇遠離愛情與戀人，這種既愛又怕的矛盾，

〔註10〕張火慶：《古典小說的人物形象》（臺北市：里仁書局，2006年9月），頁270。

讓男主角對女鬼的愛更加執著、癡狂，也導致人鬼之間的情感更加糾纏不清。

另一則〈西湖女子〉的女鬼也有越娘的矛盾心結——深愛男子，卻怕己身陰氣會損耗戀人的陽體。故事敘述江西某官人遊西湖，與美豔的民家女子一見鍾情。官人向女方父母求婚遭拒，悵然而歸。五年後官人重遊舊地，巧遇該女子，兩人終遂歡愛。半年後，女子幽幽地說出自己是鬼女，因難捨前世情緣，乃化為一縷幽魂相從，無奈緣分已盡，只能分手道別；同時，女鬼以陰氣已侵入男子之體，請男子服藥以滋補精血。臨別當夜，人鬼同寢如常，最後慟哭而別。

故事中的男女主角在現實世界中謹守禮教，難得片刻之歡，他們的愛情正如鏡花水月。女主角的死亡，反而成為他們愛情的契機。人鬼之間強烈而執著的愛情，緊緊連繫陰陽兩界，女鬼可以乘願再現人世，生時無法相親的遺憾，在死後得依戀相隨。對男子而言，等待多年的戀人終得短暫相守，亦是夙願得償。

2、鬼了結願望離去

部分女鬼除與男子談感情外，也對男子另有所託，一旦寄託的願望有結果，無論是宿願得償或事與願違，女鬼都會毅然離去。例如，〈李通判女〉即是女鬼得遂所願的故事。內容描寫李通判的笄女愛上中年喪妻的陳察推，父母雖認為雙方之年貌不相稱，但因女兒不願另議他婚，只好讓兩人完婚。婚後伉儷情深，李氏善撫二名繼女，且作主讓她們在短短一年內相繼出嫁。惟嫁次女時，陳某以無錢備妝奩希望婚事稍緩，李女謂陳某：「君昔貯金五十星於小罌中，埋牀下。」陳某大驚而取用之。待嫁女事畢，李女以「責已塞」，與陳某痛飲歡甚。隔日李女醒來，忽不識陳察推，指他「醜老可惡」，且執意歸返父母家。陳某突然醒悟埋金一事只有亡妻知悉，懷疑亡妻因繫念二女而借李女之體還魂，遂與李女仳離。

故事中陳妻之亡魂以附體的方式再續夫妻情緣，並完成嫁女的心願，其重返人間的理由乍看是因為「母性」，〔註11〕但試由夫妻之情觀之，被附身的李女見陳察推因思念亡妻而歔欷流涕時，對侍女說：「是人篤於情義，如此決

〔註11〕張火慶先生說：「『母性』乃女人宿命的盲點，整個懷孕、生養的過程，男人多半是旁觀者，故而父子間較少『生命共同體』的親密感。」同註10，頁89。故事中的女鬼借體還魂，確有部分是因為「母性」的宿命，因為母親對子女的愛憐與疼惜，重返陽世嫁女。

非輕薄者。得爲之配者，亦幸矣。」意即，陳妻之鬼魂認爲丈夫對她重情重義，非薄情之人，嫁給他是幸福而幸運的，因此，她的靈魂願意再次「以身相許」。所以除了卻心願外，女鬼也是因丈夫的愛戀與思念，才跨越陰陽界、再續夫妻緣。

另一則〈沈生〉中的女鬼則是無法如願，悵然離去。故事中的女鬼託身於未婚、窮困的書生沈生，並給予他財物資助，要求沈生日後中第娶她爲婦；若沈生不幸考場失利，女鬼將另作他圖。最後沈生名落孫山，女鬼以「志願相違」向沈生道別。故事中的女鬼託身於世間男子沈生，是希冀能因此而顯貴，結果卻事與願違，終落得悽愴淚別的下場。

綜觀宋傳奇「兩情相悅」類型人鬼戀，無論是「陽世團聚」的女鬼復生、還魂與男子結連理，或是「冥界死合」的人殉情隨鬼魂赴幽冥團圓，均在凸顯生死不渝的情愛。至於「幽冥殊途」的故事，男女主角或生前就相識、相愛，或是偶然邂逅而遇合，也不管是女鬼主動委身，抑是男子相挑成就歡好，他們追求愛情的勇氣與決心，令人讚嘆，遺憾的是，人鬼間的愛情總以分離收結。若將三個類型故事相較，「陽世團聚」、「冥界死合」以人鬼團圓收結，「幽冥殊途」的故事則著重於人鬼間的情愛描寫，強調分離的悲愴。

第二節 癡鬼單戀

愛情的最佳境界是相濡以沫、兩相慕戀、彼此付出，但大多時候，感情的事總難盡如人意，有時甚至只是單向付出。「癡鬼單戀」即是討論鬼魅單戀活人的故事。由於是單向的愛戀，所以無論鬼魅如何執意追求，甚至以「特殊能力」勉強、苦苦糾纏，仍難搏得生者的眞感情。因此，這類的人鬼糾葛就如同人間的單戀一般，總以悲劇告終，而且受傷的注定是單戀的鬼魅。以下分「遊魂索愛」與「鬼魅糾纏」兩端加以探討。

一、遊魂索愛

本類故事總計四則，其中〈大桶張氏〉、〈玉絛脫〉〔註12〕及〈鄂州南市

〔註12〕〈大桶張氏〉與〈玉絛脫〉的內容大致雷同，僅少數文句不同，最大的差異應是〈玉絛脫〉最後加上議論：「因果冤對有如此哉！」後世研究者對於何者爲本莫衷一是，如薛洪勣認爲，「王明清《投轄錄》之〈玉絛脫〉……又見《清尊錄》，文字略有異同，原作者當是王明清。」見氏著：《傳奇小

女〉三則的情節大同小異，均敘述女子專注於愛情，甚至爲情而亡，又爲愛復生，不過，她們的愛始終不被男子眞心接受。之所以稱這些女子爲「遊魂」，乃因女子復生後的精神與容貌都不復往昔，似乎活著的唯一理由僅僅是再見所戀的男子，因此她們的存活狀態宛若遊魂。三則故事的結局也頗相似，這些如遊魂般的女子都因所愛的男子而再次死亡。

例如，〈大桶張氏〉敘述富家張氏經過其債戶孫助教家，見孫之女貌美，即以臂上之玉條脫（古玉鐲）爲聘，強行指定孫女爲妻室。後來張氏他娶，孫家因家世懸殊，不敢聲張，勸孫女另嫁，她非但不肯，甚至「蒙被死」。孫家父母以玉條脫爲女陪葬，送喪業者鄭三覦覬玉條脫而發棺，孫氏忽然復活，並被鄭三據以爲妻。數年後，孫氏趁隙騎馬直奔張家，見張氏就「曳其衣」、「且哭且罵」，張氏以爲孫女是鬼魂，推拉之間，孫女仆地而死。訟於官府，張氏憂死於獄中。

孫氏女抱著對張氏愛恨交雜的執念亡故，遊魂未歸陰府，反而投入原體復生，她唯一的目的是找張氏質問前約。表面上看來，雙方僅有一面之緣，沒有任何感情，孫氏的死似乎也只因張氏負約，其實不然，她要扞衛的既是人格尊嚴，也是她的愛情！在中國古代社會，有婚約的男女幾乎等同夫妻身分，張氏既以玉條脫爲聘，孫女心中必然早以張氏之妻自居。所以當她知道張氏另娶，不但成爲人妻的期待落空，潛藏在心中的愛意亦無處可訴；另一方面，家人又逼她另嫁，在既失望、悲憤，又心焦、無奈之下終致憤懣而亡。亡而復生的孫女終於敢面對張氏一探究竟，可惜，她以生命才換得的勇氣，仍不敵男主角的無情，她再次因他而死。

與〈大桶張氏〉故事類似的有〈鄂州南市女〉，但前者是男富、女貧的懸殊社會地位，後者則改爲女富、男貧。故事寫富人吳氏女愛上茶店僕人彭先，相思成疾，勉強告知父母，父親因門第不相當而不同意，及至吳女病篤，父親不得已向彭先求親，卻遭彭先嚴拒，吳女因而病亡。她下葬後，少年樵夫

說史》（杭州：浙江古籍出版社，1998 年 12 月），頁 184～185。另有學者認爲〈玉條脫〉抄襲〈大桶張氏〉，如程毅中：「王明清《投轄錄》中的〈玉條脫〉就照抄自本書（《清尊錄》）。」見氏著：《宋元小說研究》（南京：江蘇古籍出版社，1999 年 9 月），頁 171。另外，王鳳池先生則認爲，「（〈大桶張氏〉）又見《投轄錄》，文字大同小異，似由一人所寫而分見二書。」詳見袁閭琨，薛洪勣主編：《唐宋傳奇總集》（鄭州：河南人民出版社，2002 年 7 月），頁 557。

覬覦墓中財寶，發塚啓棺，吳女突然復活，並被樵夫據爲己妻。吳女復活後，對彭先的思念「未嘗暫忘」，設法到茶肆見彭先，且「欲與之合」，卻被彭先誤爲鬼魂，大加斥喝、逐趕，吳女墜樓而死。

故事中的吳女從害相思病至死亡，全因彭先，甚至復生後仍日思夜想再見彭某一面，並與他歡合。似乎吳女只爲彭先而活，她對彭先正如莬絲附女蘿般的依戀，正如中國傳統婦女，以夫爲天，依夫而活，一旦夫婿移情別戀或歡愛不再，婦女幾乎只有死路一條。如吳女這般的癡心女子，從人到鬼、遊魂，再回到幽冥地府，一場令人同情的生死單戀，只換得淒慘的結局。

另一則「遊魂索愛」的單戀故事是〈郭銀匠〉。文中描寫女鬼附體於新死的女屍跟隨郭姓銀匠私奔，二人奔往他鄉後，因錢財用罄，鬼女主動在平里坊賣藝，因「歌聲遏雲，觀者如堵」，逾年就積累相當的財富。只是郭銀匠一知道她是女鬼，就急著拜求鬌角道人濟度。郭銀匠對女鬼無絲毫愛憐的表現，令人爲女鬼的「人財兩空」、「命喪」情人之手而扼腕。

「遊魂索愛」中的遊魂與女鬼，個個執意、痴心，卻換得男主角絕情的回應。她們或因愛而生生死死，或爲情投體托生，她們所歷經的是一場動人心弦的生死愛戀；只是單向的情感與付出，完全得不到對方青睞，結局更顯悲哀。她們的熾情摯愛盡成灰燼，還任所戀者踐踏，實道出單戀者的辛酸與無奈。

二、鬼魅糾纏

「鬼魅糾纏」主要探討人被鬼迷惑、糾纏，人對鬼卻無意於愛情的故事。一般而言，中國古代小說的人鬼戀情，以「男人、女鬼」的戀媾形式爲主，〔註13〕少數「男鬼、女人」形式的故事，所呈現的內容與主題都不盡相同。

〔註13〕造成中國古代「人鬼戀」小說以「男人、女鬼」形式爲主的原因，孫生先生認爲，由於古代創作者多爲男性，他們會以自我爲中心點，強調女鬼如何追求自己（人），決不會說自己（人）如何愛慕女鬼。見氏著：〈鬼道・談風・女鬼——魏晉六朝志怪小說女鬼形象獨秀原因探析〉《西北民族學院學報》，哲學社會科學版，1997年第2期），頁108。顏慧琪先生則認爲，女鬼故事較多，乃因鬼女傳說是神女、仙女傳說的延續，在異類戀情逐漸現實化之後，人們將自己的夢想轉嫁到女鬼身上。同註3，頁87。其實，中國古代社會一直是男尊女卑，加上人們普遍認爲鬼魅是較人類次等的「異類」，因此，以男性爲主的作者們既然以自我爲中心來創作小說，當然很難紆尊降貴的讓筆下的男人主動追求異類，或是讓男鬼追求女人。

〔註14〕檢視宋傳奇人鬼戀共有四則「男鬼、女人」的故事，〔註15〕其中三則內容大同小異，均是男鬼以「超自然能力」迷魅世間女子，女子都在茫然不知的情況下，當了一段時間的鬼情人。

例如，〈郝太尉女〉即是女子被鬼魅糾纏的傳奇。故事敘郝隨之女，被一自稱舍人之鬼魂所魅，行止失常。家人召道士治之，舍人率其徒千餘迎戰，道士因法力不敵而落敗。舍人在戰勝後論功行賞，同時為娶得美妻而大宴賓客。客中有綠袍少年亦愛慕郝女，欲強取之。舍人怒叱綠袍少年，雙方再各率數千甲騎，奮然爭戰，苦戰十餘日互有勝負。最後，舍人因恐「飛戈流矢不可測」傷及郝女，遂將郝女安然送回郝家。

又如〈路當可〉寫富豪葉氏之女，被鬼迷惑，經年冥冥不知人，遂請法師延治。女子清醒後說明前因後果：土地公四度至女子閨中說媒，再以金珠幣帛為聘，之後攜一位少年前來迎娶，並強行挾持她回家拜謁翁姑與伯叔。土地公曾苦勸少年放她歸家，少年以女子乃憑媒納幣、正式婚儀所娶，毋庸懼怕。最後少年被法師消滅，連作伐的土地公也遭波及。另一則〈方氏女〉的情節與此略似，但媒妁者乃是女子過世的叔叔。

一般人鬼戀故事的男性鬼魅極少，而男性鬼魅的出現「乃是女子不堪性壓抑的表現」，〔註16〕這或可由〈方氏女〉之女主角被男鬼迷魅後的反應得到

〔註14〕六朝有數則「男鬼、女人」形式的人鬼姻緣故事，例如《幽明錄・王奉先婢》敘述男鬼在夢中找友人的婢女解決鬼的情慾需求。又如《幽明錄・郭長生》寫男鬼隨某縣令之婢女返家，雙方媾合、夜間謳歌。兩則故事都相當簡短。至於唐傳奇亦有數則「男鬼、女人」形式的故事，例如《廣異記・李霸》敘寫李霸亡魂返家料理妻兒生計的故事。又如《廣異記・薛萬石》描寫亡夫鬼魂重返人間，請僚屬共捐米食接濟妻兒。兩則故事都以亡夫因惦念妻兒無依，返家幫其處理後續的生計，主要傳達出人倫之情。無論是六朝志怪或唐傳奇，與本文所探討的宋傳奇人鬼戀之「男鬼、女人」形式，乃男鬼魅惑世間女子的故事，不僅內容迥然不同，所表達的主題亦大異其趣。前兩則故事見（南朝宋）劉義慶：《幽明錄》（臺北：廣文書局，1989年，《仙佛靈異叢書》）；後兩則故事見〔唐〕戴孚：《廣異記》，收入王汝濤編校：《全唐小說》（濟南：山東文藝出版社，1993年3月），頁461～462、480～481。

〔註15〕宋傳奇人鬼之「男鬼、女人」形式的故事，分別為〈周瑞娘〉、〈郝太尉女〉、〈路當可〉及〈方氏女〉四則。

〔註16〕俞汝捷先生說：「一般妖精多為女性，她們的出現是男子性苦悶的象徵。男性妖精極少，他們的出現乃是女子不堪性壓抑的表現。儘管志怪作者也許均為男性，但表現的是女性的潛意識。」見氏著：《仙鬼妖人－志怪傳奇小說新論》（北京：中國工人出版社，1992年9月），頁65。

應証：

> 婺州浦江方氏女，未適人，爲魅所惑。每日過午，則盛飾插花就枕，
> 移兩時乃寤，必酒色著面，喜氣津津然。女兄問其故，曰：「不可言，
> 人世無此樂也。」

方氏女每日過午即歡愉地盛妝打扮入睡，每次醒來總是喜笑顏開地表示，自己經歷無法言喻的極樂美事。意即，女子只有在被鬼魅迷惑之下的昏然狀態，才能享有美妙的性愛，足見當時女性在性事上的壓抑。

除女子被男鬼魅惑外，亦有女鬼糾纏男子。例如，〈崔慶成〉描寫押衙官崔慶出差夜宿驛舍，遇女鬼自薦枕席，慶成閉戶拒絕，天明即迅速離去。之後崔慶成再至當地，女鬼再次出現引誘他，慶成始終不曾應答。最後，婦人譏誚崔爲「土木偶」，失望離去。情感之事，必須合兩情之好，單方的愛戀與追求，極難成功。所以無論女鬼如何艷麗，如何挑引，如何哀求欲成一夜之好，男主角始終不爲所動。

又如〈鬼國母〉中的女鬼以男子的性命相脅，迫使男子與她合爲夫婦。故事中的富人楊二郎因船難，漂流至一島嶼，被該島至尊鬼國母強留爲夫婿。鬼母時與眾人外出，二郎屢求跟從，但鬼母以他是「凡人」而不許。逾二年後某日，鬼母突然答應二郎的請求，帶他至一館宇，並令他「屏息勿動」藏伏於車內；另一方面，二郎之妻以爲他已死，正在該館爲他發喪行服，招魂卜葬。楊二郎在車內似聽聞家人的哭喊，於是走出車外察看，家人見到二郎皆驚以爲鬼。鬼母見狀，在外招呼二郎，但終無法再靠近他。二郎經過數年調藥補治，才逐漸恢復人形。

上述「鬼魅糾纏」的故事，男鬼都具有「超自然能力」，可以將女子迷惑得茫然不知，然後任其擺佈；反觀同類型故事的女鬼，只能透過條件交換或苦苦糾纏，或能與男子交歡，一旦男子不願意，女鬼也莫可奈何。由此觀之，似乎情慾的主動權均在男性，一切只能聽任男性的安排，連幽冥世界尚且如此，更何況人間！

在「癡鬼單戀」類型故事中，有爲愛而亡、復生、再亡的癡情女鬼；也有以「超自然能力」迷惑女子的男鬼；或對男子緊追不捨的女鬼。無論是女鬼或男魅，他們所代表的是在愛情路上苦苦追尋、單向付出的癡情男女，結局多是徒勞無功。

第三節　貪慾尋歡

「兒女之情，嗜欲之性，誠不可遏。」〔註17〕情慾反應是人類本性的自然流露，「貪慾尋歡」即是探究人鬼之遇合乃著重於感官的情慾，兩者無意廝守，彼此之間的情意寡淡，但求逞一時之慾，尋一時之歡。依據雙方遇合之目的分為「露水之歡」、「財色之誘」兩者，前者是人或鬼嗜慾，此類大多是美麗的女鬼夜訪獨宿男子，人鬼一拍即合；後者則是人類因貪婪好色，落入鬼魅所設下的財色陷阱。

一、露水之歡

「露水之歡」所要討論的是人鬼之遇合乃著眼於性慾，通常是放縱情慾的女鬼遇上貪圖美色的男子的故事。其內容大致相仿，主要描寫美艷女鬼向男子自薦枕席，雙方一夜歡好之後，女鬼相約隔夜再來，男子亦多所期待，惟男子與女鬼交媾導致精氣損耗，女鬼的真實身分才被第三者揭穿。

例如，〈寧行者〉敘述居住於窮鄉僻壤的寧行者幫寧居院寫文疏，夜遇女鬼自薦枕席，驚喜地曲意延接、歡合。寺僧見寧行者「辭氣困憊」，且壁間插有一枝玫瑰，立即要求寧行者火速離開，因為寺院之後有女墳，墳前種一株玫瑰花，人過而折之，必遇女鬼。故事中的女鬼藉玫瑰隨機獵取對象，所以女鬼之目的在於性慾、尋歡；反觀男主角面對女鬼則是充滿歡欣期待，他的渴望在於色慾，因此雙方的情緣是建立在慾望之上。

又如〈解俊保義〉，故事描寫保義郎解俊夜宿寶積寺，巧遇女鬼，人鬼綢繆歡好。後女鬼常致贈錢財予解俊，解俊因人財兩得而喜出望外，惟「氣幹日尪瘵」。最後，解俊吞服術士所寫的符咒，女鬼隨即消失。另一則〈江渭逢二仙〉的內容與上述雷同，但並無饋贈錢財一事，倒是增添女鬼贈藥以令男子延年的情節，至於結局也是女鬼被術士禳除。兩則故事中的女鬼不問來者的身分，只想與男子歡好，追求的僅是情慾上的滿足。

上述「露水之歡」類型的故事可歸結出數個共通點：首先，人鬼相遇的地點都在靜僻的寺廟內外，此應與寺院供人暫時停放棺柩，而鬼魂通常停留在其殯宮附近有關；而女鬼或因寂寞，抑是生前未能享受情慾之歡，所以重

〔註17〕見〈玉尺記〉，收入李劍國輯校：《宋代傳奇集》（北京：中華書局，2001年11月），頁394～395。

返人間恣意尋求歡愛。因此，尋歡的女鬼毫不羞澀地任意找男子交媾，她的慾望毫無拘束，而且極其強烈。其次，這類因抗拒不了女色誘惑而發生一夜情的男子，很快便精氣消散，似乎這類縱慾尋歡的女鬼，更擅長吸取男人的精氣。最後，故事之中都有一位類似救世主的角色適時點醒男主角，避免最後精盡人亡的下場，例如〈寧行者〉是寺僧，〈解俊保義〉是賣符水者，〈江渭逢二仙〉則是法師。

上述故事的女鬼只尋歡、不談愛，又倏忽來去，男子既能滿足性需求，又毋須背負任何道德責任，所以這類「放蕩縱情」的女鬼，可以說是符合部分男性的渴望而塑造出來的傑作。此外，諸如這類女鬼誘人歡愛的故事，也同時具檢視男子品德的作用，若男子心念不純正、無法控制慾望而與女鬼歡愛，不但有違品德教養，甚至還可能喪命亡身。

二、財色之誘

「財色之誘」這類故事多是鬼魅利用人性好色、貪財、害怕興訟等弱點，引誘男子逐漸沈溺於綺麗的溫柔鄉，再逐漸露出真面目——或為圖錢財，抑是欲謀人命。有些甚至是由群鬼共同策劃，設計連環的圈套，讓男子一步步地落入陷阱，所以最後騙局被拆穿時，男主角幾乎都只剩下半條命。

例如〈樊生〉，故事敘述樊生偶然拾得一只女鞋，鞋內暗藏一紙招親信，樊生依其所示，訪得王老娘，方知招親者為陶小娘子，貌美多金。雙方在王老娘的撮合之下，成就好事。不久，陶小娘子即以女主人之姿入住樊生的寓所。樊家舍傭見陶小娘子的轎夫穿「紙衣」，她的侍婢是「枯骨」，陶小娘子更是「自腰以下中斷而異處」，驚而走報樊父。樊父請法師治之，陶小娘子忿恨離去。逾月，樊生又遇陶小娘子與群鬼，數履險境，幾乎喪命，幸為官吏所救。故事中的鬼魅利用人性好奇、好色的弱點設下陷阱，讓男子難有招架的餘地。另外，樊生眼中的陶小娘子是前所未見的「燦然麗人」，僕人眼中的她卻是極恐怖的「以線縫綴腰腹」的女鬼，凸顯男子因極度迷戀而視「鬼」不清，局外人反而能輕易看出女鬼的本質。

又如〈任迴春游〉，敘美艷女鬼以隻身在家為由，騙誘富家子任迴與其歡好。不久，女鬼之母返家，指責任迴姦污其女，欲將他送官究辦，任迴心生懼怕只得與女鬼過著夫婦般的生活。雖然雙方情感彌篤，女鬼卻對任迴防禁甚密，不許他出中門一步。任迴在一次群鬼邀宴中，看見鬼魂相互爭食的恐

怖景象，才恍然大悟自己竟成鬼婿。最後，他伺機躲入佛座之下，才脫離鬼魅的控制，化險爲夷。

不同於上述二則故事的鬼魅圖謀人之錢財或性命，〈莫小孺人〉則像是群鬼跟世間男子開玩笑。一開始先由第三者透露佳人擁有傲人的財富，再由顏色絕美的儷人巧笑倩兮地引誘男主角，讓男子沈迷於女色與財寶的美夢。最後，美人是鬼魅，財寶則是紙錢、髑髏、獸骨、馬牛糞之屬，財色美夢轉眼幻滅。

上述故事的男主角雖都有性命之憂，卻分文未失，另一則〈范敏〉中的男主角雖然保住性命，財物卻被洗劫一空。故事中的失意文人范敏，因夜行失道而投宿於樵夫家，其中有一美婦李氏爲范敏吹笛勸酒。婦人坦言是鬼女，范敏無所畏懼地與她交歡。隔日女鬼泣訴：死後被齊王之猶子田權脅迫爲側室，范敏心生憐憫，連續停留十餘日。之後田權忽至，欲殺范敏，女鬼呼巨翁相救，在巨翁的調停之下，范、田等人把酒言歡。田權召喚李氏吹笛助興，因李氏之笛音過於憤怨，兩鬼發生激烈爭吵，巨翁又從中勸解，在一片混戰之中，鬼魅同時消失，連房舍都失去踪影。現實世界只剩下范敏、累累的墳塚，以及范敏空空如也的行囊及僅剩皮骨的馬匹。文末藉由童子之口揭開謎底，他告訴范敏：「將軍致意子：人間之娼室，亦須財賂。今十餘日在此，費耗兼不多。」原來群鬼大費周章的獻上美人、假意索命、群鬼混戰種種，只爲了殺范敏的馬以食其肉、典當他的衣服以沽酒。看來，鬼魅的狡詐一如人間惡棍。

大部分「貪慾尋歡」類型故事的男女主角，多貪求一夜情式的歡愛，正似現實世界放縱情慾的男女，在作者假託「異類」的敘寫方式之下，完全擺脫世俗禮教的束縛，既可恣意滿足情慾需求，也無須擔負淫蕩失德的罪名。對於那些只求情慾的風流女鬼，一旦面對心儀的男子，便毫不羞澀，也無所顧忌，在兩性關係上幾近放縱的形象，與現實社會要求婦女「貞靜」的美德大相逕庭，因此，可以說這些女鬼具相當鮮明的反社會叛逆性格。至於那些貪圖財色、落入鬼魅陷阱的男子，作者不約而同地僅讓他們顯現出品德修養的瑕疵，再施以暫時的性命威脅作爲薄懲。

第四節　負心復仇

愛情是一場永無止境的戰爭，它深藏著兩性之間致命的愛憎。因此，愛情永遠是愛與恨的拉鋸。「負心復仇」即是討論處於仇恨一端的人鬼戀；雙方

戀情由愛轉恨的關鍵是一方背約相負，致被負者因愛之深、傷之痛，終於演變爲極端的恨與怨。一旦被辜負者是弱勢，投訴無門，只有藉死後化爲厲鬼懲罰背叛者，才能渲洩滿腹憤懑。所以這類故事往往結合鬼報的情節，以凸顯負心薄倖是違德背理的行爲。

宋傳奇這類「負心復仇」故事，負心者背叛女主角的原因不盡相同，或生前先有情愛糾葛，再始亂終棄，抑是背棄約誓，再狠心拋棄。因此，再分「薄倖鬼誅」、「背約鬼戮」兩者詳加探討。

一、薄倖鬼誅

「薄倖鬼誅」故事的情節大同小異，均是女主角生前已先與男子有情愛糾葛，待男主角榮顯之後，即拋棄該女或殺人滅口。女主角因男子薄倖、負恩的行爲，遂尋死以化爲厲鬼報仇。此類故事最典型、有名者當屬〈王魁傳〉。故事敘王魁因秋試觸諱名列下第，失意蹇促，偶結識青樓女子桂英，桂英深愛其才，傾心相待，供其衣食筆墨，勉其再赴科考。王魁赴考之前，二人至海神廟歃血、結髮爲盟，誓言兩不相負，否則神鬼殛誅。王魁應試後，唱名爲天下之首，隨即另娶高門。桂英悲憤之餘，重返海神廟祈求神助，並自刎而死以求報仇。最終桂英的魂魄果然得到神兵襄助，順利索取王魁性命。

桂英眞心相託，希冀因王魁的騰達而顯貴，怎知王魁薄倖他娶，令她所有的希望盡成灰燼，身處社會底層的青樓女子在無處訴冤之下，只好以死尋求復仇的機會。女性因爲被傷害至深而反抗，不得不報仇，只是復仇的首要條件竟是——身殉，這多麼可恨，又多麼可悲！

與上述故事相類似者，尚有〈陳叔文〉、〈李雲娘〉。前者敘陳叔文登第後，家貧無盤纏赴官，妓女崔蘭英以婚嫁爲條件，資助陳叔文。叔文隱瞞已有家室的事實，假意娶蘭英爲妻，並帶她同赴任所。三年後，任滿將回京，叔文自忖重婚之事恐興獄訟，遂將蘭英灌醉，再推入汴水之中。逾年，蘭英之鬼魂索討陳叔文的性命。另一則〈李雲娘〉中的解普亦是待闕中的窮酸文人，謊稱赴官即娶雲娘爲妻，雲娘遂罄篋相助。然解普已有妻室，恐重婚之事東窗事發，於是設計灌醉雲娘、推入汴水。最後，雲娘的鬼魂追索解普的性命。

以上三則故事的女主角均是略有錢財、無所依歸的妓女，她們一方面渴求愛情，一方面需依賴男主角改換門庭；無奈現實總是無情，男主角只想利用他們的錢財解決生計問題，只需要暫時的溫柔慰藉，一旦變泰發跡，便毫

不猶豫地離去。也無怪乎女子從傾心愛戀到恨之入骨，甚至不得不以一種既偏執，又決絕的方式——化爲厲鬼，親手解決男主角的性命。

另一則〈滿少卿〉，敘述滿少卿出身於淮南望族，流落他鄉，寒饑交迫，幸遇焦大郎接濟，不久私通焦氏室女，焦大郎不得已讓兩人完婚，婚後夫婦相得歡甚。之後滿少卿中進士第，棄焦氏於不顧，另娶朱氏女。二十年後，焦氏鬼魂突然出現，泣訴孤苦伶仃，求爲少卿的側室。兩個月後，滿少卿死於焦氏房內。焦氏因滿少卿的負心而家破人亡，終於在苦候二十年後，以鬼魂的身分報仇雪冤。

不同前述三則故事的女主角之身分爲妓女，焦氏乃良家婦女，且與滿少卿的婚事是經過長輩作主、正式拜堂的合法妻子，結果仍被滿氏拋棄。由是觀之，身分低賤也許不是男子相負女子的原因，關鍵在於男子一旦飛黃騰達，總難以抗拒社會地位的誘惑，所以選擇拋棄糟糠，另擇高枝。

綜觀上述，故事中的女主角均人財兩失、命喪黃泉，她們負著血海深仇而難以瞑目，所以死亡不是結束，反而是抗爭的開始。她們或直接化爲厲鬼，抑是訴諸陰府以取得神助，她們共同的目標是索取負心漢的性命。因此，故事中的女鬼個個來勢洶洶，面對負心漢絕不手軟，較之生前的溫柔多情，宛若脫胎換骨。試觀〈王魁傳〉中桂英率領神兵，讓王魁自刺身亡；〈陳叔文〉中的蘭英更直接結果陳叔文的性命，讓他「仰面、兩手自束於背上，如伏法狀」；〈李雲娘〉中的雲娘，則將解普挽入水中，讓他遍體鱗傷致死；〈滿少卿〉中的焦氏讓滿少卿「口鼻流血」而亡。雖然女鬼們毫不遲疑地結果了負心漢，但這些決絕的復仇行動背後，都隱藏著深沈的無奈與悲涼。

二、背約鬼戮

「背約鬼戮」類型故事主要描寫男子背棄誓約，有的是再娶新婦，令已死的鬼魂在陰府受苦，有些是令癡情女子苦苦守候、飽受嘲笑而自刎，逼得女子不得不化爲厲鬼加以抗爭、復仇。

例如〈太原意娘〉即是描寫男子背約再婚致鬼魂復仇的故事。內容敘韓師厚之妻王意娘被金兵虜去，不屈而自刎身亡，其鬼魂幾經波折與師厚重逢。師厚深情的作文祭酹，祈求亡妻之魂魄隨他歸鄉；妻魂以師厚不另娶則願意相隨，否則寧願留在原處，師厚當下立誓不再他娶。之後師厚再婚，對「故妻墓稍益疏」，意娘於夢中責怪師厚負約，並索師厚之魂魄同赴黃泉。

至於〈張師厚〉，亦是背約再婚致鬼魂復仇的故事。研究者經常將〈張師厚〉與上一篇〈太原意娘〉相提並論，甚至有人認爲係同一篇，然而兩則故事的情節差異頗大，或僅能推知兩篇出於同源。〔註18〕〈張師厚〉敘寫張師厚與妻子崔懿娘琴瑟甚諧，崔氏因思念亡子而病故，師厚繼娶再醮女劉氏，劉氏因妒恨師厚常至故妻墓前憑弔，怒而先毀懿娘祠堂，再迫師厚將懿娘骨骸投於江中。某日，劉氏之亡前夫突附身於劉氏，指責她「背盟」改嫁；懿娘的鬼魂亦責叱師厚「毀祠、沉骨」之恨。兩人甚爲懼怕，延請法師禳治鬼魅，法師卻束手無策。最後，劉氏被前夫鬼魂挽入水中而死；師厚則在黑霧中慘死於眾人的拳下。

自古以來，男子再娶被視爲理所當然，女子再醮則多被社會指責與鄙視，故事作者是否有意藉丈夫背誓再娶而遭亡妻鬼魂索命一事，傳達出男人亦應守節不娶的思想，不得而知。〔註19〕不過，〈太原意娘〉中的意娘索取師厚之命時，曾對他說：「我在彼甚安，君強攜我，今正違誓言，不忍獨寂寞，須屈君同此況味。」女人因社會壓力而謹遵禮教、堅守貞節的辛苦與寂寞，千古皆同，男子何嘗「同此況味」？至於〈張師厚〉的女鬼之所以向丈夫索命，實因他縱容後妻劉氏毀她祠堂、沉她骸骨，讓她死後亦無法安寧。所以女鬼

〔註18〕〈張師厚〉文末寫道：「《夷堅丁志》載太原意娘，正此一事，但以意娘爲王氏，師厚爲從善，不及劉氏事。案此新奇而怪，全在再娶一節，而洪公不詳知，故復載之，以補《夷堅》之闕。」故歷來兩則故事常被並論。兩者之情節差異頗大，整理說明如下：一、人名不同：〈太原意娘〉爲韓師厚、王意娘，〈張師厚〉爲張師厚、崔懿娘。二、事不同：王意娘爲金兵所擄，自刎而死，崔懿娘則是因思念出生未久即卒的兒子而病故。三、再娶一節，〈張師厚〉所載較〈太原意娘〉詳盡得多。如，劉氏毀祠、逼師厚取亡妻骨骸沉江、劉亡夫鬼魂作祟及「挽劉入水」等情節，〈太原意娘〉並無記載。兩則故事之所以如此不同，蕭相愷先生認爲，「可能兩書所載的故事所據的是兩個不同的傳說」。見氏著：《宋元小說史》（杭州：浙江古籍出版社，1997年6月），頁219。程毅中先生則認爲，〈張師厚〉作者之所以如此說，可能是根據話本〈鄭意娘傳〉所致。但〈張師厚〉與〈鄭意娘傳〉的人物姓名和故事情節又不完全相同，前者韓思厚再娶的是寡婦，後者是女道士。這可能是話本在流傳中被說話人敷演捏合，所做的修改或傳訛。推測〈張師厚〉與〈鄭意娘傳〉兩者可能同出一源。見氏著：《宋元小說研究》（江蘇古籍出版社，1999年9月），頁154～155。

〔註19〕中國傳統社會爲了「傳宗接代」、「分擔家務」等因素，並不鼓勵男性喪偶者守義不娶。但諸如這類誓不再娶的男性，有時會獲得他人的稱許，如王逢：〈范氏義夫賢婦辭有序〉中即稱喪偶不再娶的鰥夫爲「義夫」。〔元〕王逢：《梧溪集》（臺北：臺灣商務印書館，1983年，影印《文淵閣四庫全書》冊1218），卷4，頁61。

復仇的對象始終只有張師厚，並未對劉氏施加任何報復。劉氏喪命的原因，是她曾允諾已故前夫不再另嫁，才會被前夫的鬼魂以背盟改嫁爲由，索取性命。

　　上述故事均是先描寫人類的愛情，再敘人死後化爲鬼魂復仇。另一則〈張客奇遇記〉則是既寫鬼魅復仇，又寫人鬼戀情。故事中的商人張客在旅舍遇女鬼自薦枕席，之後女鬼泣訴生前本是娼女，遭狎客楊生騙盡錢財，又不願意履踐婚盟，令她抑鬱憂憤，自縊而亡。由於張客與楊生同鄉，女鬼遂以生前所埋藏的五十兩白金相託，請張客帶她返鄉尋找楊生，張客依言。之後，女鬼順利向楊客報仇。另一方面，女鬼與張客日久生情，張客不畏別人預言他即將殞命，仍無所懼怕地帶著女鬼同行；女鬼臨去報仇前，哀悽地向張客道謝，感嘆相從時間太短。故事中的女鬼與張客間的情愛與恩義交雜；對女鬼而言，張客是幫助她復仇的恩人；對張客而言，女鬼的情意與堪憐的身世，讓他義不容辭地助其回鄉復仇。

　　〈張客奇遇記〉是「負心復仇」類型中唯一必須依賴人力才得以報仇的故事，也是唯一出現鬼魂以錢財酬謝幫助者，這讓鬼魂成爲「求助」與「酬恩」的善良弱者，[註20] 使其可悲境遇與力求復仇的歷程更具說服力，更令人憐憫同情。

　　以上無論是情感上的薄倖，或是背約遺棄之負心的類型故事，其中的女主角生前只能任人欺凌，一旦死亡隨即化身爲鬼魅，展現強大的超自然能力，對負心之徒予取予求，直至索命方休。似乎惟有如此，才能渲洩那如六月雪花般紛落不盡的冤屈、仇恨及愛情。至於復仇的方式，有學者認爲，復仇者與被復仇者最公平的懲罰方式是「抵命」，[註21] 而宋傳奇「負心復仇」類型故事，負心者都被化爲鬼魅的復仇者索命而身亡，意即，這類故事都是以最公平的「抵命」方式收煞。此外，諸如這類弱女子死後化爲冤魂、告陰狀及索命的結局，易令人產生同仇敵愾之憤恨，實具「幻想的感情補償，反而有

〔註20〕王立、陳昕馨：「復仇鬼靈酬謝助己復仇的恩主，……他們都是陽世中的弱者，善良而無辜，因無端被強梁侵害凌迫含恨而死，卻縱死也不泯復仇之志，偏偏他們力不從心，不足以全靠自己的力量而要借助外力，這樣，『求助』與『酬恩』就有力的凸出善良弱者的某種本質屬性。」見氏著〈再論鬼靈酬恩與中國古代復仇文學主題〉（山東：《丹東師範學報》，第 25 卷第 4 期，2003 年 12月），頁 2。

〔註21〕瞿存福：《復仇・報復刑，報應說：中國人法律觀念的文化解說》（長春：吉林人民出版社，2005 年 1 月），頁 170～174。

粉飾和沖淡悲劇的消極作用。」〔註22〕

　　總之，宋傳奇人鬼戀呈現人與鬼之間多樣貌的關係——悅戀、單戀、尋歡及負心。故事中的主角無論是陰間多情的鬼魂，還是陽世重情的男女；也不管是爲愛復生的女鬼，或是爲情殉死的癡情種子；抑或是因愛情被辜負，化爲厲鬼報仇的弱勢女子，他們所表現的愛恨情仇在陽世與冥界之間流轉，呈現了極盡纏綿的韻緻。至於人鬼戀的結局，除「陽世團聚」少數幾則故事以鬼靈復生或還魂的喜劇收場，及「冥界死合」類型數則在陰間爲鬼偶外，其餘的結局因各種原因致人鬼分離。其實，人鬼相戀幾乎以分離收結，「在相當程度上反映出時人普遍接受的秩序觀，和以現實生活爲依據的創作思維——幻想終究要回歸現實。幻想提供一個理型，讓我們對現世有所反省和引發追求希望的向上動力，但是不能逗留在美好的幻夢中迷失自我。」〔註23〕另外，就創作的藝術美感而言，「人鬼戀這一建構方式本身，就注定了它的『苦戀』性質」，〔註24〕所以分離幾乎是必然；不過，也因其悲苦，更容易引起讀者的共鳴與同情。

　　此外，檢視歷代人鬼戀故事，如死而復生、離魂求愛、一夜情緣、女鬼復仇等題材在魏晉南北朝志怪、唐傳奇即反覆出現；情節也多是後代承繼前朝，或敘人鬼彼此悅戀，抑是僅一方有情愫，又或是雙方的遇合僅著眼於情慾享受，或者是情感變調、負心而遭鬼報。其實，「愛情小說的基本類型及作品中青年男女的遇合方式，是在一個民族的社會實踐及長期的幻想傳統中逐步定型化。」〔註25〕宋傳奇人鬼戀多數類型亦未跳脫中國小說長期以來所建立的傳統模式，但在逐漸演化、定型的過程中，故事的具體內容與表現手法已融入相當濃厚的時代色彩。例如，男女主角不再侷限於士人或官宦之後代，轉而書寫一般社會大眾；又如人鬼遇合的方式，已由女鬼魅惑引誘，發展到男子主動相挑；〔註26〕

〔註22〕何滿子：《中國愛情與兩性關係——中國小說研究》（臺北，臺灣商務印書館，1995 年 1 月），頁 72。

〔註23〕劉順文：〈陰陽越界——論《三言》人鬼戀故事之意涵〉（臺北：《有鳳初鳴年刊》，2005 年 7 月），頁 205。

〔註24〕許祥麟：〈中國古代戲曲中的人鬼情二題〉（《北方論叢》，1998 年第 1 期，總第 147 期），頁 90。

〔註25〕張稔穰：《聊齋志異藝術研究》（山東：山東教育出版社，1995 年 12 月），頁 246。

〔註26〕吳光正先生認爲，「人鬼遇合的方式，由最初魏晉南北朝志怪中，由女鬼主動相誘男子，發展到唐五代以後傳奇、志怪中，已由男子主動相挑，許多作品

再如「幽明通婚」在唐代是最受文人青睞的題材，〔註27〕但在宋傳奇人鬼戀卻僅有二則，這與時代背景及作者創作心態有關。諸如此類宋傳奇人鬼戀的特色與所呈現的思想將於下一章詳細討論。

　　甚至帶上青樓色彩。」見氏著：《中國古代小說的原型與母題》（北京：社會科學文獻出版社，2002 年 10 月），頁 282。
〔註27〕同註 5，頁 63。

第四章 宋傳奇「人鬼戀」之思想與特色

　　宋傳奇人鬼戀之主要情節雖多未跳脫六朝志怪、唐傳奇的模式，然而不同的朝代各有其特殊的時代背景與社會文化，故事所呈現的旨趣與思想意涵當然會有不同。更重要的是，由於宋代小說的作家身分、創作動機與前朝迥異，所寄寓的情思主旨及所觀察的社會人生自亦有別。

第一節　宋傳奇「人鬼戀」之思想

　　文學作品反映人生、時代，小說亦是如此。「小說的核心在於它呈現了不同的聲音和話語，因此也就表現了社會上不同想法和觀點的衝突。」〔註1〕小說在描繪現實人生的同時，亦反映出當代社會的不同思想，及具時代意義的倫理道德觀。換言之，人鬼戀故事可以結合旖旎的戀情和冷酷的世態，透過作家的筆端，傳達出時代精神。試觀宋傳奇人鬼戀，其中的人鬼戀情正如同世間男女的愛情，在充滿悲歡離合的癡迷裡，尋求慰藉與真愛；同時，又揭露時人對情慾的態度，反映出當時的社會文化、思想等實況。

一、宿命觀

　　自古以來，人們因無法掌握生命中的吉凶禍福，總是嘗試探索命運，進而將人類無法觸及的超自然力量泛稱為「天」，或委之於「命」、「數」。一般而言，天命觀通常包括兩種看法，其一是命運之不可變、無法違逆；另一是

〔註1〕　〔美〕卡勒著、李平譯：《文學理論》（香港：牛津大學出版社，1998 年 5 月），頁 94。

因為個人的道德行為而扭轉或改變命運。宋傳奇人鬼戀多傳達出「人生萬事，無不素定」的定命觀。意即，故事的作者將人世的壽夭、窮達、婚姻等歸諸於命中注定，人力無法改變。

（一）壽祿離合，前世已定

表現壽命乃天定者，如〈周瑞娘〉，父母看見已殯殮的亡女之鬼魂時，唾之曰：「爾不幸夭歿，天之命也。」又如〈遠煙記〉，其中的妻魂與丈夫戴敷相望近二年，始終無法靠近，妻魂解釋道：「以歲月未合，莫可相近。」當雙方能相互觸及時，正是戴敷的死期，只見他無畏地隨妻魂沒入水中，平靜面對死亡。可見戴敷的死期早已注定，妻魂在一旁靜待，直至他命數盡時，才引他同赴陰間再續舊情，透露出壽命之長短，不可違逆天定的觀念。

再如〈靳瑤〉，描寫因靳瑤的努力，亡妻得以借屍還魂的故事。其中妻魂即將投屍之前曾對靳瑤云：「感君之力，今冥官許借體還生。城東有朱氏，年十八九，某日當死。我之精魄遽投其體，則再生矣。然彼身則朱氏女也，君當往求婚。冥數如此，必可再合也。」女鬼正確無誤地指出朱女死亡的日期，及與靳瑤的婚期，分別傳達出壽命與婚姻自有定數。

另一則〈胡氏子〉也呈現婚姻是命定的思想，故事中的女鬼復生與胡氏子結婚，胡家父母歡喜地道：「冥數如此，是當為吾家婦。」另外，亦有表現人間離合乃命中注定，例如〈四和香〉中的孫敏因病回鄉修養，與女鬼分別之前，女鬼謂：「能於中秋日復至京輦，則可得相見；如或過期，則不得與郎再會矣。」之後孫敏因病被父母強留至痊癒方返京都，時已過重陽節，孫敏百般尋訪，均不復再遇佳人，正應驗佳人之言。惟從她預言孫敏錯過約期即永不得再見一事，透露緣份天注定，一旦緣盡，無法強求。

上述故事所表現的定命觀，正如〈錢塘異夢〉之女鬼蘇小小所言：「人之得失進退，壽夭貧富，莫不有命。君雖欲進，而奈命何？此非君所知。如妾與君遇，蓋亦有緣，豈偶然哉！」清楚地傳達人間一切均是前世所定，天命難違，人力根本無能扭轉的思想。

此外，亦有以夢兆、讖語等預示未來，再透過預言一一驗證，凸顯萬事固有定數。例如〈王魁傳〉中的桂英之夢兆：「妾未遇君前，一夕得夢。夢有人跨一龍，……龍驤首欲上，我即執其鞭絲，升未數丈，鞭絲中斷，而我墮地。仰姿龍已不見，……雷雨大作，……妾則不濡。」夢境完全應驗她與王魁相識、婚事不諧，甚至因此死亡的境況。吳康先生曾說：「中國預言夢，……

夢兆與夢應間可怕的同一。不管人們怎樣闡釋，也不管他們怎麼竭力阻止或促成夢應的實現，夢應總是按自己的意志依時而至，契合夢兆，不差分毫。」〔註2〕這種預言夢被小說作者廣泛運用於作品中，既可放置懸念，又傳達出部分的命定思想。另一則〈無鬼論〉則是以詩讖預言死期，表現出夭壽前定的觀念。

另有藉神仙異類預示官祿。例如〈南豐知縣〉趙知縣之子與女鬼戀媾後，女鬼欲謀趙子之命，土地公現身相救，並斥罵女鬼：「汝安得妄出，為生人害？況郎君自有前程耶！」最後趙子果然官至知縣。又如〈趙詵之〉，故事中的趙生在女鬼宅第樂不思蜀，兩情「極歡洽」，女鬼突然要求趙生離開，並告訴他：「引試亦有日，子須亟歸。」之後趙生赴考榜示「下第」。可見女鬼早已知道趙生未來將擁有功名前程，不得不讓他離開冥界。凡此種種反映出當時人們普遍認為「名場得失，當下筆作文之時，固有神物司之於冥冥之中，無待考技工拙也。」〔註3〕「一官皆有定分，不可妄得」〔註4〕的想法。人之功名富貴乃命定，外力不能強至。

（二）惡有惡報，善有善報

中國自古以來即存有「善惡報應」的思想，如「積善之家必有餘慶，積不善之家必有餘殃。」〔註5〕「凡人為善者，天報以福；為不善者，天報以禍。」〔註6〕人們普遍相信行為的善惡，將由鬼神論定其賞罰而直接影響人的禍福。直至佛教傳入，「三世因果」與「業力輪迴」等思想加深人們對地獄、罪報等觀念，再結合賞善罰惡的想法，如此層層地凸顯出「天輔善人」的思想，最終「惡有惡報，善有善報」的因果報應觀普遍深植人心。

宋傳奇人鬼戀有數則故事反映出這種善惡報應的思想。如〈楊三娘子〉，女鬼在投胎前曾托夢給丈夫，道：「生平無過惡，便得托生。感君恩義之勤，

〔註2〕 吳康：《中國古代夢幻》（臺北：萬象圖書股份有限公司，1994 年 1 月），頁69。

〔註3〕 〔宋〕洪邁：《夷堅支乙志・邵武試院》，見氏著：《夷堅志》（臺北：明文書局，1982 年 4 月），卷2，頁809。

〔註4〕 〔宋〕委心子：《新編分門古今類事・異兆門下・盧瑩無官》（臺北：藝文印書館，1967 年，《百部叢書集成》冊1151），卷4，頁15。

〔註5〕 詳見《周易・坤・文言》，收入〔清〕阮元校刻《十三經注疏》（北京：中華書局，1991 年 6 月），卷1，頁19。

〔註6〕 〔漢〕劉向：《說苑・雜言》（臺北：藝文印書館，1967 年，《百部叢書集成》冊147），卷10，頁5。

今懇祈陰官，乞復女身，與君爲來生妻，以答大貺。」因爲生前無惡行，立即可投股轉世，且因感念丈夫的恩義深情，再投爲女身以回報。除傳達善有善報的思想外，亦反映出佛教認爲「眾生在未達到『神界』之前總是處在生死流轉、因果輪廻的痛苦中。生死福禍、富貴貧賤都是報應。」〔註7〕又如〈解七五姐〉，以法術復生的解女與法師鬥法，她屢屢破解法師的法術，法師問她：「是何精靈？」她答道：「常有濟物之心，亦不曾犯天地禁忌。爾過愆甚多，有何威神而能治我？」言語間，亦傳達積德行善必有善報，及邪不勝正的觀念。

至於作惡必獲惡報的觀念，則出現在多則故事中。例如〈范敏〉中的田權因殺人之罪行，在陰間受苦千年仍無法投胎：

> 齊王之猶子田權也，嘗弒其叔，後爲韓信兵殺之，今往陰府受罪，弒叔之故也。……陰府之罪重莫過於殺人，權又殺其叔。其叔已往生人間二十餘世矣，其案尚在。田叔死，又攝去受苦。始則一年，今受苦之日差少，日月有減焉。

殺人之行，罪無可道，更何況是弒殺親人，所以被殺者田權之叔都已投胎二十餘世，田權仍無法投胎轉世。另一則〈張客奇遇記〉描寫娼女被狎客楊生所騙，自縊而亡，最後化爲厲鬼向楊生報仇，楊生則因此七竅流血而死，亦是揭示害人者必遭報應的果報觀。

又如〈畢令女〉，畢大女因爲二妹而婚事受阻、病故，又因二妹致復生失敗，在「生死爲此妹所困」之下，她挾冤向二妹索命；當她面對道行高超的法師路眞官時，仍義正詞嚴地謂：「眞官但當爲人治祟，有冤欲報，勢不可已。」路眞官只能以大女之詞「強正」，告知畢父其二女「法不可治」，要畢父多行善，最後二妹果然殂落。故事傳達出種惡因，得惡果的果報觀。

另外，值得注意的是，中國社會向來將因果報應與道德、正義結合，遠古時代即有所謂「天道福善禍淫」〔註8〕說，發展至宋代，果報觀念所攙雜的民眾意識，遠較六朝志怪、唐傳奇更爲強烈。〔註9〕此或可由宋傳奇人鬼

〔註7〕 孫遜：《中國古代小說與宗教》（上海：復旦大學出版社，2000年7月），頁143。

〔註8〕 詳見《尚書・商書・湯誥》，收入〔清〕阮元校刻《十三經注疏》（北京：中華書局，1991年6月），卷8，頁162。

〔註9〕 王年雙先生指出，「六朝時代，由於佛教盛行，教徒即以報應爲主題，藉由志怪小說以宣揚其說。……唐人小說，師承其意，將果報觀念，擴展到各種類

戀故事在表現善惡有報時，往往強調正義的道德觀而得到印證。道德是世人約定成俗、共同遵守的價值觀，一旦所作所為被社會大眾認定是違逆道義，不但天理難容，甚至會遭鬼誅神滅。諸如〈王魁傳〉、〈陳叔文〉、〈李雲娘〉及〈滿少卿〉等負心漢的故事，由於女子多在男子落魄時伸出援手，希冀日後能同享富貴，怎奈男子恩將仇報，其行為已違反社會正義，進而引起社會大眾的「道義責難」，促使女子化為厲鬼報仇的行為合理化。〈陳叔文〉篇末論道：「冤施於人，不為法誅，則為鬼誅，其理彰彰然異矣。」可見身負冤枉的弱勢女子在現實社會無能施為，只好採取死報、化為厲魂、告陰狀等方式申冤，這在一定程度上「表現人民對於真實愛情的同情，同時也彌補了現實社會失落之正義。」〔註 10〕由此或可推論，懲惡揚善的想法，已普遍存在於宋代市民階層的心中。

　　上述女鬼復仇時，通常會借助神明之力，或得到陰司首肯。如〈王魁傳〉中的桂英「得神以兵助我」、〈李雲娘〉中的雲娘「已得報生」、〈滿少卿〉中的焦氏「方獲報怨」。如此描寫讓報仇的行為乃根據「鬼神之佑」〔註 11〕而更形合情入理，且「顯示他界強大的威力，彰顯的是冥誅之力」，〔註 12〕讓負心的行為更顯出天理難容；同時凸顯道德正義即是天理公道，達到道德警示和善惡勸懲之目的。

　　此類違背道德、負心得報的鬼魂復仇故事，呈現中國社會「怨仇相報」特殊的法理觀。「人們不能容忍冤枉之事的存在，講究不能『枉』死。因為有『枉』死，就有冤魂，就得申冤；有冤則有怨，就得發泄。而復仇是申冤、發泄怨氣，從而也是矯正枉死現象的常用手段。」〔註 13〕換言之，若是人的行為違逆道義，在怨仇相報的前提下，任何外力都無法制止冤鬼的復仇行動，即使是法力高深

　　　型之故事中，及至宋代，果報故事多已定型，但在內容上，深受現實生活影響，與前略有不同，同時，其所包含之民眾意識，亦較前為強烈。」見氏著：《洪邁生平及其夷堅志之研究》（臺北：政治大學中國文學研究所博士論文，1988 年 6 月），頁 715。

〔註 10〕陳美偵：《青瑣高議研究》（臺北：中國文化大學中國文學研究所碩士，1996年），頁 117。

〔註 11〕瞿存福：「冤鬼徑報是基於冤鬼的意志，而冤鬼意志的根據是鬼神之佑。」見氏著：《復仇‧報復刑，報應說：中國人法律觀念的文化解說》（長春：吉林人民出版社，2005 年 1 月），頁 232。

〔註 12〕王拓：〈中國愛情小說中的女鬼〉（《中華文化復興月刊》，第 9 卷第 6 期），頁86～88。

〔註 13〕同註 11，頁 106。

的術士也難顯其能。例如〈張師厚〉，法師張雲老面對冤魂懿娘與劉氏亡夫時，「拔劍罡步而前，劍墜於水」、「法無所施」，只能睜睜地看鬼魂取走張師厚與劉氏的性命。又如〈畢令女〉，即使是以符籙治鬼聞名的路當可，面對含冤的女鬼亦莫可奈何，只能聽任其向二妹索命。所謂「人所不能報，鬼亦報之矣。……哀感三靈，豈無神理？不有人禍，必有天刑。」〔註14〕展現出強烈的爲惡必獲報之意蘊。

綜上，宋傳奇人鬼戀中的因果觀，主要仍在勸戒世人積善行德，至於作惡無行的下場，則是獲致惡報。正如〈李雲娘〉篇末之議論：「逋人之財，猶曰不可，況陰賊其命乎？觀雲娘之報解普，明白舊此，有情者所宜深戒焉。」作者想藉故事中的鬼報情節而達警世的作用，不言可喻。另外，亦傳達出若公理正義在人間無法適時伸張時，只能訴諸於陰府，藉由神明之祐與鬼魂之報，讓不平與冤屈得以昭雪。

二、婚姻觀

魏晉南北朝以來，男女婚姻講究門當戶對、士庶不婚，唐代延續此風，民間在議親時，甚至只重閥閱而不計官品。〔註15〕時至宋代，婚姻「不問閥閱」〔註16〕成爲社會普遍的觀念，打破長期以來統治階層與百姓不通婚的陳規。不過，這並不意味宋代的婚姻沒有階級、門戶之見，或男女可以自由婚戀。中國自古以來，父母對子女的婚姻即具主導權和支配權，加上所謂「男女非有行媒，不相知名」〔註17〕的規範，形成中國婚姻長期以來「父母之命，媒妁之言」的習俗。於是，在社會、禮俗的雙重壓力之下，男女的婚姻很難以愛情爲基礎，反而「成爲社會與家長按照門第、財富、關係親疏或實際需要的一種物質分配或交換形式。」〔註18〕以下由門第觀念、婚姻論財及父命

〔註14〕〔清〕紀昀：《閱微草堂筆記·姑妄聽之（三）》（上海：上海古籍出版社，2005年4月），頁319。

〔註15〕《新唐書》：「民間修婚姻不計官品，而上閥閱。」詳見〔宋〕歐陽修：《新唐書·杜兼傳》（臺北：鼎文書局，1985年2月），卷172，頁5206。

〔註16〕〔宋〕鄭樵：「自五季以來，取士不問家世，婚姻不問閥。」見氏著：《通志·氏族略一》（臺北：臺灣商務印書館，《國學基本叢書》冊32，1968年），頁108。

〔註17〕《禮記·曲禮》：「男女非有行媒，不相知名；非受幣，不交不親。」收入〔清〕阮元校刻《十三經注疏》（北京：中華書局，1991年6月），卷2，頁1241。

〔註18〕朱恒夫：《宋明理學與古代小說》（上海：上海古籍出版社，2005年12月），頁162。

媒妁等三方面，探討宋傳奇人鬼戀的婚姻觀：

（一）不問閥閱，士庶通婚

　　本文第三章曾提及「幽明通婚」之題材在唐代廣受文人的青睞，〔註19〕但在宋傳奇人鬼戀卻僅二則，其關鍵即在宋代婚姻不問閥閱。唐代相當重視家族觀念致婚姻講求門閥，士人競相追逐高門望族之女，企圖藉此而顯貴，但唐末社會離亂，世族逐漸式微，加上宋代廣開科舉大門、經濟繁榮，時人想要榮顯不再需要依賴貴族，此致宋代的婚姻逐漸趨向較不重門閥，士庶也可有條件通婚。此者反映於宋傳奇人鬼戀中，如〈遠煙記〉之戴敷爲太學生，妻子是「酒肆王生」之女；又如〈滿少卿〉中的滿少卿爲「淮南望族」，焦氏爲民家女，兩人私通，焦父不得不讓他們成婚；再如〈張師厚〉中的劉氏先嫁入「簪纓家」，再嫁給「鬻弁爲人奴」的張師厚，劉氏的對象從官員再到侍從，在在可見當時的門閥觀念已明顯淡薄。

　　雖然當時一般社會的婚姻觀已認可士庶通婚，但仍有特別的規定，例如「良賤不婚」〔註20〕、「官民不婚」。在良賤不婚方面，法律有明文規定，其中包括良娼不婚。換言之，宋代的娼妓想從良並不容易。如〈張客奇遇〉中的妓女被嫖客以婚娶爲由騙走所有積蓄，最後悲傷地自縊而亡。又如〈李雲娘〉、〈陳叔文〉中的娼女也都因想從良而被騙，落了個財盡人亡的下場。上述故事道出娼婦難以從良的悲涼與無奈，亦見當時社會仍普遍存著「良賤既殊，何宜配合」〔註21〕的心態。

　　至於官民通婚，宋朝法令雖未完全禁止，但仍有條件限制，〔註22〕因此，一般百姓普遍存有官民不通婚的想法。例如〈西湖女子〉，江西官人與民家少

〔註19〕鄧鳳美：《唐代人鬼戀故事研究》（臺中：東海大學中國文學研究所碩士論文，1997 年 6 月），頁 63。

〔註20〕《宋刑統・戶婚》：「諸雜戶不得與良人爲婚，違者杖壹百。……」詳見〔宋〕竇儀等撰、張名振校訂：《宋刑統》（臺北：文海出版社，1974 年 1 月），頁 474。

〔註21〕在《唐律》中，對良、賤合婚的規定頗爲嚴格，必須判刑，而且判離。詳見〔唐〕長孫無忌等撰：《唐律疏議・戶婚・奴娶良人爲妻》（北京：中華書局，1996 年 6 月），卷 14，頁 1063。

〔註22〕《宋刑統・戶婚》：「又諸州縣官人在任之日，不得共部下百姓交婚，違者雖會赦仍離之。」同註 20，頁 466。由上述法律規定可知，當時官民之間的通婚有其限制，但條文的相關規定又不甚明確，當時一般平民百姓不懂法律，又怕觸法，因此士庶不婚成爲約定俗成的觀念。

女一見鍾情，官人向少女的雙親求婚，甚至「啗以重幣」，卻被「峻卻」。又如〈楊三娘子〉，韋高作普寧令，喜歡上民家少女，遣人求婚，「女家力拒之」，少女之父曰：「我細民，以賣酒為活，女又野陋，不堪備外家侍，豈敢望此。」最後韋高多次開導，甚至出言威脅，婚事方成。從上述兩則故事可知，民家父母一方面不懂法律，怕女兒嫁入官家會觸法；另一方面則因細民身分而自卑，根本無意高攀官家。顯見當時婚姻仍講求門當戶對。

（二）以財論婚，濃嫁成俗

中國自魏晉南北朝開始，在男女婚娶上即出現「財婚」的不良風俗；〔註23〕宋人「尚名好貪」，〔註24〕更直接承襲此陋習，出現「婚姻論財」的現象。〔註25〕此處所謂的婚姻論財，特別指嫁女備妝奩、娶婦索財利而言。當時士大夫對此多所議論，〔註26〕但由於「女性對於陪嫁資產具有一定程度的支配

〔註23〕趙翼：「魏、齊之時，婚嫁多以財幣相尚。蓋其始，高門與卑族為婚，利其所有財賄紛遺，其後遂成風俗，凡婚嫁無不以財幣為事。爭多競少，恬不為怪也。」〔清〕趙翼撰，杜維運考證：《廿二史札記・魏齊周隋書並北史・財婚》（臺北：文史出版社，1974年4月），卷15，頁317。可見南北朝時，已出現婚姻求財的現象。至唐代，士族之家也保留婚姻論財的風俗，如《唐會要》載：「（貞觀）十六年六月詔：……問名惟在於竊資，結禍必歸於富室。乃有新官之輩，豐財之家，慕其祖宗，競結婚媾，多納貨賄，有如販鬻。……積習成俗，迄今未已。」〔宋〕王溥：《唐會要・嫁娶》（上海：上海古籍出版社，2006年12月），卷83，頁1810。另外，顏之推亦云：「近世嫁娶，遂有賣女納財，買婦輸絹，比量父祖，計較錙銖，責多還少，市井無異。」〔北齊〕顏之推撰，王利器集解：《顏氏家訓・治家第五》（上海：上海古籍出版社，1980年），卷1，頁64。近人彭利芸先生亦觀察宋代下定、下財禮、過大禮及鋪房等婚俗，認為「皆是以財資為聘，且為民間重要儀注。……宋代婚姻，雖不以購買自許，而骨子裡頭，仍脫離不了購買的形式。」見氏著：《宋代婚俗研究》（臺北：新文豐出版社，1988年），頁200。

〔註24〕〔宋〕張端義：「漢人尚氣好博，晉人尚曠好醉，唐人尚文好狎，本朝尚名好貪。」見氏著：《貴耳集》卷下，收入《宋元筆記小說大觀》（上海：上海古籍出版社，2001年），頁4313。

〔註25〕關於宋代婚姻重財的原因，袁俐先生認為，「宋代門閥觀念淡薄；社會經濟發展，故人們追求財富；富戶急於提高社會地位的要求；爭相攀比的社會心理所引起之助長作用。」見氏著：〈宋代女性財產權述論〉，收入鮑家麟主編：《中國婦女史論集續集》（臺北：稻香出版社，1991年），頁191。

〔註26〕宋代士大夫對「以財論婚」的劣習多所議論。例如，〔宋〕蔡襄：「婚娶何謂？以傳嗣，豈為財也。觀今之俗。娶其妻不顧門戶，直求資財，隨其貧富。」見氏著：《端明集・福州五戒文》（臺北：臺灣商務出版社，1977年《四庫全書珍本》冊99），卷34，頁8。又如，〔宋〕袁采：「男女議親，不可貪其閥

權力」，〔註 27〕所以陪嫁資產越多，婦女在夫家的地位就越顯高貴。於是女方在出嫁時，父母通常會爲其準備豐厚的嫁妝。〔註 28〕

宋傳奇人鬼戀之〈李通判女〉即反映出以財論婚的現象，故事中的女鬼爲嫁女而附體於李氏，嫁長女時，「傾資奉之」；嫁二女時，女鬼之夫以「無以備奩具」爲由，希望能延嫁二、三年，女鬼指責他：「豈於己女而有吝耶？」要他以埋於牀下的「五十金」辦妝奩。此情節充分顯現宋代濃嫁的風氣，爲嫁長女而傾家蕩產，再苦也要籌錢再嫁二女。又如〈周瑞娘〉，瑞娘之鬼魂向父母要嫁妝，她云：「記我生時，自織小紗六十三匹，絹七十匹，綢一百五十六匹，速取還我。」父母依其言，如數將布匹送給已成爲鬼的女兒，此亦可顯示宋代嫁女通常給予豐厚之妝奩。

由於婚姻論財的濃嫁之風，使部分貧家女子因家無餘財而遲嫁，甚至終生無法出嫁。〔註 29〕例如〈畢令女〉中畢令長女的魂鬼自訴死亡的原因：「有人來議婚事。垂就，唯須金釵一雙，二姐執不與，竟不成昏。」男方索取金釵不成，即取消婚事，可見婚娶之目的在於錢財。另外，畢令長女自知在繼妹的阻攔之下，很難獲得嫁妝以適人，青春將虛耗，於是憂傷而亡。

另有男子因家貧而招贅的「財婚」形式。例如〈解七五姐〉中的七五姐招歸州民施華爲「贅婿」。《續資治通鑑長編》記載：「川、峽富人多招贅婿，與所生子齒，富人死，即分其財，故貧人多捨親而出贅。」〔註 30〕貧戶之子

閥之高、資產之濃。苟人物不相當，則子女終身抱恨，況又不和而生他事者乎？」見氏著：《袁氏世範》（臺北：臺灣商務出版社，1977 年《四庫全書珍本》冊 405），卷上，頁 24。

〔註27〕 同註 25，頁 191。

〔註28〕 關於宋代嫁女的妝奩與費用，邢鐵先生指出：「習稱娘家陪送的隨嫁田爲奩田。……宋代的陪嫁之風很盛，……一般富戶的嫁女奩田爲六、七十畝。」見氏著：〈宋代的奩田和墓田〉（《中國社會經濟史研究》1993 年第 4 期），頁 36～37。宋東俠先生則指出：「（宋代）一般民戶嫁女資用亦多及百千，普通官户女之嫁資高達十萬、數十萬者亦不鮮見。」見氏著：〈宋代濃嫁述論〉（《蘭州大學學報》「社會科學版」第 31 卷第 2 期，2003 年 3 月），頁 62。

〔註29〕 紹興二十四年十一月二十五日，尚書吏部員外郎王亮言：「比年以來，承平寖久，侈俗益滋，婚姻者貿田業而猶率薄，以至女不能嫁，多老於幽居送終者……。」〔清〕徐松輯：《宋會要輯稿·刑法二》（臺北：世界書局，1964 年 6 月），冊 14，頁 6572。

〔註30〕 〔宋〕李燾：《續資治通鑑長編》（北京：中華書局，2004 年 9 月），卷 31，頁 705。

因錢財而入贅於富家。〔註31〕不過，由於此乃貧富通婚，加上男子被招贅入門，易被岳父母瞧不起，如施華即「為丈人丈母凌辱百端」。

（三）父命媒妁，限制婚戀

自周朝開始，中國的婚姻即有「男不自專娶，女不自專聲」，〔註32〕必須經由「父母之命，媒妁之言」的習俗。《詩經》亦多次出現媒妁的描寫：「匪我愆期，子無良媒」〔註33〕、「取妻如之何？匪媒不克。」〔註34〕在這種風俗之下，中國古代男女幾乎沒有婚姻的自主權。由於父母為子女議親，通常會考量門第、經濟、人品等條件，不但無形中成為男女婚姻的障礙，也易釀成錯配婚姻的悲劇。

宋傳奇人鬼戀中反映「父母之命」的習俗者，如〈西湖女子〉，官人與民家少女相戀，官人欲取女歸，女子為難地道：「將從君西，度父母必不許。奔而騁志，又我不忍為。」官人向女方之父母求婚，果然遭拒。一對郎情妹意的戀人因不忍違背父母的意旨，又不忍棄親私奔之下，終告分離。另一則〈周瑞娘〉與此相類，故事中的瑞娘因父母不讓她嫁給五郎，致她病亡與五郎同赴陰間作鬼夫妻。兩則故事均反映出父母主導婚姻，致有情人被迫分開，甚至死亡、魂魄不散化為鬼的悲劇。

父母不但具婚姻主導權，甚至介入實際的婚姻生活。如〈遠煙記〉因岳父不滿女婿戴敷浪蕩敗家，強行拆散兩人致夫妻生死兩隔，最後甚至共赴黃泉。故事傳達夫婦生死相隨的真愛，相當扣人心弦，可謂宋傳奇「抨擊炎涼的世態，歌頌忠貞愛情」〔註35〕的佳作。

婚姻除父母之命外，媒妁之言也很重要，如〈李通判女〉中的女鬼欲嫁

〔註31〕張邦煒先生認為宋代招贅之風與漢代「家貧子壯則出贅」、「民待賣爵贅子」的情況不同，他云：「（宋代）招贅上門的女婿與親生兒子地位相等，同樣享有財產繼承權，這顯然不能同漢代……混為一談。如果說漢代的出贅無非是『以身為質』、『與人為奴』的代名詞而已，那麼，宋代的招贅則是貧富通婚的一種形式。」見氏著：《宋代婚姻家族史論》（北京：人民出版社，2003年12月），頁42。

〔註32〕〔漢〕班固：「男不自專娶，女不自專聲，必由父母須媒妁何？遠恥防淫泆也。」見氏著：《白虎通·嫁娶》（臺北：臺灣商務印書館，1965年，《四部叢刊初編》冊22），卷9，頁70。

〔註33〕詳見《詩經·衛風·氓》，收入〔清〕阮元校刻《十三經注疏》（北京：中華書局，1991年6月），卷3～3，頁324。

〔註34〕詳見《詩經·齊風·載驅》，同上註，卷5～2，頁354。

〔註35〕蕭相愷：《宋元小說簡史》（太原：山西人民出版社，2005年5月），頁131。

女時，「廣詢媒妁」；〈建德茅屋女〉之李二欲將女兒嫁給蔡五，即「使孫嫗爲媒」等。尚有側面反映此婚俗所產生的社會壓力，如〈沈生〉中的女鬼，主動向沈生獻身、求婚，還強調：「幸君勿以自媒爲誚」。又如〈郭銀匠〉女子被鬼魂附身後投奔郭銀匠，時郭銀匠未婚，大可向女方家長提親，尋求媒聘等合禮的管道，但他反而將她「置之密室，不令出入」，或許可見當時越牆苟合，婚姻自主的男女難容於社會，郭銀匠只能選擇將她藏在地窖的下下策。

不只陽世的婚姻奉行父命、媒妁，冥間亦是如此。例如〈無鬼論〉描寫黃肅與冥間女鬼王氏透過王父作主，舉行一如世俗之禮的結縭合巹之儀。雙方依俗請一嫗爲媒、絳綃香囊爲定、迎親、行禮拜堂，最後經歷「衾香枕穩，雨意雲情，不可名狀」的洞房花燭夜，人鬼方正式成爲夫妻。又如〈路當可〉、〈方氏女〉之中，男鬼魅惑女子時，亦都請託陰間媒人，以增加男鬼娶美女的正當性，此乃強調男女婚事應明媒正娶，連陰府都重視婚儀，人間更應遵循。

值得注意的是，雖然婚事多由父母作主，女子無從選擇對象，但女子多有從一而終的貞節觀。例如〈王葦〉中的女鬼，「（夫）無行，見薄，父母憐念，呼令歸而死」。又如〈遠煙記〉，戴敷多結交「浮薄子」而敗光家產，妻子王氏之父將她帶回，甚至告訴她：「汝寡識無知，如敷者，凍餓死道路矣。」即使如此，她仍因不能與丈夫相守而病亡，甚至魂魄還無怨無悔地相隨，足見從一而終的觀念已根深柢固於女性內心深處。

中國傳統社會這種聽任父命媒妁的婚俗，不僅限制男女的擇偶權，同時也扼殺兩性正常的情感發展。張稔穰先生指出：「宋、明以後，有教養的女子不能主動追求愛情，甚至連談論愛情也被認爲是恥辱，更不用說追求婚外戀情了。女子在愛情關係中的被動地位，加上家長包辦的封建婚姻制度，也造成男子情愛追求的落寞和饑渴。」〔註36〕在禮教與婚俗的層層約束之下，男女婚戀自由的渴望將越隔越遠。

三、階級觀

宋代社會儘管門閥觀念式微，但門戶之見仍普遍存在人們心中，不論是王室與平民，或是士大夫與奴僕之間，階級之別仍相當明顯。至於男女的地位，更是長期以來即處於不平等的狀態，以下分而述之：

〔註36〕張稔穰：《聊齋志異藝術研究》（山東：山東教育出版社，1995年12月），頁245。

（一）層級分明，富尊貧卑

因貧富懸殊而衍生的社會階級，如〈鄂州南市女〉中的富家女愛上茶店的僕人彭先，其父以「門第太不等，將貽笑鄉曲」，不肯爲女議親。〈周瑞娘〉之父母考量門戶而拒絕男方求婚。再如〈大桶張氏〉曾描寫富人與「行錢」的關係：「富人視行錢如部曲，……或過行錢之家，設特位置酒，婦女出勸，主人皆立侍。」行錢主人因向富人借貸，不但得對富人必躬必敬，甚至富人到訪，所有的女眷都得出面勸酒，足見雙方的社會地位天差地遠。另外，〈玉條脫〉中的富家子欲下聘貧家孫女，孫父「惶恐」地說：「予，公之家奴也，奴爲郎主丈人，鄰里笑怪。」亦可看出貧富之分普遍存在於社會人心之中。

由於富尊貧卑的社會階級觀念，也讓男子幻想婚娶富門女子。例如〈無鬼論〉，故事中的黃肅在現實世界孤苦伶仃，因家世微寒，年過四十尙未娶妻；他接連三度入夢，在夢中娶得美眷，享受前所未有的富貴生活。故事中的夢，似乎是延續唐代士人希望婚娶高門的美夢，幻想著只要娶得望族女子（即使是塚墓女鬼也好），財富、權勢即唾手可得。

另外，有部分故事延續唐傳奇重視門閥的觀念。如〈郝太尉女〉，郝隨之女被鬼所魅，男鬼爲炫耀娶得美妻，乃「肆筵召客」，客中有一綠袍少年，凝視郝女後，自言道：「郝太尉女耶？中貴人傲宮禁塗澤，固加於市人一等矣。」少年除覬覦郝女的美色，更對她是太尉之女的身分感興趣，甚至不惜爲她率領鬼兵一戰，此亦可略窺彼時婚配猶存階級之念。

再如〈滿少卿〉，滿少卿登科後隨即認爲焦女的「門戶寒微」，配不上他顯貴的身分。另一則〈王魁傳〉亦類似，王魁中舉後，立即認爲桂英之娼妓身分會「玷辱」他。正因社會階級涇渭分明，才使久處下層的貧寒書生爲攀更高的社會地位，不惜昧良心拋棄糟糠妻。

（二）性別差異，男貴女賤

中國古代社會的兩性關係，一直呈現男尊女卑的不平等現象。論夫妻，則「夫爲婦天」；[註37] 談愛情，則男子可兼擁數美，女子則專侍一夫。婦女因地位卑微，根本無能、也無法改變被傷害、拋棄的命運。例如〈張師厚〉，故事敘寫女鬼崔懿娘因祠堂被丈夫之繼室所毀，骨骸亦被沉於江中，乃向丈夫索命。歸結師厚喪命之因，在於他縱容後妻劉氏欺凌前婦懿娘，即便懿娘

〔註37〕詳見〔唐〕長孫無忌等撰：《唐律疏議・戶婚・居父母夫喪嫁娶》，同註31，卷13，頁1023。

早已作古，劉氏仍妒恨地「毀祠、沉骨」而後快。這整個悲劇乃導因於「妒婦懦夫」，誠如林保淳先生所言：

> 宋代婦女的地位甚低，而一旦仳離之後，所需承受的道德與經濟壓
> 力，又格外強烈，在妒性往往受到曲予容忍的情況「鼓勵」之下，
> 為了維繫現有的婚姻關係，以及現有的生活保障，對於可能的敵手，
> 防範心格外堅強，手段也特別殘酷，事例更逐漸增多，寖至成為社
> 會上一個普遍的現象與危機。自宋迄清，大抵都在此風籠罩之下。

〔註38〕

婦人為保住現有的生活，對威脅到自己地位的事物都抱持「妒嫉」的心態，即使是已亡故的前妻，婦人都得妒恨到欲將之「挫骨揚灰」。處於以男性為主的社會中，女性為生存、為保衛僅有的一點權利與尊嚴，不得不以既偏執，又瘋狂的態度面對一切。

又如〈王魁傳〉，桂英對王魁毫無保留的付出真感情與金錢，希冀從王魁身上得到愛情與未來的生活保障；王魁的誓言，讓她誤以為終身有託。然一切希望卻因王魁的負心背叛而盡成煙塵！只是，身處社會底層的青樓女子，如何能報此深仇？桂英瞭解自身的處境，所以沉痛地說：「我婦人，吾當以死報之！」黃仕忠先生說：

> 以男權為中心的社會中，人們百般奴役女性，以種種禁條迫使女性
> 的臣服；殊不知，男女原本一體，女性的枷鎖，也必然是男子自身
> 的鎖鏈。桂英的魂魄，近乎瘋狂，其實也正是男子的逼迫的結果。

〔註39〕

女性因被迫害而反抗，因戀人的負心薄倖而不得不報仇，只是復仇的序幕竟是一場生人祭，得先獻上自己的生命當祭品，得灑上自己的鮮血酹鬼神！何其慘烈？何其悲哀！愛情一旦被負心的鎖鏈困縛住，男女雙方恐怕都得付出代價，像桂英為報仇而自刎、王魁因負人而被鬼誅；兩條人命，是負心背恩的結果，也是婦女被逼到無路可退之下，最慘烈的反擊。

其他如〈張客奇遇記〉中的娼女、〈太原意娘〉中的王意娘、〈滿少卿〉中的焦氏等女性，「生活在父系社會結構中，命運任人擺佈；而死後擁有鬼的超自

〔註38〕林保淳：《古典小說中的類型人物》（臺北：里仁書局，2003 年 10 月），頁 211。
〔註39〕黃仕忠：《落絮望天—負心婚變與古典文學》（陝西：人民教育出版社 1991 年 9 月），頁 108～109。

然能力,能作祟他人,遂行一己之意志。」〔註40〕弱女子面對男子的始亂終棄、
謀財害命,只能借助超自然能力向男子索命,也才得以渲洩滿腔憤恨與冤屈。
這種看似壯烈的復仇方式更顯婦女在現實世界的無助,亦凸顯「中國文化的幽
黯面——男權體制下的人間社會對婦女的蔑視與不公平待遇」。〔註41〕對於這些
原本柔弱溫順的婦女,死後不得不化爲強悍的復仇者,懲罰負心薄倖的戀人,
實因地位低下、投訴無門所做出的無奈選擇。

　　此外,男女不平等亦可由男女之防的觀念中看出。宋傳奇人鬼戀表現男女
之防的情節,如〈吳小員外〉,女主角當爐少女因受店內男客之邀,與其飲酒言
歡,隨即遭父母責怪,並因此死亡。又如〈大桶張氏〉,敘寫孫女復生後直奔張
氏家宅,一見張氏就曳其衣,又哭又罵,張氏的僕人因爲她是「婦女不敢往解」。
可知當時男女受社會禮教的約束,彼此之防甚嚴。蔡正華先生指出,「中國男女
之間,除了歌台舞榭以外,不能公開社交。挾妓尋歡,是男子的特權。」〔註42〕
當然,男女之防,只是防止女性出牆越軌的單向規範而已。

四、其　他

（一）多元融合之喪葬觀

　　喪禮乃弔死唁生的重要儀典,由喪葬習俗可反映社會經濟狀況,與歷史
文化傳統。自古以來葬禮約分爲土葬、火葬及水葬、樹葬;其中土葬、崖葬
等可以保護屍體不受損傷,乃出於對死者的尊敬,是傳統敬畏鬼魂的思想;
至於火葬等則是爲使靈魂早日升天,乃源於畏懼鬼魂的心理。〔註43〕歷來中
國人相信靈魂不滅,所以自先秦開始即多採用土葬,〔註44〕自唐末五代以來,

〔註40〕江寶月:〈從女鬼的出現談漢文化中女性的地位〉(《宜蘭文獻雜誌》第26期,
　　　　1997年3月),頁43。
〔註41〕同註19,頁165。
〔註42〕蔡正華:〈中國文藝思潮〉,收入劉麟生編《中國文學八論‧第八種》(出版社與
　　　　年份,不詳:該書之封面由作者親筆題字,但並未標明出版社與年份),頁27。
〔註43〕關於各種葬喪方式與思想,詳見李淑珍:《東周喪葬禮制之初探》(臺北:師
　　　　範大學歷史研究所碩士論文,1986年6月),頁55。林惠祥:《民俗學》(臺
　　　　北:臺灣商務書局,1986年11月),頁57。劉克宗:〈宋代民俗文化初探〉(《上
　　　　海大學學報》社科版,1995年第6期),頁105。
〔註44〕林登順先生引先秦古籍之說反復說明古人重視全屍、土葬的觀念;再舉上古
　　　　葬法遺跡爲例證,說明土葬是中國最正統的葬法。見氏著:《中國上古鬼魂觀
　　　　念及葬祀之探索》(臺北:中國文化大學中國文學系碩士論文,1987年6月),
　　　　4-4-47。

逐漸使用火葬。宋代上位者承繼先秦之喪葬觀而主張土葬，民間卻趨向於使用火葬，到南宋更是「火化為便，相習成風」。〔註45〕究其原因，宋代內憂外患不斷，皇帝之葬儀已較前代簡約，甚至有幾位帝王曾召示陵墓「毋過華飾」，〔註46〕民間受此節葬風氣的影響，加上市民普遍不富裕，所以多採較省地節費的火葬方式。另一方面，宋代之外族如遼、西夏、金等不斷入侵，雙方的葬俗文化相互影響，其等多採火葬的習俗漸為漢族所接受。〔註47〕

宋傳奇人鬼戀關於葬喪的描寫，純粹土葬者，如〈大桶張氏〉孫氏死後，父母哀慟之餘，因「小口死勿停喪」，隨即將她的屍體交給送喪業者即日埋葬。又如〈周助〉之孫氏死亡後，「權窆於城南蔬園」。再如〈鄂州南市女〉，吳女死後，「葬於百里外本家山中」等。

先以土葬、再火化者，如〈解七五姐〉，解氏死而復生，三年後其父知悉此事，於是「舉女柩火化」。又如〈周瑞娘〉，周瑞娘已殯殮，鬼魂現身向父母索討嫁妝，父母亦「舉柩火化」。故事中的女子死後都先採用土葬，由於鬼魂出沒於人世，家人遂改以火葬。此涉及中國特殊的神鬼觀，古代認為凶死者乃惡魔鬼魅作祟所致，若將屍體焚毀不僅可使惡鬼死亡，也可使死者盡快前往陰間，所以凶死者多採火葬。〔註48〕兩則故事之女鬼的出現令家人畏懼，所以才會再將其棺木掘出加以火化。至於直接採火葬者，如〈靳瑤〉中的靳妻暴斃，隨即「斂，火化」；〈郭銀匠〉的女屍以「厚禮焚殯」。

此外，宋代治喪時通常會供佛，由僧道誦經超渡亡靈，為死者減罪祈福，並以紙錢禮敬鬼神。例如〈鬼國母〉，楊二郎之妻以為他已死，於是「發喪行服，招魂卜葬，……設水陸做道場」。又如〈焦生見亡妻〉，焦生之妻死後，家人「為之飯僧看經，造功德備至」。再如〈王魁傳〉，女鬼桂英向王魁尋仇，王魁自知理屈，向桂英告饒：「吾之罪也。我今為汝請僧課經薦拔，多化紙錢，捨我可乎？」

〔註45〕詳見〔元〕脫脫等撰：《宋史·志》（臺北：鼎文書局，1985年2月），卷78，頁2919。

〔註46〕仁宗崩殂，英宗令人提舉制梓宮時，「毋過華飾」。《宋史·志》，同上註，卷75，頁2853。

〔註47〕關於宋代之外族如遼、西夏、金等之葬俗，詳見張邦煒：〈遼宋西夏金時期少數民族的喪葬習俗〉，收入張其凡、陸勇強主編《宋代歷史文化研究》（北京：人民出版社，2000年6月），頁189～205。

〔註48〕鄭曉江主編：《中國死亡文化大觀》（南昌：百花洲文藝出版社，1995年），頁242。

（二）繽紛多姿之宗教觀

中國古代小說的思想結構主要呈現儒、釋、道三位一體，而且三教在不同的文學作品之作用亦不盡相同。〔註49〕孫遜先生云：「小說成爲宗教家『象教』、傳播思想的工具，同時，小說也借宗教思豐富了表現領域。」〔註50〕換言之，雖然宗教思想逐漸滲入小說創作，但其思想經過小說作家的吸收、轉化，亦成爲小說豐富多姿的一部份。宋傳奇人鬼戀受宗教的影響，部分故事呈現豐富的宗教色彩。

反映佛教思想者，如〈錄龍井辯才事〉。故事敘陶象之子被鬼所魅，家人請辯才法師視之。篇中強調辯才乃得道之高僧，並詳述其能，甚至其收伏女鬼的過程，亦多彰顯佛家之訓戒。例如：「除地爲壇，設觀音像於中央，取楊枝霑水灑而呪之」，法師對女鬼說：「汝無始已來，迷己逐物，爲物所轉，溺於淫邪。……我今爲汝宣說《首楞嚴祕密神呪》，汝當諦聽，……訟既往過愆，返本來清淨覺性。」女鬼因此幡然醒悟，未久即與陶生道別。另一篇〈郝太尉女〉則是男魅送女子返家時，曾囑咐該女：「澄心正念，求能楞嚴神呪者而學之，百鬼不敢近。」兩則故事傳達出對佛教經典的尊崇，及佛教無遠弗屆之力量。

又如〈任迴春游〉，任迴被女鬼強留爲夫婦，最後他躲入佛座之下，憑恃神佛的力量，致鬼魅無法靠近，終得獲救，展現出神佛可以驅魔逐鬼的特殊能力。再如〈莫小孺人〉，男子被群鬼所騙，以爲即將擁有美妾及財物，轉眼之間，美人竟成女鬼，財物更只是紙錢、馬牛糞等毫無價值的東西。故事藉此表達財色如夢，呼應佛教「財、色、名、食、睡」等五欲只是虛幻不實之說。再如〈鬼國母〉，楊二郎被留置於國鬼，獲救的主因乃其妻設水陸做道場之功德，故事的結語亦闡述「乃知佛力廣大，委曲爲之地」之佛法無邊的觀念。

其他如〈京師異婦人〉、〈建德茅屋女〉、〈吳小員外〉、〈越娘記〉等故事均出現道士或僧人收伏女鬼的情節，則是展現道教法術的高超能力。再如〈錢塘異夢〉、〈無鬼論〉均曾揭示浮生若夢的思想。其中〈無鬼論〉的黃肅在現

〔註49〕張稔穰：《中國古代小說藝術教程》（濟南：山東教育出版社，1998 年 10 月），頁 332。

〔註50〕孫遜：「魏晉南北朝作爲古小說的誕生期，也適逢道教始張、佛教大舉影響中土的時候，於是，富有形象魅力的小說很快成了宗教家『象教』的有力工具，所謂『神道不誣』的宗教思想借小說得以廣泛傳播，小說也借宗教思想那種打破生死界限、連接天上地下的嶄新時空觀而大大豐富了自身的表現領域，並爲拓展充滿想像力的小說世界打下了堅實的基礎。」同註 7，頁 239。

實世界是個寒士，屢試屢敗、一無所有，卻在夢中享盡人世的繁華。直至與鬼妻離別後，黃肅如大夢初醒，現實的他仍舊徒然一身，正如女鬼之父告訴他：「君豈不知，頓悟之後，浮生之事皆夢。」此主要是承繼唐傳奇〈枕中記〉與〈南柯太守傳〉等功名富貴不過如黃粱一夢的題材。黃景進先生認為此類「浮生若夢」故事的結局，似乎令現代大部份讀者感到不解與不滿。他說：

> 夢是被利用來否定客觀的現實人生，故事的結尾並未提供什麼可以奮鬥追求目標，而是帶著濃厚的「消極悲愴」意味，絲毫沒有「再生」所具有的樂觀積極性。……夢醒之後都會成空，這種「如夢」的幻滅感，才是消極悲觀的來源，而且夢境越是繁華，醒後的悲哀越重。因此最重要的是追究人生是否如夢？如果人生可以比成夢境，則必然是可悲的。〔註51〕

其實，宋代傳奇的作者身處內憂外患、戰事頻仍的動盪社會，中下層的士子對前途茫然不知，對國家前途亦充斥著無力感，在如此特殊的氛圍之下，作者只能藉著傳奇小說「在一種無意識的過程中，間接的表現其內心諸種被壓抑的慾望。」〔註52〕只是將現實的惶然、失望及恐懼，假託於小說之中，此應可理解，甚至寄予同情。

此外，如〈馬絢娘〉、〈胡氏子〉、〈靳瑤〉、〈楊三娘子〉等復生、投胎再續人鬼情緣的故事，其中的男女主角，以至誠的心和熾熱的愛，在幻設的情境裡致力讓死者復生，除傳達出人鬼間眞摯的愛情，亦凸顯女鬼對人間生活的執著，反映出中國傳統「樂生惡死」的觀念。〔註53〕值得一提的是，〈馬絢娘〉中的女鬼馬絢娘復活後立刻與士子往他鄉生活；馬父知道其女復生的反應是「惡其涉怪」，甚至「忌見其女」。顯見即使絢娘已復生爲人，仍礙於世人對鬼靈的避諱與禁忌，不得不遠走異鄉，甚至連家人也不接受她。足見當時社會大眾對亡靈復生的看法，仍是恐懼大於祝福。

〔註51〕黃景進：〈枕中記的結構分析〉，收入靜宜文理學院中國古典小說研究中心編：《中國古典小說研究專集》第四輯（臺北：聯經出版社，1982 年 4 月），頁 100～124。

〔註52〕盧惠淑：《枕中記、南柯太守傳與邯鄲記、南柯記之比較研究》（臺北：臺灣師範大學國文研究所博士論文，1987 年），詳見「摘要」。

〔註53〕認爲復生故事是受中國傳統「樂生惡死」觀念影響的學者相當多，如：顏慧琪：《六朝志怪小說異類姻緣故事研究》（臺北：文津出版社，1994 年 5 月），頁 232；又如：鄭春元：〈《聊齋志異》中女鬼形象的文化意蘊〉（《十堰職業技術學院學報》第 13 卷第 3 期，2000 年 9 月），頁 21。

第二節　宋傳奇「人鬼戀」之特色

　　小說作者往往虛擬鬼神，書寫所觀、所感之社會人生，因此，描繪鬼神世界，往往反映現實人間；敘寫人鬼戀情，即是摹寫世間男女內心深處的渴慕。宋傳奇受作者多採「實筆」手法的影響，也許不如唐傳奇般的善於塑造浪漫情境，卻更貼近現實。因此，宋傳奇人鬼戀之特色除表達愛情相關主題外，亦多方反映社會環境及民眾生活。

一、揭露受壓抑之性愛情慾

　　情慾是建立於男女肉體與精神兩個層面之上。中國古代社會禮教甚嚴，男女的關係主要建立於婚姻，而非情愛，一旦「超過社會關係需要的愛情被叫做『淫』」。〔註 54〕換言之，情慾在婚姻關係之下才被社會認可，但即使夫妻之間，也強調「情慾之感不介於容儀，宴昵之私不形於動靜」。〔註 55〕可見古代社會的情慾受制於道德的約束，一向顯得隱晦；然而，壓抑過度，不得不另覓紓解管道。誠如俞汝捷先生所言：

> 壓抑與突破是一對矛盾。慾望被壓抑得越厲害，人們尋求突破的意念也越強烈。突破的渠道常見的有兩條：一是夢境，……清醒時不敢表露的慾望於夢中得到了發洩的機會。二是創作，……現實生活中無由實現的願望在虛構和幻想的情境中獲得了實現。〔註 56〕

由於愛情受限制、性慾受壓抑，宋傳奇作者只好透人鬼相戀、媾合的故事加以宣洩。不過，也因受理學影響，時人強調小說的教化功能，所以宋傳奇人鬼戀所呈現的情慾觀是既矛盾又複雜的。

（一）癡男怨女，違禮背俗

　　如前所述，人鬼戀故事多半是作者為紓解情慾而作，但卻怕社會輿論不認同而引起道德責難，於是作者往往先敘寫癡男怨女的愛情，再對他們的行為持負面論述。其表現方式通常是在議論處直接撻伐，或是在言語中隱隱地流露出

〔註 54〕謝選駿：〈中國古籍中的女神—她們的生活、愛情、文化象徵〉，收入王孝廉主編《神與神話》（臺北：聯經出版社，1988 年 3 月），頁 200。

〔註 55〕〔明〕呂坤：《四禮翼・婚後翼》（臺南：莊嚴文化出版公司，1997 年，《四庫全書存目叢書》冊 115），頁 92。

〔註 56〕俞汝捷：《仙鬼妖人──志怪傳奇新論》（北京：中國工人出版社，1992 年 9 月），頁 59。

不滿；如此一來，既能宣洩情慾，又可擺脫社會壓力。足見當時社會非但不認同非婚姻的愛情，甚至認為男女恣意談情說愛是背離道德禮俗的行為。

1、執著情愛，愚夫愚婦

〈越娘記〉中的楊舜俞苦戀女鬼越娘，甚至宿於墓側、作詩祈禱，還為此「神思都喪，寢食不舉」，「形體骨立，容顏憔悴」。作者在小說最後評論：「愚哉舜俞也！始以遷骨為德，不及於亂，豈不美乎？既亂之，又從而累彼，舜禹雖死亦甘，惑之甚也。夫惑死者猶且若是，生者從可知文也。後此為戒焉。」認為舜俞的癡情是「愚」且「惑」的行為，後輩應引以為戒。一般男子多怕與女鬼交媾而損元氣、精氣，舜俞明知越娘是鬼，還苦苦糾纏、追戀她，這般為愛而愛的勇氣雖令人讚嘆，但最後他由愛生恨，失去理智折辱越娘，這份愛委實偏執，顯得太過強人所難。不過，愛情的執著絕非作者所指稱的愚昧，作者對舜俞的指責，以禮教為依歸，應是在彰顯情慾之後回歸道德教化的障眼法。

又如〈焦生見亡妻〉中的焦生，為追隨亡妻之鬼魂而險些喪命。試觀焦生對亡妻劉氏的感情其來有自——他久貧悴，被劉氏納為後夫才得富貴，甚至「昏晚醉歸，妻率兒女輩於莊門候之，未嘗反目」。如此賢淑佳偶，無怪乎劉氏暴亡，焦生痛不欲生，之後偶遇妻魂立即拼命追趕，才如願與妻魂共處；最終因家人請道士施法，焦生不得不與妻魂分開。故事中的人夫鬼妻交織出一段感人肺腑的情緣，但作者在篇末議論道：「焦生雖常人，死妻雖常事，書之者，欲使世之君子，無惑溺其情於婦人女子。」言辭之間，透顯君子若陷溺情慾，則不足觀。

再如〈鄂州南市女〉，富家女吳氏愛上美男子彭先，卻無處「通繾綣」而害相思，再因他嚴拒婚姻而喪命，後來雖奇蹟似的復生，卻又再次因他而亡。吳女為追求愛情而生死無懼，不但癡心，而且執著勇敢。不過，作者洪邁筆下對吳女並未流露稍許的同情，反而以負面的角度書寫，如「每於廉內窺覘而慕之」、「女使樵下買酒，亟邀彭並膝，道再生緣由，欲與之合」等，似隱含對吳女的行為不認同，刻意以吳女癡戀男子的悲慘下場，規戒婦女。作者所要實踐的是「知忠孝節義之有報，則人倫篤矣！……知婚姻之前定，則逾墻相從者惡矣。」〔註57〕的教化。

〔註57〕清人田汝成為《夷堅志》作序，曰：「知忠孝節義之有報，則人倫篤矣；知殺生之有報，則暴殄弭矣；知冤對之有報，則世仇解矣；知貪謀之有報，則併

2、放蕩鬼女，叛離禮教

　　《詩》曰：「有女懷春，吉士誘之」。〔註58〕古代女性面對愛情與婚姻時，多處被動，即使心中嚮往情愛自由，總難如願。尤其「中國傳統文化中，人們對於性愛的問題向來諱莫如深，深受封建禮教熏陶的女性更是不得言及，否則便會被扣上『淫』的罪名。」〔註59〕試觀宋傳奇人鬼戀中的女性，如〈崔慶成〉、〈四和香〉中的女鬼，均多次以露骨的言語挑引男主角；〈沈生〉、〈郭銀匠〉、〈解俊保義〉等女鬼主動對男子投懷送抱；〈南豐知縣〉、〈任迥春游〉等女鬼面對男子的挑逗，毫不羞澀、忸怩，並與之媾合。〈寧行者〉中的女鬼更為積極主動，她以墳前的玫瑰隨機尋找對象，只要摘折花朵者，不論其身分，她就與他結綢繆之好。這些女性熱情大膽、勇敢求愛，一旦面對心儀的男子，根本無所顧忌，其在兩性關係上幾近放縱的形象，與現實社會要求婦女「貞靜」的美德大異其趣，因此，可以說這些女鬼具相當鮮明反禮教的叛逆性格。

　　吳康先生指出，「女鬼」是性夢的核心。〔註60〕宋傳奇作者將情慾假託於放蕩的「異類」身上，欲完全擺脫世俗禮教的束縛，男性既可滿足情慾需求，也無須擔負淫蕩失德的罪名。所以這些「放蕩縱情」的風流女鬼，可以說是「男性渴望女性體現出未經禮教摧殘和扭曲的自然天性，尤其是在性和情感上的主動和奔放」〔註61〕之下的傑作。雖然鬼女們的情慾態度是反傳統、反禮教，卻不意味當時女性的情慾已獲得解放。小說作者將她們塑造成舉止輕挑，風騷冶蕩，如烟花女子，其實只是「古代士大夫階級的自我崇拜、自我陶醉的心態行為」。〔註62〕

吞者惕矣；知功名之前定，則奔競者息矣；知婚姻之前定，則逾牆相從者愧矣。」上述將洪邁作《夷堅志》的動機歸為二，除宣揚因果報應外，即是命定思想。見〔宋〕洪邁：《夷堅志・附錄》（臺北：明文書局，1982 年 4 月），頁 1834。

〔註58〕《詩經・召南・野有死麕》，同註33，卷1～5，頁 292。

〔註59〕舒紅霞：《女性審美文化──宋代女性文學研究》（北京：人民出版社，2004 年 7 月），頁 201。

〔註60〕吳康先生指出，「中國的『人鬼之戀』故事，將描寫重心置於『女鬼』身上，反倒是作為男性的『人』並不怎樣出色突出。因而貫穿故事的兩種不同的基本傾向也就主要體現在女鬼形像的型造上。歸根結底，『女鬼』可說是我們的性夢的核心，一切都無不連絡到這一核心上。」同註2，頁 194。

〔註61〕洪鶯梅：〈人鬼婚戀故事的文化思考〉（《中國比較文學》，2000 年第 4 期），頁 93。

〔註62〕周伯乃：《古典文學的愛情觀》（臺北：遠景出版社，1979 年 11 月），頁 122。

（二）淫慾美色，寄寓勸懲

宋代理學昌盛，當然會影響小說作者，其體現於作品，主要在「暢理明道，弘揚風教，教化世風」，〔註63〕致小說被後人評爲「多教訓」〔註64〕、「說教」〔註65〕、「道德教化的徹底自覺」。〔註66〕段庸生先生指出：

> 勸懲是宋人傳奇又一大主要內容，魯迅對這個問題看法是「篇末垂戒，亦如唐人」。……筆者以爲宋人在傳奇中勸懲，不是唐人篇末垂戒形式的簡單延續，也不是感情與道德的明顯分野，而是展示出在城市經濟發展過程中人們的某些價值觀念及心理心態，是既言情，又載道。〔註67〕

的確，宋傳奇人鬼戀之作者爲兼顧情慾需求與道德勸懲，在描寫人鬼情愛時，或多或少會透露出勸懲的意味。至於其勸懲的方式大致雷同，主要在挑起男性的恐懼心理，強調縱慾偷歡的危險。因此，故事中的女鬼通常百般地魅惑、糾纏，導致男性精氣衰竭、危及健康，甚至落入陷阱，最後多有貴人助其脫險，以儆效尤。

1、縱慾損精，意在戒淫

古人相信人、鬼有別，男性屬極陽，女鬼則爲至陰，兩者相交，男性必爲陰氣所侵，輕者傷身，重者喪命。宋傳奇人鬼戀亦反映此說，通常人鬼戀

〔註63〕毛德福、衛紹生、閻虹著：《中國古典小說的人文精神與藝術風貌》（成都：巴蜀書社，2002年4月），頁211。

〔註64〕魯迅：「宋時理學盛極一時，因之把小說也多理學化了，以爲小說非含有教訓，便不足道。」《中國小說的歷史的變遷·第四講》，收入《魯迅小說史論文集—中國小說史略及其他》（臺北：里仁書局，2003年2月），頁524。

〔註65〕歷來認爲宋代傳奇愛教訓的學者不少，主要仍是受魯迅的影響。如，陶慕寧：「宋人傳奇成就平平，未能踵事增華，發揚唐人小說敘事委婉、刻畫入微之美。揆其原由，當與宋人創作側重理性說教有關。」見氏著：《青樓文學與中國文化》（北京：東方出版社，1996年5月），頁67。又如，俞汝捷：「造成宋傳奇藝術停滯的另一原因是理學的興盛。理學培養了人們的思辨力，卻抑制了人們的想像力。……他們又希望作些教訓，結果就使作品變成平庸的藝術加上陳腐的說教。」同註56，頁203。再如，吳禮權先生指出，宋代的言情傳奇有二個特色，其一是喜歡取材於歷史故事，另一是「作品大半於篇末點明所作主旨，表現出宋人共有的好施教訓的特點」。見氏著：《中國文言小說史》（臺北：臺灣商務印書館，1995年3月），頁125。

〔註66〕李劍國：《宋代志怪傳奇敘錄·前言》（天津：南開大學出版社，1997年6月），頁6。

〔註67〕段庸生：〈宋人傳奇論〉（《重慶師院學報》，2000年增刊，2000年8月），頁80。

媾之後，男子多出現飲食益損、精神不振的情形。如〈四和香〉中男主角「容采憔悴，飲食頓減」、〈寧行者〉：「辭氣困憊」、〈張客奇遇〉：「意頗忽忽」、〈解俊保義〉：「氣幹日尪瘠」、〈胡氏子〉：「精爽消鑠，飲食益損」、〈南豐知縣〉：「神情日昏悴，飲食頓削」、〈吳小員外〉：「顏色漸憔悴」……等。其中情況較嚴重者，如〈任迴春游〉中的任迴，被女鬼禁錮同居半年，剛被救回時被人誤以為「奇鬼」，回家調治數日，方逐漸恢復人形。又如〈鬼國母〉之楊二郎，「呼醫用藥調補，幾歲，顏狀始復故」。

上述縱慾的男性雖然陽精耗損、元氣大傷，卻多耽溺於美色而難以自拔，往往必須藉由外力協助才得以脫離迷魅。故事中最常見的伸援者莫過於親友、道士及法師；親友通常是最先發現異狀者，再懇請道師、法師等加以施法救治。宋傳奇人鬼戀這類故事有〈吳小員外〉、〈解俊保義〉及〈建德茅屋女〉等，其中的女鬼均被術士以超自然能力加以懲治、制伏。這類由道士、法師等術士介入人鬼戀媾的故事，傳達出天理與人欲的衝突。關冰先生云：

> （法師介入人鬼、人妖戀媾之故事）表現的是法師所代表的「天理」和妖鬼所代表的「人慾」之間的衝突。故事將「大慾」對人構成的「傷害」最直接的表現為在人與妖或人與鬼的戀情，女妖（鬼）會損害男子的身體健康，將這種最明顯的異常狀況作為法師出現的最順理成章的引子、「天理」干涉「人慾」最正當的理由。〔註68〕

利用與女鬼交媾會損耗陽精及身體健康，引發男性恐懼的心理，再以象徵「天理」的法師幫助男性制伏女鬼，一併將「人慾」割除，反映出理學以天理遏滅人欲的思想。〔註69〕故事藉由縱慾的後果，建立起克制情慾的清規戒律，嚇止男性不可聽任女鬼（情慾）擺佈。此亦可由〈焦生見亡妻〉之道士治鬼時所說的話得到應證：

> （道士丁自然）屬聲持劍呼詰之曰：「爾為鬼，焦乃生人，人鬼異路。爾鬼物，敢輒干人！」又責焦曰：「彼鬼爾，何輒隨之？」

道士一方面斥責女鬼，另一方面又責問焦生，為何聽任女鬼（慾望）的擺佈。

〔註68〕關冰：《夷堅志神鬼精怪世界的文化解讀》（寧夏：寧夏大學中國文學研究所碩士論文，2004 年 4 月），頁 29。

〔註69〕周榆華、郭紅英：「人鬼間相戀相悅是個體情欲的體現，而道士、法師或父母的介入，則反映出理學以天理遏滅人欲的思想。」見氏著：〈理學束縛下的潛抑情欲——論《夷堅志》中的人鬼之戀〉（《江西廣播電視大學學報》，2004年第 2 期），頁 36。

故事的結局當然是焦生從迷魅中清醒，意喻天理戰勝人慾。因此，敘述縱慾耗精、有損健康的情節，乃希望藉由揭示男性放縱情慾的後果，使讀者望而生畏、引以爲鑑，以達戒淫之主旨。因此，此類故事總不免「散發禁慾的道學氣」。〔註70〕

2、紅顏禍水，意在戒色

中國自古以來即有「女人禍水」的論調，〔註71〕美貌的女子往往與傾城、禍國產生聯想。由於「美麗的女性與醜陋的鬼物，在傳統觀念看來都有著『作惡爲害』的可能性」，〔註72〕而小說中的女鬼正兼具此兩種特徵，所以有時也成爲宣揚女人禍水思想的工具。

例如〈樊生〉，樊生眼中的陶小娘子是「燦然麗人」，僕人眼中的她卻是「以線縫綴腰腹」的可怕女鬼，男子似因過度痴迷而無法看清「女色」的本質，他人反倒是輕而易舉地「一眼看穿」。這類故事「表達作者強烈的否定（女色）傾向，而且也有催請迷戀者醒悟，參破幻境的哲理意味。」〔註73〕歷來這類具恐怖原型的女鬼故事，男主角多因過度迷戀女鬼而喪命，〔註74〕樊生

〔註70〕朱恒夫：「一些記述人鬼戀愛的故事中，總是說男子被女鬼或女狐所魅，最後陽精耗盡，元氣大傷，或幸遇一道士方得避免災難，……這些內容散發出禁慾的道學氣……。」同註18，頁71。持類似看法者，如，楊義：「情慾使人墜入物妖邪鬼的迷惑，必須憑藉仙佛道士的法力才能拯救自己。……人鬼、人妖之間的戀愛故事，總是以一見鍾情始，以道士介入爲轉折，最後是一個悲劇的結局，這已經成爲那個時代散發著道學氣的描寫模式。」見氏著：《中國古典小說史論》（北京：中國社會科學出版社，1995年12月），頁212～213。

〔註71〕古代關於女人禍水的論調，如《新唐書》：「女子之禍於人者甚矣！自高祖至於中宗，數十年間，再罹女禍，唐祚既絕而復續，中宗不免其身，韋氏遂以滅族。玄宗親平其亂，可以鑒矣，而又敗以女子。」見歐陽修：《新唐書・玄宗本紀》（臺北：鼎文書局，1976年11月），卷5，頁154。又如，《新五代史》：「梁之惡極矣！……及其敗也，因於一二女子之娛，……乃知女色之能敗人矣。自古女禍，大者亡天下，其次亡家，其次亡身……。」見歐陽修：《新五代史・梁家人傳敘第一》（臺北：鼎文書局，1976年11月），頁127。關於中國女禍觀念的發展，可詳見劉詠聰：《德・才・色・權——論中國古代女性》（臺北：麥田出版，1998年）。

〔註72〕嚴明：〈文言小說人鬼戀故事基本模式的成因探索〉（《文藝研究》，2006年第2期），頁58。

〔註73〕同註2，頁206～207。

〔註74〕男子過度迷戀女鬼而喪命的故事，如《剪燈新話・牡丹燈記》。內容敘喬生邂逅一美女，在喬之鄰居的眼中，美女非但不美，還是個粉髑髏，最後喬生因迷戀女鬼太深，被誘入其棺柩之中而斷送性命。又如《玄怪錄・王煌》，記敘

幸虧及時醒悟，撿回一條命。又如〈郝太尉女〉，先寫男鬼爲美人不惜發動鬼
兵抵抗道士之神兵；再述兩男鬼爲爭奪美人不惜引兵交戰，似有意藉美貌的
女子即使離開陽世，到陰府仍會引發戰爭，禍國殃民。故事寄寓「紅顏禍水」
的教訓，勸戒世人勿貪戀美色。

再如〈江渭逢二仙〉乃風流文士與前朝女鬼相遇歡合，最終女鬼被茅山
道士作法所擒的故事。其中的女鬼張麗華、孔貴嬪是陳後主的寵妃，後主曾
爲其作〈玉樹後庭花〉等詞，後因沉溺於女色、逸樂終致亡國。作者讓張、
孔兩人死後仍化爲艷情女鬼迷魅士子，再藉道士之口斥責其以色禍人的罪
行，引以爲後人借鏡。

其他如〈任迴春游〉、〈范敏〉等以美色佈下圈套誘惑男子的故事，男主
角總無法抗拒美色的誘惑，即使明知有危險或陷阱，仍投身其間與女鬼交媾，
不但凸顯男性多難以抗拒美色的心理，且適度反映出男性的品德修養。一旦
男性心中對慾望的渴求遠高於理性的克制，道德的防線將迅速崩解，面對女
鬼的財色誘惑，便輕易上勾而發生踰矩的行爲，最終付出幾近喪命的代價。
因此，這類女鬼魅人的故事尚透露出「眞正危險的並不在於作爲引誘客體的
女鬼們，而是男性主體心中的慾望已然動搖」。〔註75〕另外，作者亦似有意凸
顯情色的恐怖，一旦陷溺其中將可能付出喪命的代價，進而達到戒美色、忌
貪婪的勸懲目的。

3、忍情之士，禮教典範

宋傳奇人鬼戀塑造數位潔身自愛、拒絕利誘與美色的忍情男性，作爲謹
遵禮教的典範。如〈崔慶成〉，故事中的男主角崔慶成面對美若天仙的女鬼，
始終不曾動心；無論鬼魅如何挑逗、百般糾纏，也從未撼動他心中的「理法」，
他的表現永遠是理性戰勝情慾。所以女鬼譏笑他是土木偶、不解風情，作者

王煌偶遇一容色絕代的白衣女郎，且不聽道士之言，娶她爲妻，最後王煌果
被白衣女郎之原型——耐重鬼踩死。再如《廣異記・范敏》，敘述范敏與一美
婦遇合，婦人臨別之時齧范敏之臂，並云其遺失梳子，隔日，范敏在床前得
一紙梳，不久即因體痛紅腫而亡。三則故事依序見〔明〕瞿佑：《剪燈新話》
（臺北：天一出版社，1985年5月，《明清善本小說叢刊初編》第二輯），卷
1；〔唐〕牛僧孺：《玄怪錄》，收入王汝濤編校：《全唐小說》（濟南：山東文
藝出版社，1993年3月），頁404～406；〔唐〕戴孚：《廣異記》，收入王汝濤
編校：《全唐小說》（濟南：山東文藝出版社，1993年3月），頁481。
〔註75〕陳玉萍：《唐代小說中他界女性形象之虛構意義研究》（臺南：成功大學中國
文學研究所碩士論文，1988年），頁154。

卻稱讚他「見色不惑，亦方潔之士。終不及亂，是可嘉美。」作者也許無意詆毀愛情的價值，卻刻意凸顯、歌頌禮教，以達教化社會的目的。

又如〈鄂州南市女〉中的茶店僕人彭先，則被塑造為拒絕美色與財富的典型，雖被富家吳女愛上，但他「素鄙之」，對吳家的求婚「出辭峻卻」；當吳氏女復生求見，他毫不留情地「批其頰」，痛斥她是「死鬼」。其實，彭先拒絕的不是吳女，而是不合禮法的愛情；他唾棄的也不是財富，而是「鑽穴隙相窺，逾牆相從」〔註76〕的越軌行為。在彭先的心中，禮教規範遠勝一切！

二、關注小人物之生活風貌

宋太祖趙匡胤出身庶族地主，較重視平民百姓的生活，推行多項保民、養民的措施，〔註77〕社會得以休養生息，人口大幅增加、城市經濟快速發展，遂致市民階層崛起。〔註78〕試觀宋代小說，故事之男女主角不再侷限於士人或官宦之後，多見平民百姓。誠如程毅中先生所言：「宋元小說的藝術成就，即是塑造出一批生活在市井巷陌的小人物。」〔註79〕這些小人物的故事，充溢浮世圖繪。

〔註76〕《孟子‧滕文公下》：「不待父母之命，媒妁之言，鑽穴隙相窺，逾牆相從，則父母國人皆賤之。」收入〔清〕阮元校刻《十三經注疏》（北京：中華書局，1991年6月），卷6，頁2711。

〔註77〕宋代建國之初，施行如興修水利，擴大農田，增加農戶，廢除苛捐雜稅等政策，讓農業迅速恢復生產，減輕人民的負擔，也因此社會的經濟快速發展。詳見陳振：《宋史》（上海：上海人民出版社，2003年4月），頁91～124。劉揚忠主編，傅璿琮、蔣寅總主編：《中國古代文學通論－宋代卷》（遼寧人民出版，2005年5月），頁3。

〔註78〕姚瀛艇：「隨著城市經濟的發展及城市人口的增多，宋代將城市戶口單獨定等列籍，稱為坊郭戶。坊郭戶的出現，說明宋代市民階級已登上歷史舞臺。市民階層崛起，不但政治上如此，呈現於文化與文學亦是如此。」見氏著：《宋代文化史》（開封：河南大學出版社，1992年），頁500。

〔註79〕程毅中：「宋元小說的藝術成就，首先就表現在塑造了一系列人物形象，……這些人物不一定是什麼英雄，往往只是生活在市井巷陌的小人物。」見氏著：《宋元話本》（臺北：木鐸出版社，1988年9月），頁111。樂衡軍先生亦指出，「假如傳統小說，一直在寫作筆記小說，傳奇小說，則雖責之以儒家實用文學觀，那也仍是發展不出那些飲食男女、市井小民的寫實主義小說作品來的。而替市井小民來做生活寫照的小說，當然由宋元話本始其濫觴。」見氏著：《意志與命運——中國古典小說世界觀綜論》（臺北：大安出版社，1992年4月），頁164～165。

（一）平民圖像，市井縮影

宋傳奇人鬼戀故事，常見在市井營生的小人物，有的沿街叫賣，有的開店營生。例如〈樊生〉中的男主角樊生為「質庫」，以開當舖為生。又如〈鄂州南市女〉是以鄂州南草市茶店的僕人彭先為男主角，還特別強調他只是個「廛肆細民」。〈郭銀匠〉之男主角則是袁州的「銀匠」，女主角的母親則是「把賣嫗」。其他如〈解俊保義〉的「貨藥人」、〈解俊保義〉的「東鄰桑大夫與西鄰王老娘」、〈四和香〉的「賣時菓張生」、〈大桶張氏〉之中以「送喪為業」的鄭三……等人，在故事中都位居頗關鍵的地位；而〈遠煙記〉、〈任迥春游〉、〈吳小員外〉等故事的女主角家中均經營酒肆。諸如此類對細民的描寫，在宋代之前的小說是相當罕見。

另一篇〈樊生〉則呈現南宋臨安的市民生活，例如鬼魂雍三是「鬻糕者」，三更半夜仍得搗粉做糕；張生的主業是「賣熝贏」，又善治妖邪。無論是賣糕餅或熟螺肉者，均是身處市井的小人物，卻能在小說中佔有一席之地，可見宋代傳奇作家的寫作態度是「不再一味的搜奇獵艷、誇異逞炫，而能注意生活中具有普遍意義的事物。」〔註80〕宋代傳奇關注的焦點逐漸趨向中下階層，正是小說俗化的開端。〔註81〕

（二）商業活動，繁盛多元

本文第二章第三節曾提及宋代經濟繁榮，刺激商品經濟發達與城市繁榮。宋傳奇人鬼戀之內容呈現多元的商業活動，例如〈鬼國母〉，寫建康之富商楊二郎「本以牙儈起家。數販南海，往來十餘年，累貲千萬。」又如〈大桶張氏〉：「大桶張氏者，以財雄長京師。」以製桶為業者，其財力之雄，竟可名滿京城，足見當時桶業產銷活動之盛況。再如〈周瑞娘〉中的女鬼瑞娘，向父母要生前所織的布匹為嫁妝，表示要與丈夫「入西川作商」，商業活動已由定點經營轉向離鄉背井「行商」。

商業經濟熱絡，也刺激手工藝品的產製。如〈建德茅屋女〉寫筠州城之市民蔡五「善刺繡五色及畫梅竹」，與兄弟同居而不睦，獨自到外縣「求趁」。縣人李二郎因愛蔡五「技藝精巧」，將女兒嫁給他。蔡五因擁有刺繡與繪畫的

〔註80〕游秀雲：《宋代傳奇小說研究》（臺中：東海大學中國文學研究所碩士論文，1992 年 6 月），頁 135。
〔註81〕石昌渝先生指出：「宋代傳奇小說的觀念意識明顯下移，這就是俗化的開端。」見氏著：《中國小說源流論》（北京：三聯書店，1994 年 2 月），頁 191。

特殊技能，不但可到外縣市謀職，且還得到賞識，可見當時社會已逐漸重視手工技藝。

　　由於商業貿易發達，棄仕行商或專業經商者大大增加。例如〈陳叔文〉中的陳叔文為官三年，與妻商議「不往之仕路」，而改行「為庫以解物」，逾年，家境即由「甚貧」轉為「豐足」。再如〈解七五姐〉，貧苦的施華因婚後仍住岳父母家而遭輕視，為此，他外出經商以待發達之日。上述兩個例子，一個是放棄官職改開當舖，一個是希冀行商致富，在當時社會重視文人、官祿的情況下，他們仍執意投身商場，足見當時經濟環境之活絡，而且經商成為窮人脫貧、甚至致富的管道之一。

三、反映光怪陸離之民情世態

　　南宋史學家李燾曾記載太祖趙匡胤「杯酒釋兵權」一事，其中宋太祖曾對石守信、高懷德等開國功臣道：

> 人生如白駒之過際，所為好富貴者，不過欲多積金錢，厚自娛樂，使子孫無貧乏耳。爾曹何不釋去兵權，出守大藩，擇便好田宅市之，為子孫立永遠不可動之業。多置歌兒舞女，日飲酒相歡，以終其天年。我且與爾曹約為婚姻，君臣之間，兩無猜疑，上下相安，不亦善乎。〔註82〕

身為開國帝王，竟慫恿身邊將領追求富貴，此與歷代仁人志士畢生追求「達者兼濟天下，窮則獨善其身」，以天下為己任的志業大異其趣。更有甚者，由於「古今風俗，悉認上之所好」，〔註83〕在上位者有意無意倡導之下，宋代民風逐漸走向競逐富貴、娛樂等外在物質享受，再加上宋代商業、貿易空前繁榮，更使人們的價值觀轉趨勢利。另外，宋代科舉考試發達，亦導致許多怪異的社會現象。宋傳奇人鬼戀多面向地反映這些光怪陸離的社會情態，以下分別說明之。

（一）熱中財富，世風澆薄

　　宋代社會因重財利、逐富貴產生許多負面風俗，亦在宋傳奇人鬼戀中假託鬼魅世界呈現。

　　1、設局欺矇，謀財騙色

〔註82〕同註30，卷2，頁50。

〔註83〕宋大中祥符元年（1008）二月，宋真宗謂王欽若之言。同註30，卷68，頁1525。

在競相追逐財富的風氣之下，社會出現偷拐搶騙的惡行。例如〈范敏〉與〈樊生〉即描寫鬼魅利用醇酒美色，勾引人類落入陷阱，趁機謀取人類錢財。這些設局詐騙的群鬼，正如熱中財富的世間男女，為求錢財不擇手段；同時也反映人性嗜戀美色、貪圖富貴的弱點。

又如〈張客奇遇〉反映妓女被嫖客謀財騙色的悲慘遭遇。故事藉由妓女之鬼魂道：「我故倡女，與客楊生素厚。楊取我貲貨二百千，約以禮婚我，而三年不如盟。我悒悒成瘵疾，求生不能，家人漸見厭，不勝憤，投繯而死。」被騙的妓女不但人財兩空、家人離棄，甚至連性命都不保，下場委實悽慘。如楊生這類為錢財而騙婚的惡徒，亦見〈陳叔文〉、〈李雲娘〉等篇。

另外，亦有側面反映拐騙婦女者。如〈京師異婦人〉，婦人因故與同行失散，士人挑逗引誘，她欣然曰：「我在此稍久，必為他人掠賣，不若與子歸。」又如〈建德茅屋女〉，故事中曾有僧人告訴男主角蔡五，他的妻子非人，蔡五相當生氣，「以為僧必解妖術，欲誘化吾婦，叱罵而去。」藉由男主角懷疑僧人欲拐誘其妻，間接表現當時誘騙婦女的現象。

2、覬覦寶物，盜墓成風

中國自古即有厚葬的習俗，導致竊取陪葬物的盜墓事件多有所聞。宋人因熱中追求財富，罔顧禁忌而偷掘墳墓者亦不在少數。如〈鄂州南市女〉之少年樵夫，覬覦富家女之陪葬品而盜墓。又如〈大桶張氏〉中的鄭三，為盜取女屍臂上之玉條脫，趁半夜掘墓發棺。再如〈周助〉，故事中的李生趁幫周助發棺之際，偷取女屍的金釵耳環。

另外，有反映社會大眾對盜墓事件的恐慌心理。如〈玉尺記〉，女鬼之兄看見亡妹的陪葬物玉尺，指責王生：「子必發吾妹之殯而竊取之。」再如〈畢令女〉中的畢氏次女因發現士子持有大姊的銅鏡，乃責士子曰：「汝發墓取物，奸贓具在，吾來擒盜耳。」雖然二者最後都証明是誤會一場，但由此可知當時社會上盜墓事件應時有所聞，才會讓死者家屬一看到死者的陪葬物就一口咬定男方必然壞棺盜墓。

（二）喜好遊藝，重視享樂

如前所述，宋代統治者重視娛樂，而且強調宮廷享樂乃「以天下之樂為樂」，〔註84〕導致社會自上而下興起一股享樂之風；加上城市繁榮，人們的物

〔註84〕同註30，卷25，頁575～576。

質生活更形富足，對文化與娛樂方面的需求自然與日俱增。因此，宋代社會的冶遊情況大增，節慶活動益加熱絡，歌舞與技藝等表演活動更是豐富多姿。

宋傳奇人鬼戀反映出享樂的風俗，最常見的是描寫富人、文士的冶遊。如〈吳小員外〉描寫春遊：「趙應之偕弟茂之入京師，與富人吳小員外日日縱游。……至金明池上。」又如〈趙諗之〉：「徽考朝，有宗室諗之者，自南京來赴春試，暇日步郊外。」再如〈任迴春游〉京師富家子任迴，「遊春獨行」。

至於節慶活動，主要描寫元宵與寒食節。宋代之元宵節連續張燈五日，男女老少湧上街頭觀燈，「紫禁煙光一萬重，鰲山宮闕倚晴空」，〔註85〕即是描寫當時燈火如晝之景象。伊永文先生更以「任何一個朝代的歡樂慶典都難以與之相提並論」〔註86〕來形容宋代的元宵節。宋傳奇人鬼戀中以元宵節為場景的故事，如〈京師異婦人〉描寫京師士人在元夕當天出游，「至美美樓下，觀者闐咽不可前」，遇一婦人舉措張皇，並云：「我逐隊觀燈，適遇人極險，遂迷失侶，……」男女主角因人潮擁塞而相遇，反映當時民眾爭相觀燈的熱鬧情景，也顯見賞燈是當時元宵節一項重要的節慶活動。其他如〈江渭逢二仙〉、〈四和香〉等亦曾提及上元夜，為觀燈而遊歷巷陌的情形。如此熱鬧的節慶活動，顯示城市生活的豪華奢侈。

在寒食節方面，據《東京夢華錄》記載：「冬至後一百五日為大寒食，寒食第三日即清明矣，凡新墳皆用此日拜掃。」〔註87〕宋傳奇人鬼戀中的〈玉尺記〉即反映遇逢節日「製衣」、寒食節「掃墓」的習俗，故事中描寫道：「時逼寒，（女鬼）因謂生曰：『君久客於此，而佳節密邇，得無衣服制浣乎？願以見委。』生授以素縑，令作單衣之類。」另外，鬼女之兄表示：「有亡妹殯此，將展寒食奠禮。」又如〈畢令女〉：「長女既亡，蕆於京城外僧寺。當寒食掃祭，舉家盡往。」故事中的掃祭乃全家同往，傳達宋人敬神祭祖的觀念，也同時反映宋人借掃墓之便，進行「尋芳討勝，極意縱遊」〔註88〕的探春活動。

〔註85〕〔宋〕向子諲：〈鷓鴣天〉，詳見唐圭璋編：《全宋詞》（北京：中華書局，1998年11月），頁957。

〔註86〕伊永文：《宋代市民生活》（北京：中國社會出版社，1999年1月），頁268。

〔註87〕〔宋〕孟元老撰，伊永文箋注：《東京夢華錄箋注》（北京：中華書局，2007年7月，影印《中國古代都城資料選刊本》），頁626。

〔註88〕〔宋〕周密：「清明前三日為寒食節，……南北兩山這間，車馬紛然。而野祭者尤多，……婦女淚妝素衣，提攜兒女，酒壺肴罍，村店山家，分餕游息，至暮則花柳土宜，隨車而歸。若玉津、富景御園，包家山之桃關，東青門之菜市，東西馬塍，尼庵道院，尋芳討勝，極意縱游，隨處各有買賣趕趁等人，

其他的娛樂活動，如〈郭銀匠〉中的女鬼利用「善歌宮調」的技能，在平里坊賣唱，「歌聲遏雲，觀者如堵，……豪門爭延致，日擲與金釵等。」由觀者之盛況，或可推知，觀賞歌舞已成為平民百姓的日常娛樂。

（三）科舉興盛，怪象叢生

宋代以文人治國，科考所取的名額遠多於唐代，〔註 89〕加上教育普及，所以窮困潦倒的中下階層文人只要力搏科考，隨時有機會「朝為田舍郎，暮登天子堂」。孟郊曾以詩巧妙地傳達士子登科前後的迥異處境：「昔日齷齪不堪嗟，今朝放蕩思無涯，春風得意馬蹄疾，一朝看盡長安花。」〔註 90〕進士的冠冕將使地位顯赫，集權力、財富於一身。〔註 91〕因此，寒士莫不全力以赴科舉，但求藉此發跡。不過，畢竟粥少僧多，能中舉者實屬少數，所以眾多文士在中舉與落第之間，社會因此產生許多怪異現象。

1、待試文士，生活困窘

科舉雖是文士晉身的最佳管道，但藉此發跡、入仕者畢竟是少數，多數名落孫山者之經濟情況著實困苦。其原因不外乎文士致力科考，並無其他謀生技能，往往因缺乏長期經濟來源而生活困頓。如〈沈生〉中的沈生與從弟沈元用同試南宮，「貧不可言，每仰於元用」。

有些落第的文士因無盤纏回鄉，或者為爭取讀書時間，準備下次應試，只得居留於京城。如〈越娘記〉中的楊舜俞，「久客都下，多依倚顯宦門。」另有些寒士寄住於僧院，例如〈馬絢娘〉：「士人寓跡三衢佛寺」、〈玉尺記〉：「海州舉子王生者，寓跡僧舍為學」。至於〈畢令女〉中的士子除寓居「京城

野果山花，別有幽趣。」記述南宋杭州清明節市民趁掃墓之便，同時探春遊樂之盛況。見氏著：《武林舊事·祭掃》（北京：學苑出版社，2001 年 10 月），卷 3，頁 287。

〔註 89〕宋代錄取進士數額遠遠超過唐代，自宋太宗以後，平均每次人數為 230 人，從真宗到徽宗，已增至 456 人；宋徽宗時更達 680 餘人。同註 45，19～22。

〔註 90〕孟郊：〈登科後〉，詳見《全唐詩》（臺北：文史哲出版社，1978 年 12 月《清聖祖御定本》），卷 374，頁 4205。

〔註 91〕宋代科舉的條件「家不尚譜牒，身不重鄉貫」，只要文章詩賦合格，即可錄取。大部分科舉登第者都出身於鄉戶。如宋高宗紹興十八年（1148 年）《題名錄》中榜進士 330 人，據所載姓名籍貫，其中出身於城市者未及 30 人，宗室 25 人。宋理宗寶祐四年（1256 年）《登科錄》記中榜進士 601 人，其中平民出身 487 人，官僚家庭出身 184 人。這些數字即可以說明宋代寒士發跡的普遍性。不著編撰人：《南宋登科錄兩種》（臺北：文海豐出版社，1981 年 6 月），頁 3～82、83～300。

外僧寺」，還自稱是「貧士」，足見其生活之困乏。尚有部分科場受挫的文士，四處漫遊，如〈王魁傳〉中的王魁，「因秋試觸諱，……遂遠遊山東萊州，萊之士人，素聞其名，付與之遊。日與之遊。」

即便生活清苦，待試中的文士亦有屢試不第，每不改其志者。如〈無鬼論〉中的黃蕭，「蹉跎場屋十餘年，志無少挫」，他還常謂人曰：

> 吾不第則已，一旦使吾遇知音，必獲甲科，坐致青云之上，以快恩
> 仇。此大丈夫得志之秋也，吾今之貧實暫耳。

此話說出大部分長期科場失意者的心態，即使生活窮困、屢試屢敗，仍對科舉抱持希望。可見科考高中不但是寒士晉身的途徑，也成為文人士子的白日夢。

除文士外，許多平民百姓也希望藉科舉而取得富貴、名聲。例如〈沈生〉，故事中的女鬼向沈生主動獻身、供應衣食，她的條件是：「他日中第肯以為汝家婦」，女鬼還強調「吾家累千金」。換言之，她圖的並非財富，而是希冀成為官家之婦，藉此獲得名望。又如〈滿少卿〉，焦大郎因女婿滿少卿中進士第，以為從此「富貴可俯拾，便不事生理」，於是坐吃山空，最後因滿氏另娶高門，終至家破人亡，下場悲慘。

另外，部分寒士雖然榜上題名，但經濟問題無法立即改善，導致有些已授官的文士因家貧無法就任，例如〈陳叔文〉中的陳叔文，「專經登第，調選銓衡，授常州宜興簿家至窘窶，無數日之用，不能之官。」〈李雲娘〉中的解普，「待闕中銓，寓京經歲，囊無寸金」。

其實，科舉雖是獲取功名利祿的捷徑，卻也是許多文士痛苦的根源。當時社會人士普遍認為中舉即等同於顯貴與財富，許多士子赴考的目的只為競逐名利，一旦落第，不只得承受來自內心的折磨，更得面對社會與親友的異樣眼光與壓力。試觀〈滿少卿〉中的滿少卿中進士第之描寫：「甫唱名即歸。綠袍槐簡，跪於外舅前，鄰里爭持羊酒往賀，歆艷夸詫。生連夕宴飲。」一人中第，鄉里同歡共慶；反觀〈范敏〉中的范敏，他博通經史，「嘗預州薦至省，失意還舊居，久不以進取為意。」因為科考落第而失意浩歎，其內心之煎熬與痛苦可以想見。

2、以文取士，榜下擇婿

宋代社會崇尚官爵，由於科舉是當時為官的主要管道，〔註92〕新科進士

〔註92〕〔宋〕張端義《貴耳集》載：「高宗、孝宗在御，……朝廷用人，別無他路，止有科舉。」同註24，頁4303～4304。司馬光亦指出：「國家用人之法，非

成為炙手可熱的攀附對象。當時達官顯要、富貴豪門的擇婿標準，即有所謂「求婿必欲得高第者」，〔註93〕但高第者畢竟是少數，在這些達官貴人爭相競逐的之下，形成宋代特殊的婚姻現象——「榜下擇婿」。王安石的「卻憶金明池上路，紅裙爭看綠衣郎」〔註94〕詩句，便生動地描繪出此一情況：達官富豪在赴瓊林宴必經的金明池上路守候，爭看身著綠袍的新科進士，希望從中擇得佳婿。如〈王魁傳〉與〈滿少卿〉中的男主角即循此管道快速貴顯，前者的王魁中舉即娶崔家女、後者的滿少卿則娶「宋都朱從簡大夫次女」。王、滿二人在中第之前已與女子有盟誓或婚姻關係，卻完全不念舊情與恩義，另行他娶，此呼應顯貴們為攀官競於榜下擇婿，卻對這些新科進士的「家世、人品、婚姻」等不暇細擇。〔註95〕故事中的王魁與滿少卿均飽讀詩書，中第之前獲得女子的資助和鼓勵，一旦騰達卻拋棄舊人，可謂負心薄倖至極。此反映宋代科舉以文取士，考生只要熟讀經書義理，講究學術治道，其餘的技藝、能力，甚至是品格都可以全然不顧。在龍蛇混雜的舉子之中，出現不少才學與品德不相符者，導致宋代的負心故事較歷代為多。〔註96〕

如王、滿這類滿腹經綸的負心文士，尚有〈李雲娘〉中的解普、〈陳叔文〉中的陳叔文。前者捨棄舊盟、另擇婚娶，解、陳二人更是陰狠，他們中舉卻苦無錢財赴官，幸獲女子之助而就任，最後卻為謀取錢財，不計一切殺她們滅口。反映出科舉以文取士，士子的品德實良莠不齊。

四、折射戰事頻繁之離亂景象

宋代國力積弱不振，外族為利益時常以武力進犯，先後遭受遼國、夏朝

進士及第者不得美官。」見氏著：《司馬溫公集·貢院乞逐路取人狀》（臺北：臺灣商務印書館，1965年，《四部叢刊初編》冊41），卷30，頁262。

〔註93〕〔宋〕程顥、程頤著，王孝魚點校：《二程集·河南程氏文集·家世舊事》（北京：中華書局，2006年9月），卷12，頁659。

〔註94〕〔宋〕王安石：〈題臨津驛〉，見氏著：《王安石全集》（臺北：河洛圖書出版社，1974年10月）卷33，頁218。

〔註95〕張邦煒先生：「〔宋〕達官顯貴、富室豪商選擇女婿，……有下面三個不問。一不問家世。……二不問人品。……三不問婚否。……」同註31，頁64～65。

〔註96〕黃寬重先生認為，負心故事在宋代較多見，除因宋代重文輕武外，也肇因於科舉取士造成「榜下擇婿」的社會現象。此雖可能因男子尚未婚娶而成就美好姻緣，但也可能導致寒士一旦金榜題名，即追求社會地位而拋棄貧賤的結髮妻子。見氏著：《宋史叢論》（臺北：新文豐出版公司1993年10月），頁379。

及金國之侵略與威脅，以致國家社會陷於戰雲之中；尤其兩宋之交，正值宋、金對峙，長年兵荒馬亂，人民流離失所、骨肉離散。此現象反映於宋傳奇人鬼戀中，即出現部分故事描寫戰爭的情況，凸顯亂世人們的苦難，甚至曲折地傳達人民對政治的好惡，及其對統治者的期盼。

（一）描繪現狀，見證苦難

宋傳奇時或藉由現實環境的描寫，見證戰爭所引起的離亂及百姓所遭受的苦難。例如〈太原意娘〉以北宋末年爲背景，敘寫男主角之從弟楊從善因「陷虜在雲中」而遇兄嫂意娘，意娘自述：「與良人避地至淮泗，爲虜所掠。其酋撒八太尉者欲相逼，我義不受辱，引刀自剄。」小說藉意娘的節烈，反映出北方人民的氣節；另也由意娘至死都不得南歸家鄉之事，傳達平民百姓因戰爭而有家歸不得的無奈，有學者甚至稱其爲「一首夢魂縈繞，作鬼也南來的招魂曲」。〔註 97〕另外，故事尚寫道：「南朝遣使通和，在館，有四五人來買酒。」將當時宋朝不斷與北方敵國議和的現狀表達出來，同時似又隱晦地「譴責南渡官員身耽逸樂」。〔註 98〕又如〈楊三娘子〉，青州人韋高，「避靖康亂南徙，居明州」，表現人們在動盪的環境中爲避難而飽受離亂遷徙之苦。

再如〈呂使君宅〉，描寫淳熙年間，後軍副將賀忠因失道而誤歸期，並因此獲罪。在「窘怖無計」之下，賀忠將女鬼送給他的駿馬獻給主帥，主帥一見馬匹，「喜而不問」，不但不降罪於賀忠，反而將他升爲正將。故事刻意描寫主帥的貪心，似有意凸顯連一軍之帥的操守尚且如此，更遑論其他官兵，曲折地表達宋朝面對強敵外患，屢戰屢敗的原因。

（二）亡靈憶往，觀照亂世

宋傳奇人鬼戀亦以「亡靈憶往」〔註 99〕的方式觀照歷史，反映歷代的苦

〔註 97〕楊義：「〈太原意娘〉筆意盤曲，……這個人鬼相逢南歸的故事，無疑也寄托著作者對在另一世界受難的義士遺民的深切思念，在某種意義上說，它是一首夢魂縈繞，作鬼也南來的招魂曲。」同註 70，頁 221。

〔註 98〕蕭相愷先生認爲，「〈太原意娘〉這篇小說一方面反映了金人南犯給人民帶來的深重災難，表現了北方人民的故國之思；一方面也包含有譴責南渡官員身耽逸樂，忘卻故國親人的意思。」見氏著：《宋元小說史》（杭州：浙江古籍出版社，1997 年 6 月），頁 204。

〔註 99〕李劍國先生認爲，「亡靈憶往是唐宋傳奇作家採取的一種獨特的觀照歷史的敘事模式。眞實歷史人物和虛構人物以鬼神的面貌出現，充當歷史當事人和講述人的角色。」這類亡靈憶往的作品大部分非以歷史爲主題，反而更多是愛情主題。他進一步指出，作家透過幽明對話，託亡靈講述歷史，「無人追究眞

難生活。如〈越娘記〉藉女鬼越娘娓娓道出後唐時代離亂、殘破景象：

> 所言之事，皆妾耳目聞見，他不知者，亦可概見。當時自郎官以下，
> 廩米皆自負，雖公卿亦有菜色。聞宮中悉衣補完之服，所賜士卒之
> 袍袴，皆宮人爲之。民間之有妻者，十之二三耳。兵火饑饉，不能
> 自救，故不暇畜妻子也。穀米未熟則刈，且慮爲兵掠焉。金革之聲，
> 日暮盈耳。當是時，父不保子，夫不保妻，兄不保弟，朝不保暮。
> 市里索莫，郊坰寂然，目斷平野，千里無煙。加之疾疫相仍，水旱
> 繼至，易子而屠有之矣，兄弟夫婦又可知也！當時人詩云：『火内燒
> 成羅綺灰，九衢踏盡公卿骨。』古語云：『寧作治世犬，莫作亂離人。』」

戰火頻仍的亂世，上自公卿下至平民百姓均不得溫飽；動盪不安的社會，命
如螻蟻，朝不保夕。五代（907～960）僅短短五十餘年，竟接連更換梁、唐、
晉、漢、周五個王朝，如此迅速地改朝換代，國家豈有安定之時？社會動盪
人民流離，弱勢的婦孺必然遭遇更多的磨難，如越娘所述之易子而食、越娘
的逃難、被奪、自縊等自身遭遇，都是反映亂世婦女屢遭蹂躪、侮辱的慘狀。
因此，林辰先生認爲，〈越娘記〉寫得「深沉、凝重」；〔註 100〕程毅中先生
甚至稱〈越娘記〉是「寫亂世婦女所受的災難，是一篇血淚的控訴。」〔註
101〕如此悲慘的狀況，藉由彼時人越娘之口娓娓道出，「感情更加沉痛，調
子更陰沉悲抑」。〔註 102〕

又如〈范敏〉，故事中的女鬼李氏乃後唐莊宗人，曾在皇宮內擔任樂笛部
首，由她親訴宮中往事，內容更形真實：

> 妾在宮中六年，備見始末。……（帝）自言一日不聞樂，則飲食不
> 美，忽忽若墮諸淵者。或輒暴怒，鞭箠左右。唯聞樂聲怡然自適，
> 萬事都忘焉。晝夜賞賜樂人，不知紀極。妾民間有寡嫂，時進宮來

僞，作家又獲得自由陳述、闡釋、評價歷史的自由」。李劍國、〔美〕韓瑞亞，
〈亡靈憶往：唐宋傳奇的一種歷史觀照方式〉(《南開學報》，哲學社會科學版，
2004 年第 3 期)，頁 1～3。

〔註100〕林辰先生認爲，〈越娘記〉作者錢易乃五代吳越國王的後代，他藉描寫越娘的
思鄉之情，抒發他自己對故國吳越的思念，也因此寫得深沉、凝重。見氏著：
《古代小說概論》(瀋陽：春風文藝出版社，2006 年 12 月)，頁 75。

〔註101〕程毅中：《宋元小說研究》(南京：江蘇古籍出版社，1999 年 9 月)，頁 72。

〔註102〕何滿子先生認爲，「用鬼故事表述國破家亡時，殉身的女人的悲慘命運，無寧
使感情更加沉痛，調子更陰沉悲抑」。見氏著：《中國愛情與兩性關係——中
國小說研究》(臺北：臺灣商務印書館，1995 年 1 月)，頁 102。

見妾，具言官庫皆空，人民飢凍，妻子分散。……後河北背反，帝
大懼，令開府庫賞軍，庫吏奏帛不及三千匹，他物及寶亦不及萬。
乃斂取富民後宮所有，以至宮中裝囊物，皆用賞賜兵馬。其得疋帛，
或棄之道路曰：「天下遑遑，妻子離散，安用此也？」帝知士卒離心，
勉強置酒，令妾吹笛。笛音嗚咽不快，帝擲杯掩面泣下。翌日，帝
出，兵亂。帝引弓抗賊，郭從謙蔽後，射中帝腰腹。帝拔矢入後官，
殿門隨闔。帝急求水飲，嬪謂上腹有箭血，不可飲水。乃取酒進，
帝飲酒，復嘔出。帝怨曰：「吾悔不與李嗣源公同行。」大慟，有頃
帝崩。兵大亂……。

後唐莊宗李存勗，早歲恭勤勇武，奮戰二十年方得天下，自此意得志滿，廣
修宮殿，寵信伶人，甚至重用租庸使孔謙向社會大肆掠奪以供淫樂。透過李
氏近距離觀察莊宗之言行，生動地反映帝王荒逸、奢豪的生活，及治國無方
的情況；對照當時社會遑遑不可終日的景象，百姓生活實苦不堪言。

五、著重眞實可感之創作旨趣

宋代傳奇作者講究眞實可感的創作旨趣，揆其原因，除受史傳文學與理
學的影響，加上承繼唐人小說「補史」、「備史官之闕」〔註103〕的觀念，在創
作上著重實錄、講究直書的精神。正如宋代小說家張齊賢在《洛陽搢紳舊聞
記》之序云：

掇舊老之所說，必稽事實；約前史之類例，動求勸誡。鄉曲小規，
略而不書；與正史差異者，並存而錄之。〔註104〕

即使是虛構、傳聞的事也務實查證，幾乎是以補史之闕的態度看待小說。由
於賦予小說補史的功能，所以宋人在創作小說時，通常在某些傳聞的基礎上，
再加虛構而成。

（一）名人軼事，就實構虛

宋傳奇人鬼戀中的部分人物或情節，多見擷自歷史或現實環境中的名人
軼事，再加更改姓名，或是在既有材料上虛構、新增情節。例如〈畢令女〉、

〔註103〕〔唐〕李德裕：《次柳氏舊聞序》（上海：上海古籍出版社，2000 年 3 月，《筆
　　　　記小說大觀》唐五代卷，上），頁 464。

〔註104〕〔宋〕張齊賢：《洛陽搢紳舊聞記・序》（臺北：新興書局，1978 年，《宋元
　　　　筆記小說大觀》），頁 2979。

〈路當可〉中的道士路時中，爲北宋末、南宋初的道士，著有《無上玄元三天玉堂大法》與《無上三天玉堂正宗高奔內景玉書》傳世。〔註105〕另一篇〈京師異婦人〉中的道士王文卿，亦是兩宋之交相當有名的道士，曾被宋徽宗召見，是道教神霄派的創始人，以雷法聞名於世。〔註106〕

又如〈王魁傳〉，故事乃取材自宋人王廷評之軼事。王廷評，名俊民，是王安石於嘉祐六年辛丑（1061）親點之狀元，生卒年分別爲景祐丙子年（1036）、嘉祐六年（1063）。〔註107〕王俊民曾考中狀元，任廷評官時得狂疾，在貢院取刀自裁，最後飲食不進而亡。由於王俊民之行迹與王魁相似，加上周密《齊東野語》曾引王俊民之友人初虞世之言，爲王俊民辯護，〔註108〕因此，後代學者多以王魁即是宋人王廷評。〔註109〕意即，〈王魁傳〉是作者以現實生活中的聞見，再虛構、敷演而成。

〔註105〕關於路當可之詳細事蹟與著作內容，詳見莊宏誼：〈宋代道教醫療－以洪邁《夷堅志》爲主之研究〉（《輔仁宗教研究》第12期，2005年），頁124～125。

〔註106〕有關王文卿之事蹟與著作，詳見莊宏誼：〈宋代道教醫療－以洪邁《夷堅志》爲主之研究〉，同上註，頁88～89。

〔註107〕關於王俊民之事蹟，據《續資治通鑑長編・眞宗本紀二》：「……賜禮部進士披人王俊民等一百三十九人及第，五十四人同出身；諸科一百二人及第並同出身。……王安石集有責蕭注製辭，所載官位實與師中傳及注傳同。……」同註30，卷193，頁4663。又據《宋歷科狀元錄》記載：「王俊名，字康侯，萊州披縣人。父弁，誦詩登科，爲鄆州司理。俊民性剛峭，不可犯，有志於力學，其愛身如冰玉。二十六舉進士第一，作徐州瑜年卒。……」詳見〔明〕朱希召編：《宋歷科狀元錄》（臺北：文海書局，1981年，《宋史資料萃編》第四輯），頁159。再如《宋人傳記資料索引》「王俊民」條下記載：「王俊名，字康侯，萊州披縣人。嘉祐六年進士第一，爲應天府解官，得狂疾，未久而歿。」見昌彼得、王德毅等編：《宋人傳記資料索引》（臺北：鼎文書局，1986年7月），頁325。

〔註108〕〔宋〕周密：「世俗所謂王魁之事，殊不經，且不見于傳記雜說，疑無此事。……今狀元王俊民爲應天府發解官，得狂疾，于貢院嘗對一石碑叫呼不已。碑若有聲，亦若康侯之奮怒也。病甚不省，取書冊交股刀自裁及寸，左右抱持之，遂免。……醫以爲有涎，以碧霞金虎丹吐之，積久爲寒中，洞泄而死。……有妄人托夏雲姓名，作〈王魁傳〉，實欲市利於少年狎邪輩，其事皆不然。」見氏著：《齊東野語》（上海：古籍出版社，2001年，《宋元筆記小說大觀》），卷6，頁5502。

〔註109〕關於王魁乃王廷評一事，學者吳志達、程毅中及蕭相愷等人均持類似之看法。詳見吳志達：《中國文言小說史》（濟南：齊魯書社，2005年6月），頁628～631。程毅中：《宋元小說研究》（南京：江蘇古籍出版社，1999年9月），頁117～118。蕭相愷：《宋元小說史》（杭州：浙江古籍出版社，1997年6月），頁179～181。

再如〈錢塘異夢〉，本事見於宋朝張耒〈書司馬撩事〉〔註110〕，故事中的司馬槱眞有其人。據《續資治通鑑長編》記載：「御試應賢良方正能直言極諫科制策，……河中府司理參軍司馬槱初考第五等，覆考第四等次，詳定從初考；……司馬槱特賜同進士出身，堂除初等職官。」〔註111〕故事中司馬槱有弟司馬械，也與現實所載相符，〔註112〕二人皆未滿四十即亡故，可能是因爲他們是司馬光的姪子，擁有顯赫家世，所以相關事蹟在宋代流傳相當廣。其他如〈越娘記〉、〈范敏〉則是以歷史戰爭爲背景、歷史人物之事蹟爲基礎，再虛設情節，虛實相生，眞切可感。

（二）幻設故事，虛中有實

作者爲凸顯「實錄」、「徵實補史」的精神，在虛構故事時刻意加入現實環境的時間、地點等背景，或者強調所載乃某人所見、所聞，試圖在虛構的情節中製造眞實事件的假相，以強化故事之眞實可信。宋傳奇人鬼戀以此方式強調「實錄」的情形相當多，呈現手法主要有三，一是載明故事發生的時間，通常置於文章之首；二是某人之耳聞目見，多見於文末；第三是故事中的某個角色仍存活於當世，出現的位置亦多在小說之結尾。

1、記載時間

故意在情節中插入詳實的時序，而此時間在故事中並無特殊作用，僅爲加強其眞實性。如〈李雲娘〉：「慶曆元年」、〈莫小孺人〉：「紹興十五年」、〈趙詵之〉：「徽考朝」、〈江渭逢二仙〉：「紹興七年」、〈郝太尉女〉：「崇寧末年」、〈解俊保義〉：「乾道七年」、〈周瑞娘〉：「慶元二年中夏」、〈解七五姐〉：「淳熙十三年九月」。其中以〈大桶張氏〉中的「崇寧元年，聖端太妃上仙」之記載最詳盡，與宋史記載：「（宋徽宗）崇寧元年（1002）二月辛丑，聖瑞皇太

〔註110〕〔宋〕張耒：《張耒集》（北京：中華書局，2000年1月），卷53，頁814。
〔註111〕〔宋〕李燾：《續資治通鑑長編》（北京：中華書局，2004年9月），卷466，頁11132～11133。又《全宋詩》載：「司馬槱，字才仲，陝州夏縣（今屬山西）人。光姪孫。哲宗元祐六年（1091）應賢良方正直言極諫科，賜同進士出身，官河中府司理參軍。調錢塘尉，卒於官。有《夏陽集》二卷，已佚。事見《郡齋讀書志》卷4下。今錄詩十二首。」北京大學古文獻研究所編：《全宋詩》（北京：北京大學出版社，1998年12），卷1274，頁14386。
〔註112〕關於司馬械之生平，《全宋詩》載：「司馬械，字才叔，陝州夏縣（今屬山西）人。槱弟。登進士第。嘗應賢良，以黨錮不召。有《逸堂集》十卷，已佚。事見《郡齋讀書志》卷4下。今錄詩六首。」詳見《全宋詩》，同上註，卷1274，頁14389～14390。

妃薨，追尊爲皇太后」〔註113〕的史實，完全吻合。

2、耳聞目見

在故事中安插作者的親身見聞，強化所載乃實有其事。如〈無鬼論〉:「皋字唐臣，河朔人，賦性敏慧，俶儻不拘，與生友善，具道本末，故予得而書。」〈大桶張氏〉:「時吳拭顧道尹京傳其事云。」〈沈生〉:「二事者趙宣明亦所親聞之於元用者也。」〈樊生〉:「此度是紹興末年事，余近聞之。」〈西湖女子〉:「予族姪圭子錫知其事。」〈張客奇遇記〉:「臨川吳彥周舊就館於張鄉里，能談其異，但未暇質究也。」以上藉由人們的見聞增加可信度的敘寫都置於篇末，另一篇〈胡氏子〉開篇即言:「舒州人胡永孚說」，主要是爲接續後文「其叔父頃爲蜀中倅……」，使讀者一開始就認定故事是眞的。

3、主角尚存

藉由故事人物仍存活於世，強調故事眞實可信。例如〈范敏〉:「敏身猶在焉，至今爲東人所笑。」〈越娘記〉:「舜俞亦昌言於人，故人多知之。」〈鬼國母〉:「楊至紹熙年中猶存。」〈寧行者〉:「(寧行者)後還俗爲書生，今在淮南。」〈錄龍井辯才事〉:「予聞其事久矣。元豐二年，見辯才於龍井山，問之信然。」

〔註113〕《宋史》:「崇寧元年二月丙戌朔，以聖瑞皇太妃疾，慮囚。甲午，子偹改名烜。以蔡確配饗哲宗廟庭。戊戌，詔:『士有懷抱道德、久沈下僚及學行兼備、可屬風俗者，待製以上各舉所知二人。』奉議郎趙諗謀反，伏誅。庚子，封子煥爲魏國公。辛丑，聖瑞皇太妃薨，追尊爲皇太后。」詳見《宋史・本紀・徽宗》，同註45，卷19，頁363。

第五章　宋傳奇「人鬼戀」之寫作藝術

　　近代學者常利用西方小說的觀念，討論中國古典小說的寫作技巧，並以人物、情節、背景、語言等作為關注重點。〔註1〕雖然借鏡西方的敘事理論來看待中國古典小說文本，或可得到一些新的啟發，但是中國小說自有其發展的時空背景，加上宋朝仍屬小說之敘事技巧尚未成熟的年代，因此，實不能完全以現代小說的架構理論來衡量古代的傳奇小說，也不宜全盤套用西方的學術理論加以評斷。周中明先生曾言：「具體的藝術手法是受時代、作家、題材和創作方法等多方面的因素制約的，是不斷發展、變化的。」〔註2〕歷代作者在提煉故事的素材時，各擅其長，忽假忽真，或虛或實，東鱗西爪，時隱時現，有必要探究其創作手法，方能深入作品之精髓，體會故事的美感。因此，本章試就結構、人物、環境及語言等面向切入，探析宋傳奇人鬼戀在寫作藝術上的成就。

〔註1〕　關於小說的組成要素，近代學者的分類方式不一，例如：佛斯特：「故事、人物、情節、幻想、預言、圖式、節奏等七項。」（英）佛斯特著，李文彬譯：《小說面面觀》（臺北：志文出版社，1987 年 6 月），頁 20。張健：「人物、情節、結構、敘述模式、和語言等部分。」見氏著：《文學概論》（臺北：五南圖書出版公司，1980 年 7 月），頁 179～188。羅盤先生將其分為二：主要元素與相關元素，前者是主題、人物、故事，後者是時間、地點、景物。見氏著：《小說創作論》（臺北，東大圖書公司，1980 年 2 月），頁 24。徐岱先生則分內容與形式，其中內容有三：主題、人物、故事，形式亦有三，即媒介（語言）、手段、結構。見氏著：《小說敘事學》（北京：中國社會科學出版社，1992 年 9 月），頁 127～185。

〔註2〕　周中明：《中國的小說藝術》（臺北：貫雅文化事業有限公司，1980 年 1 月），頁 353。

第一節　結構章法

　　小說的結構藝術是一種美的藝術。〔註3〕所謂小說的結構，乃是「對人物、事件的組織安排，定謀篇佈局、構成藝術形象的重要的藝術手段」。〔註4〕意即，結構是對小說內容的總體組織、安排及設計，是實現作者整體的藝術構思之基本手段。「必俟成局了然，始可揮斤運斧」，〔註5〕寫小說亦是如此，先有完整、統一、合諧的結構，才能成為「一個天衣無縫的有機整體」。〔註6〕

一、佈局手法

（一）結構安排

　　一般而言，完整的結構佈局要有「起、中、訖」，〔註7〕如此事件才能順利展開、經過及完成，以呈現完整的藝術美感。歷來學者在討論小說的情節結構時，多以「開端、發展、結尾」三段式為基本架構，再依情節之不同，分出所謂二段式、四段式及五段式數種。〔註8〕小說經由這些架構的安排，展

〔註3〕劉世劍：《小說概說》（高雄：麗文文化事業股份有限公司，1994年11月初版），頁154。

〔註4〕賈文昭、徐召勛：《中國古典小說藝術欣賞》（臺北，里仁出版社，1983年3月），頁24。

〔註5〕〔清〕李漁：「工師建宅亦然，基址初平，間架未立，先籌何處建廳，何方開户，棟需何木梁用何材，必俟成局了然，始可揮斤運斧。」李漁生動地以興建宅第為比喻，說明寫作詩詞、文章時，必先規劃其結構。見氏著：《閒情偶寄》（臺北，里仁出版社，1983年3月），頁24。

〔註6〕同註4，頁17～19。

〔註7〕亞里斯多德：「所謂『完整』，意指事之有『起』、『中』、『訖』者。事之『起』云者，謂其發生不因緣於他事，而必有他事以承其後者也。『訖』云者，反是，必因緣他事而起，而別無他事以承其後者也。『中』云者，事之承上起下者也。是故結構完善之劇情，必不偶為起訖，而必符合此等原則。」詳見亞里斯多德著、傅東華譯：《詩學》（臺北：臺灣商務印書館，1968年2月），頁25。此乃亞里斯多德對戲劇結構的定義，近代學者則引用此套標準來討論小說的結構。另外，「起、中、訖」亦有學者翻譯為「頭、身、尾」，正如同我們慣稱的小說結構：「開端－發展－結尾」。

〔註8〕傅騰霄先生：「情節有二分法、三分法、四分法和五分法等……。所謂二分法，是『結』和『解』兩部分。……三分法是『頭、身、尾』……。四分法即在『頭、身、尾』的畫分中，將『身』再分為『發展』與『高潮』。所謂五分法，是在四分法的基礎上，再在『開端』之前，加上一個『破題』。」見氏著：《小說技巧》（臺北：洪葉文化事業有限公司，1996年4月），頁110～113。另外，羅盤先生指出，小說結構分為八個階段：開頭、發展、糾葛、頓挫、轉機、

現故事的矛盾與衝突，不但可以凸顯人物性格的變化，也可使故事的謀篇佈局更形完整。宋傳奇人鬼戀的篇幅多較簡短，在謀篇佈局上以三、四、五段式爲主，另有二則故事屬較特殊的包孕式結構。

1、三段式

所謂三段式，即是「開端——發展——結尾」的形式。宋傳奇人鬼戀的三段式結構之內容大致相似，多以人鬼邂逅爲發端；再以男主角主動相挑或女主角自薦枕席，展開人鬼間的媾戀；結局則多是人鬼因故而分離。例如〈江渭逢二仙〉：

　　▲開端：敘述江渭偕友於上元節夜遊，結識兩名女鬼；
　　▲發展：江等人與女鬼相處極爲歡洽，女鬼主動贈藥；
　　▲結尾：女鬼被道士收伏，江等人安然無恙。

又如〈沈生〉：

　　▲開端：沈生偶然結識女鬼；
　　▲發展：女鬼提供沈生讀書與生活之用，並約定日後沈生中第即娶她爲
　　　　　　妻；
　　▲結尾：沈生名落孫山，女鬼揮淚而別。

其他如〈寧行者〉、〈趙訥之〉、〈王萼〉等之結構均屬此類。雖然故事的情節結構大致雷同，卻同中有異而各顯美姿。如〈呂使君宅〉之開端，亦是敘寫賀忠與女鬼之相遇，惟發展處除寫雙方之歡合外，另增賀忠因幫女鬼送家書而結識其姊，並與之戀媾；之後女鬼突然拜訪其姊住處，使情節稍見起伏，可惜作者並未多加筆墨描寫三者間的衝突，只是輕描淡寫地敘述女鬼「招賀入小閣，峻責之。賀拜而謝過，哀懇再三，乃釋。」

2、四段式

四段式乃是在「開端——發展——結尾」的基礎上，再增加一個環結。又可分兩種：一是在「開端」之前加入「破題」；二是在「發展」之後，加入「高潮」。

（1）「破題——開端——發展——結尾」

此結構增加「破題」，多用來交待故背景或簡介人物，有助讀者更快進入

焦點、急降、結局。同註1，頁97～101。羅的說法，頗得中國小說曲折之致，不過，宋傳奇在作者記實心態之下，情節結構多較簡潔，以現代三段、四段式的論述方式應可以「開端——發展——結尾」概括。

故事的情節。例如〈錄龍井辯才事〉：

> ▲破題：敘述陶子得疾，形色異常，並詳述辯才法師之能；
>
> ▲開端：陶父說明其子得疾的原委，乃女鬼逕入門戶，指明日期將索陶子之命；
>
> ▲發展：辯才法師設壇作法，宣說佛經神咒，與女鬼周旋；
>
> ▲結尾：女鬼悔悟，與陶子觴詠而別。

又如〈建德茅屋女〉：

> ▲破題：說明男主角蔡五之專長、身分背景。
>
> ▲開端：蔡五與女鬼相識、相愛的經過；
>
> ▲發展：蔡五與女鬼相偕至他鄉，生活如夫婦。接連有術士指稱婦人為女鬼，蔡均不肯相信；
>
> ▲結尾：婦人被道士噀水，消失不見。

上述故事的佈局完整，首尾連貫，惟矛盾與衝突較不明顯，所以較不易讀出故事的高潮；不過，其情節仍有起伏微波。例如〈建德茅屋女〉，藉由蔡五與術士的互動，使婦人是否為鬼怪的問題反覆出現：

> 有僧頂笠過門，見女，指為鬼怪。蔡怒，以為僧必解妖術，欲誘化吾婦，叱罵而去。……有術士劉三郎者，能靜識異物，……密告蔡曰：「知汝本妻在建德，斯人是建康楊家小倡女，死已八年，如何可相處？……」蔡猶不信。……一道士戴鐵冠，左手持水盂，右手杖劍，直入店，吸水噀女。女大叫一聲，即不見。

藉術士之口透露出婦人可能是女鬼的蛛絲馬跡，但蔡五對術士的「叱罵」與「不信」，加深讀者認為婦人非異類的信心，結局卻急轉直下，女鬼在剎那間被道士噀水，隨即消失無蹤。故事的真相直到最後一刻才揭露，並使用重覆技巧，加深讀者對蔡五認知的信任感，最後以逆差驚奇戛然作結。

（2）「開端──發展──高潮──結尾」

此結構主要是情節具較多轉折，所以在「發展」之後，加入「高潮」。故事的特徵通常是較具曲折迴環之美。例如〈南豐知縣〉：

> ▲開端：男子獨宿書院，遇枯井女鬼化身的美婦；
>
> ▲發展：人鬼情意甚篤，被男子的父母發現，阻礙戀情；
>
> ▲高潮：女鬼強勢抓走男子，土地公適時拯救男子；
>
> ▲結尾：男子得官，為南豐知縣；女鬼被石頭鎮於井中。

又如〈胡氏子〉：

　　▲開端：胡氏子爲求見墓中美人，接連數月焚香奠祭；

　　▲發展：女鬼感念胡氏子至誠，現身與之行敦倫之禮；

　　▲高潮：胡氏父母設局令女鬼食用人間之物，女鬼復生；

　　▲結尾：與胡氏子結婚，生子數人。

再如〈張客奇遇〉：

　　▲開端：張客寓寄旅舍，夜夢女鬼；

　　▲發展：人鬼相狎甚歡，女鬼自訴被狎客欺騙而自縊的經過；

　　▲高潮：張客帶女鬼至狎客的家鄉，向狎客復仇；

　　▲結尾：狎客七竅流血而死，女鬼與張客不復再遇。

　　上述故事分別以神明相救、死而復生、鬼魂復仇來製造高潮，使故事的情節，波瀾有致，也大幅增加故事的奇異性。

3、五段式

　　五段式結構的情節安排更爲細密，包括「破題——開端——發展——高潮——結尾」五個階段。宋傳奇人鬼戀中，屬此類結構者，如〈王魁傳〉、〈滿少卿〉、〈大桶張氏〉、〈解七五姐〉、〈李通判女〉等，其旨趣各不相同。以〈李通判女〉爲例：

　　▲破題：敘述李通判欲嫁笄女，久議未合；

　　▲開端：李女愛上喪偶的陳察推，父母以年貌不相稱而不允；

　　▲發展：李女順利嫁給陳，並視繼女如己出，不到一年即相繼將二女嫁
　　　　　　出；

　　▲高潮：李女竟知陳與亡妻才知悉的「床下埋金」，陳大驚；嫁女事畢，
　　　　　　李女忽不識陳；

　　▲結尾：陳醒悟可能是妻魂爲嫁女而附身於李女，遂與李仳離，最後李
　　　　　　改醮。

　　在高潮處的安排饒富趣味，李女突然如夢初醒，指陳察推「醜老可惡」，實出乎意料之外，令人感到困惑。最後藉由「陳悟埋金之事，惟其亡妻知之，疑其繫念二女，而魂附李女以畢姻嫁也」，簡略地說明事情原委。故事的結構堪稱細緻，情節亦委宛曲折、絲絲入扣。

　　另外，五段式結構中有些篇章之謀篇佈局相當類似，如〈越娘記〉與〈范敏〉均在描寫人鬼情愛之外，由女鬼口述前朝往事。兩者都先交待男主角之

身世，再以奇異的場景舖陳男主角遇鬼之前的恐怖景象，接著是人鬼相遇、女鬼親述歷史，最後以人鬼分離收束。兩個故事的破題、開端、發展及結尾幾乎雷同，差別只在於高潮的描寫不同。類似情況亦出現於〈無鬼論〉與〈錢塘異夢〉，兩者均是以夢境貫穿全文。〈無鬼論〉之結構如下：

▲破題：介紹男主角黃肅之身家背景，其不但是個屢試屢落第的書生，且因不信世間有鬼，立志著述《無鬼論》以解天下之惑；

▲開端：黃肅被鬼魂王大夫邀至家中教其子，返家後恍然夢覺；

▲發展：黃肅又被王大夫邀至居所，既飲酒爲歡，又許以絕色閨女，黃生又疑是夢；

▲高潮：黃肅被迎至王家婚娶、洞房，未久即與新婚妻子訣別，妻子約定隔年清明時節必來迎接黃，一切歷程讓黃生再驚以爲夢；

▲結尾：隔歲清明日，黃肅暴亡。

另一篇〈錢塘異夢〉之結構爲：

▲破題：介紹男主角司馬槱之身家背景，其非但風采不凡，且應賢良方正科中第。

▲開端：司馬槱晝寢，夢見美人對他唱半闋〈蝶戀花〉，司馬因思念美人，續作後半闋。之後，司馬再寄〈河傳〉詞以寄情意；

▲發展：美麗的鬼魂再至司馬夢中，雙方在夢境成就歡愛。此後，女鬼每夜必至其夢中；

▲高潮：司馬槱將夢境之事告訴僚屬，僚屬才揭露女鬼可能是蘇小小；

▲結尾：司馬槱暴亡，其魂魄與蘇小小同乘畫舫而去。

兩則故事都以介紹人物的背景破題，在開端、發展二個階段均描寫虛幻之境，將人鬼之間相識、相戀、歡好都安排在夢境之中，既浪漫縹緲，又不失真實。「夢是溝通現實界與幻設世界的最佳管道，夢本來便是現實界的變形，任何一個夢都可視爲一則以圖像構成的小說，所以藉由夢，最易傳達如真似幻的情景。」〔註9〕最後結尾，亦不約而同地以男主角暴亡收煞。惟在高潮處，〈錢塘異夢〉已回到現實世界，而〈無鬼論〉則三度入夢，經歷更美滿的人生。程毅中先生即因〈無鬼論〉接連以夢串連情節，佈局別致，而稱其

〔註9〕 賴雅靜：《六朝志怪小說中的死後世界》（臺北：政治大學中國文學研究所碩士論文，1990年7月），頁171。

爲「也許可以說是一篇中國古代的意識流小說」。〔註 10〕

4、包孕式

包孕式結構是一種鑲嵌結構法，即故事中套故事的架構，主要是將主體故事鑲嵌在輔助故事中，用輔助故事來開頭、結尾。〔註 11〕例如〈畢令女〉將畢令女與士人悅戀的故事，鑲嵌在畢令女向妹妹復仇的故事之中。

其輔助故事爲四段式結構：

▲破題：簡述路當可之家世，凸顯其善符籙、治鬼之能；

▲開端：畢縣令之次女因被鬼魅所禍，請路當可救治；

▲發展：畢令大女之魂魄附於次女身上，向路當可說明被其妹害死、復生之計又被她破壞之經過，因此勢必奪其妹之性命以報冤；

▲結尾：畢令之次女殂亡。

主體故事亦爲四段式結構：

▲開端：藉畢縣令與路當可之對話，回憶過往發生的異事；

▲發展：大女鬼魂得九天玄女傳授回生之法，藉與士子交媾以求復生；次女因發現士子擁有大女所陪葬的銅鏡，力主發掘大女之墓開驗；

▲高潮：墓破棺開，只見大女腰下皆生肉，但回骸復生之法因此遭破解；

▲結尾：大女復生失敗，士子離去。

全篇之佈局相當別致，以畢縣令之次女異常，請術士施法救治爲開端，再引出畢令大女之魂魄與士人相戀的故事，兩篇故事錯縱交疊並進，最後以畢令大女復生失敗收結，故事與故事彼此包裹、互相孕育。

又如〈莫小孺人〉，以許生遇女鬼主動獻財色，許爲避嫌而拒絕女鬼的故事爲輔助者，主體故事則是許生的中表也曾遇到同一群鬼魂，且貪慕其財色而落入鬼圈套，兩則故事雖未交錯並行，卻有相互補充說明的效果。

（二）技巧運用

宋傳奇人鬼戀的作者在安排情節時，通常會使用伏應、懸念、巧合等藝術技巧，以增加小說的曲折與波瀾。如：

〔註 10〕程毅中：《宋元小說研究》（南京：江蘇古籍出版社，1999 年 9 月），頁 121～122。

〔註 11〕黃清泉、蔣松源、譚邦和：《明清小說的藝術世界》（臺北：洪葉文化事業有限公司，1995 年 5 月），頁 168。

1、伏筆照應

伏筆就是「伏線」，乃為後面的情節發展鋪路，強調的是若隱若現，似有還無；而故事隨著此伏線逐步發展，最後回應前面所埋下的線索，即是「照應」。因此，伏筆與照應經常被相提並論，前有伏筆，後必有照應，如此才能達到首尾呼應、脈絡貫連，進而使情節結構更加緊密完整。

例如〈錢塘異夢〉一開始以美人託夢給司馬槱，謂：「妾幼以姿色名冠天下」、「君異日受王命守宮之所，乃妾之居也。」以此埋下美人的身份與人鬼相會之地的伏筆，不但男主角對她耿耿於懷、百般思念，讀者更想知道女鬼是何許人也；此後故事順應此線索而行，司馬槱果然被派任至餘杭為官，其公署之後有蘇小小墓，而蘇小小生前乃名滿天下、色藝雙全的娼妓。因此，故事運用的手法可謂首有伏筆、尾有照應。

又如〈解七五姐〉，故事一開始即在女主角身上埋設伏線：「房州人解三師，所居與寧秀才書館為鄰。一女七五姐，自小好書。每日竊聽諸生所讀，皆能暗誦。其父素嗜道教，行持法書。女遇父不在家時，輒亦私習。」由於七五姐自幼好讀書，又私下修習道教的法書，以此呼應後來她順利修習九天玄女傳授的反生還魂法，憑恃己力復活成功。

另外，人鬼戀媾的題材較特殊，通常男子與鬼女交合後，會因陽體遭陰氣入侵而精神不濟，因此，故事中常會以男子精氣贏弱為伏筆，後續情節則順此線索，一步步揭發婦人是鬼女的真相。如〈胡氏子〉，胡氏子與女鬼遇合後，「精爽消鑠，飲食益損」，父母因此懷疑他被鬼所惑，以致有接續引誘女鬼吃食、復生團圓的情節。又如〈寧行者〉中的寧行者與女鬼一夜歡好之後，「辭氣困懊」，這才引起寺僧的懷疑，進而揭穿婦人是女鬼。再如〈吳小員外〉，吳小員外與女鬼繾綣情歡逾三個月，「顏色漸憔悴」，致父親起疑而請法師探視吳生；最後，女鬼身分遭識破，被吳生持劍刺殺，「流血滂沱」而亡。不同於上述將伏線置於男性身上，〈京師異婦人〉是以鬼魂怕火的弱點為線索，故事中的婦人「每過燭後，色必變」，引起男主角的友人注意；此後情節即循此陸續引出找法師、制符籙、與婦人鬥智、置放符咒等，直至最後才揭開婦人乃離魂女鬼的真相。

2、設置懸念

懸念或稱懸宕，作用乃為製造神秘離奇的氣氛，以提高讀者閱讀的興趣。換言之，在適當之處故弄玄虛，以引起讀者一探究竟的好奇心。例如〈王魁傳〉，桂英初見王魁時，曾向王魁道：「昨日得好夢，今日果有貴客至。」桂英並未進

一步說明「好夢」的內容，直至王魁將赴京趕考時，桂英才將夢境完整說出：

> 妾未遇君前，一夕得夢。夢有人跨一龍，才高數丈。仰望跨龍，壯
> 貌甚大。跨龍者執一鞭，鞭絲拂地。傍觀者皆曰：「此神仙人也。少
> 頃，龍驤首欲上，我即執其鞭絲，升未數丈，鞭絲中斷，而我墮地。
> 仰姿龍已不見，而微見其尾。忽然，雷雨大作，望見一處有林木，
> 欲休於其下。至則有一人亦欲避雨，顧其木曰：『此白楊木，不可止。』
> 其人遂去。妾則竟避其下，雨勢甚急，而妾則不濡。不久睡覺，竟
> 思恐非吉兆也。洎此日見君狀貌，乃夢中跨龍者也。乃自解曰：『鞭
> 斷而我墜，君當升騰陌去，妾不得同處矣。』妾不識白楊木何物也。
> 常詢人，皆曰人塋墓間多此木。吁，妾不久其死乎？雨澤潤萬物而
> 我不濡，是知非善夢也。

作者一開始所設下的懸念，直至故事的轉折處才解開謎團，更高明的是，這
個謎底又埋下兩人婚事不諧的伏筆，讓後續情節屢出意料之外。由於故事高
潮迭起，起伏有致，流傳相當廣，可說是「宋代書生負心故事的基本敘事模
式」。〔註12〕

又如〈玉尺記〉是將懸念置於結尾。故事中的女鬼之兄長為證實玉尺確
為亡妹所有，乃決定發棺，惟其妹之棺槨「封識如故」，但棺中卻出現士子所
送的縑布。作者在文末言：「蓋鬼神幻化，人所不知。夫玉尺與縑之出入，略
無竇跡，抑有何理也？豈不異哉！」女鬼如何自由進出棺墓，成為永遠無解
的懸念，留給讀者一個相當大的想像空間。此種寫法較〈馬絢娘〉女鬼之「殯
有損」、〈胡氏子〉女鬼之「柩有隙可容指」，更具神秘感。

〈四和香〉亦是在結尾處設下懸念。故事中的女主角之姓氏與家世始終
虛懸，故事的情節就以破解這個懸念而展開。尤其是作者於篇末評曰：「敏之
所遇，人耶？鬼耶？仙耶？此不可得而知也。豈不異哉！」如此故弄玄虛，
餘韻無窮。像這般在篇末留下懸念的筆法，相當特殊，在「宋代小說中還是
一種創新」〔註13〕的手法。

另外，〈崔慶成〉則是以女鬼留下「川中狗，百姓眼，馬撲兒，御廚飯」
十二字的謎題，欲令崔慶成猜其意。此謎題反覆出現於故事之中，吸引讀者

〔註12〕黃仕忠：《落絮望天─負心婚變與古典文學》（陝西：人民教育出版社 1991 年
　　　　9 月），頁 99。
〔註13〕同註 10，頁 115。

欲一探謎底，最後謎底揭曉乃「獨眠孤館」。〔註14〕

　　3、安排巧合

　　巧合是生活中的偶然，在小說中卻成為製造波瀾、激化矛盾、解決衝突的技巧之一。因此小說總是「非常珍視偶然性」，〔註15〕作者將一連串看似平常，卻又奇特的偶然因子加以重組排列，俱屬情理之中卻在意料之外，可緊緊抓住讀者的情緒。

　　如〈樊生〉，樊生與女鬼相遇，即有一連串的巧合與偶然：樊生與友人遊湖，偶拾得一只女鞋，鞋內適有一求親紙條：「妾擇對者也，有姻議者，可訪王老娘問之。」正當樊生不知往何處尋訪王老娘時，恰又聽到兩嫗對談，話中多提及王老娘。樊生遂跟隨兩嫗到了茶肆，兩嫗正好是陶小娘子派來找王老娘，要詢問是否有人拾獲其鞋。樊生聽後大喜，即言：「鞋乃我得之，陶今安在？」故事中接連的巧合，似出乎意料之外，卻又在情理之中；此使人鬼的相遇過程曲折生動，極富戲劇性，也更引吸讀者的好奇心。作者對巧合手法的運用，可謂嫻熟而成功。

　　又如〈太原意娘〉以在酒館題作詩詞，製造人物重逢的巧合。故事中的楊從善因公至燕山，偶見酒樓壁間之題詞，乃兄嫂意娘「尋憶良人」之作，他藉此與意娘相認。某日，楊從善再至酒樓，「忽睹別壁新題字並悼亡一詞」，竟是其兄所作。經過楊居中牽線，在戰亂中生離死別的夫妻終於重逢。故事重複安排酒館題詩的巧合，使憶良人與悼亡妻的情思交織成一條綿密的情弦，為人夫鬼妻的重逢增添更多的興味。

二、敘述模式

（一）敘述時序

〔註14〕關於謎題的解釋，故事敘寫如下，曹公曰：「此乃四字也。『川中狗』，蜀犬也，『蜀犬』乃『獨』字。『百姓眼』，民目也，『民目』乃『眼』字。『馬撲兒』，爪子也，『爪子』乃『孤』字。『御廚飯』，官食也，『官食』乃『館』字。乃「獨眠孤館」四字耳。」詳見〈崔慶成〉，收入李劍國輯校：《宋代傳奇集》（北京：中華書局，2001 年 11 月），頁 360～362。

〔註15〕賈文昭、徐召勛兩位先生云：「文學與科學有所不同。文學固然也要透過偶然性找出必然性、規律性，但是它並不遺棄偶然性，相反地非常珍視偶然性。捕捉生活中的偶然性，對於科學也許是不必要的，對於文學卻是十分要緊的。如果說，科學是偶然的敵人，那麼，文學倒是偶然性的朋友。」同註4，頁184。

　　福斯特曾對「故事」下一個定義：「一些按時間順序排列的事件的敘述」
〔註 16〕，換言之，小說是以時間爲線索，將各個事件加以串聯而成的敘述；
因此，「時間，可以說在一切小說中都或露面或隱匿地扮演看一個必不可少的
角色。」〔註 17〕一般我們所認知的自然時序是「過去──現在──未來」，小
說作者故意將此種時序任意對調、重組，方便設計情節、使作品更加生動。
諸如此類將時序加以變換而產生的時間敘述模式，有正敘、倒敘、插敘、追
敘、補敘等多種。以下針對宋傳奇人鬼戀使用的手法加以討論：

1、正　敘

　　所謂「正敘」，又稱「順敘」、「直敘」，乃情節的敘寫時序是依循自然時間，
直線而連貫地向前推進，是中國古典短篇小說常採用的手法。宋傳奇人鬼戀的
敘事時間也多以正敘，例如〈靳瑤〉的情節從妻子亡故展開，再歷經靳瑤訴諸
陰司、求助於茅君等努力，終於使妻子借屍還陽，夫妻團圓。故事中無論是事
件或人物的敘寫，都依循自然時序的脈絡前進，即採正敘方法描寫。

　　又如〈李雲娘〉，故事由雲娘以錢財資助解普赴官展開，歷經解普害死雲
娘，雲娘化爲厲鬼復仇結束，整個故事均依序層層推進，所以是正敘的手法。
相似的復仇故事，如〈陳叔文〉、〈王魁傳〉及〈滿少卿〉等都皆如此。再如
〈鬼國母〉，楊二郎從發生船難遇鬼，到被招爲鬼婿，最後獲救，故事時間長
達二年，也是依事件的時間先後順序敘述。

2、倒　敘

　　所謂「倒敘」，乃將自然時序完全倒轉，先寫事件的結果，再寫原委的倒裝
敘事技巧。此種手法，將有助於吸引讀者注意，且有設置懸念的效果。〔註 18〕
例如〈郝太尉女〉敘寫女子被男魅迷惑，失蹤月餘，某日忽然回到閨中。她失
蹤這段時間所發生的事，經由女子之口道出，讀者至此才清楚她被迷魅的前因
後果。另一則〈路當可〉亦是笄女被鬼所魅的故事，其敘事手法與上雷同。

　　又如〈畢令女〉，在本章第一節已討論其屬於包孕式結構，有主、輔二個故
事，其中的主體故事是使用倒敘手法。故事以女鬼復生失敗，要向其妹索命報
仇爲發端，再透過其父的追憶，娓娓述說其大女與士子的情愛糾葛，及冀藉與
士人媾合而復生的願望，因次女堅持發棺開驗而告失敗的經過。故事利用倒敘

〔註 16〕詳見〔英〕佛斯特著，李文彬譯：《小說面面觀》，同註 1，頁 23。
〔註 17〕金健人：《小說架構美學》（臺北：木鐸出版社，1988 年 9 月），頁 16。
〔註 18〕金健人：「『倒撥』在效果上當能起到強調和設置的雙重作用。」同上註，頁 19。

的手法，再加上主、輔二個故事相應相生，使情節極盡盤桓曲折之美。

3、補　敘

所謂「補敘」，即是將故事中的某些情節先略過不提，另於適當時機補充說明。由於宋傳奇人鬼戀屬短篇，多採單線結構，所以在時序上以正敘為主，但為避免故事情節流於單調，作者常會以補敘的方式，打破直述情節，除可增加曲折性，亦能達到吸引讀者注意的效果。例如〈周瑞娘〉透過瑞娘的鬼魂補敘她死亡的原因，乃鬼夫林郎生前求婚不成，死後訴於陰司，才致她被林郎帶至陰府結為鬼夫妻。

又如〈解俊保義〉的女鬼身分，一直是個謎，直到最後才由寺僧補充說明，其乃太尉之女，死後葬於寺廟的後牆之外，才會出現於寺廟附近。像這樣一開始不交代人物之家世背景，而在後面補敘者，尚有〈越娘記〉中的越娘、〈范敏〉中的婦人。

再如〈焦生見亡妻〉，寫焦生與妻劉氏相愛逾恆，劉氏不幸病亡，焦生突然行止失常，幾近喪命。家人請道士設壇救治，焦生終於清醒，並說明異常時所發生的事情。作者刻意讓焦生屢涉險境，卻又不說明原委，不但讓其周圍的人訝異不解，也令讀者困惑，進而想一探究竟，所有的謎團直至最後才以補敘的手法解開。如此的敘事安排，不但適度設置懸念，抓住讀者的目光，且由當事人親口解釋，更具說服力。另一篇〈南豐知縣〉的敘事手法亦相類，描寫趙子與婦人遇合，某日突然不醒人事，經搶救甦醒後，才道出婦人原來是女鬼，他被女鬼抓走，為土地公所救的經過。讀者亦是透過趙子的解說，才明白他與女鬼之間的原委。

（二）敘事視角

「敘事角度」是指「敘述者與故事之間的關係」，〔註19〕亦稱為「視點」、「視角」、「觀察角」。意即，視角是敘述者觀察故事的角度，由於觀察角度不同，將使小說呈現不同的風貌。中國古典小說承繼傳統的史傳敘事方式，多採全知觀點。宋傳奇人鬼戀雖承繼此傳統，但部分故事也穿插第一、二人稱的視角，使情節更加曲折有致，並增添作品的藝術魅力。

〔註19〕英國帕西・路伯克（Percy Luboock）的《小說技巧論》：「小說寫作技巧的關鍵，……在於敘事觀點——敘事者與故事的關係——的運用上。」轉引自（英）佛斯特著，李文彬譯：《小說面面觀》（臺北：志文出版社，1987 年 6 月），頁 68～69。

1、全知觀點

所謂「全知觀點」，乃敘事者無所不知，無所不在，不但深知人物的內、外形象及性格，也完全掌控整個事件的發展。宋傳奇人鬼戀以此觀點敘寫者相當多，如〈周助〉，作者以全知的視角敘寫孫氏女如何病亡，未婚夫周助如何請託友人幫其開棺，孫氏又如何復活與周助行敦倫之禮，之後孫女隨即再死等事情的經過，一一完整的交待清楚。又如〈胡氏子〉寫女鬼復生、結婚及生子，故事中的人物之形象、作為及心理活動，透過作者敘寫，讀者可一目瞭然。

2、限知觀點

所謂的「限知敘事」，是指「敘述者知道的和人物一樣多，人物不知道的事，敘述者無權敘說。」〔註20〕也稱「人物視點」。意即，敘述者隱身於某人物之中，透過該人物的觀點反射出外在的事物。

宋傳奇人鬼戀使用限制觀點之作品中，最值得注意的莫過於〈路當可〉。故事一開始先簡要說明路當可之身世及故事的來源，之後採第一人稱敘事，由路當可自述，先提及他過訪舊友，如何遇到被鬼迷魅的少女、如何與鬼鬥法、被鬼所困，如何順利制伏鬼魅……等。透過當事人的描述，讀者彷彿身在現場，與路當可一起度過驚險的伏鬼歷程。〈路當可〉之視點運用手法在古典小說中較為罕見，或許與主角的身分及作者所要呈現的主旨有關。因為路當可一開始說：「吾平生持身莊敬，不敢斯須興慢心，猶三遇厄，當為汝輩道之。」最後又云：「吾幾受其害，豈汝輩所當學哉？」路當可乃名聞當代的得道法師，若能「現身說法」以真實的經歷，勸告大眾勿對鬼怪之事持以輕慢之心，不但容易取信於讀者，亦可達勸諫的效果。

又如〈張客奇遇記〉，全文以張客的視角來敘述，讀者無從得知女鬼的心理活動和意圖。因此，故事前半段幾乎是一場浪漫的人鬼戀，直到結尾處，筆鋒陡轉，情節忽然變成女鬼復仇，霎時，恐怖的氣氛降臨。張客由人財兩得的歡喜，到最後的「駭怖遽歸」，使讀者心理緊隨張客由旖旎情懷陡降至驚懼莫名。故事之視點運用，可謂相當成功。另一篇〈任迴春游〉運用視點的方式與上述雷同，亦是透過任迴的觀點，讓讀者以為他遇到相互戀慕的女性，直至他看到群鬼爭食的景象，才恍然大悟所娶為鬼妻，至此，讀者方知任迴遇到了女鬼。

〔註20〕陳平原：《中國小說敘事模式的轉變》（北京：北京大學出版，2006年1月），頁63。

再如〈郭銀匠〉，故事男主角郭銀匠從不知道跟他私奔的婦人是女鬼，直至盤纏用罄，女鬼賣唱掙錢時，才藉道人之口說出：「千萬人觀此鬼傀儡」，讀者與郭銀匠至此才明白，原來是女鬼附於新死的屍體現身。

第二節　人物刻劃

人物是小說的主體形象，亦是小說思想與結構的中心，其「凝聚著作者的思想感情、社會理想和審美追求」。〔註21〕楊昌年先生云：

> 任何小說均是描繪人生，人物描繪成功小說才成功，故事和情節都
> 只是用來說明人物在生活中的遭遇，思想情感所發生的變化，作者
> 根據這些變化來表現其人物，使其活潑鮮明而不朽，故知人物在小
> 說中為主，故事情節為副，係因小說中主角之存在而存在。〔註22〕

足見人物在小說中的重要性，其刻劃是否鮮明、生動，即成為小說成敗之關鍵。佛斯特將小說人物分為扁平和圓形兩種：扁平人物的性格單一，幾乎只有一種特徵；圓形人物則具多重性格、真實思想與感情。〔註23〕很多研究者據此評論人物的高下，認為圓型人物遠優於扁平人物。其實，誠如魏飴先生所言：「這兩種人物都可以成為生動的藝術典型，就其本身而言，二者並沒有高下之分。」〔註24〕換言之，評價圓、扁型人物，應視其在故事中的定位而論。宋傳奇人鬼戀中的許多人物雖屬扁平人物，但在簡單的描繪之下，作者運用形象烘托、心理描摹等技巧，使其仍具有獨特的形象。以下就人物形象的特色與刻劃手法加以探討。

一、人物形象

「沒有深刻、鮮明乃至達人物形象的塑造可到典型高度的性格，使不能揭示複雜的人生。」〔註25〕人物形象之塑造攸關小說的成敗，亦是小說不可

〔註21〕同註3，頁64。

〔註22〕楊昌年：《小說賞析》（臺北：牧童出版社，1979年），頁135。

〔註23〕佛斯特著，李文彬譯：《小說面面觀》，同註1，頁59。

〔註24〕魏飴先生除認為扁形與圓形人物本身無高下之分外，進一步解析：「在一些喜劇性很強的作品中，扁型人物經常出現，而在那些嚴肅的或悲劇性的作品中，圓形人物又最為常見。」魏飴：《小說鑑賞入門》（臺北：萬卷樓圖書有限公司，1999年6月），頁137。

〔註25〕陳炳熙：《古典短篇小說藝術新探》（上海：東華師範大學出版社，1991年9

或缺的藝術使命，而「宋傳奇最大的藝術成就，在人物形象的刻劃」。〔註26〕

（一）形象塑造

1、人物形象之共性

（1）亮麗俊俏之外形

人鬼戀乃描寫人與異類間的愛情故事，作者通常賦予故事人物亮麗俊俏的外貌。舒紅霞先生指出，「在中國數千年的經典文化和文學藝術之中，常見到男性為女性所編織的符合男性審美規範的美的花環，以及男性描繪的使他們賞心悅目的封建女性的群像。」〔註27〕在「美貌情結」〔註28〕的作祟之下，男性塑造出其心中理想的女性，以產生「官能上的愉悅、生物性的慾求」。〔註29〕換言之，女子美麗的外貌足以令男性愉悅，理所當然的成為艷遇幻想的首選。因此古典小說中的女性形通常是容貌殊麗，明艷動人。

宋傳奇人鬼戀中的女性亦不例外，無論是人還是鬼，多擁有美麗之形貌。例如〈趙詵之〉：「有婦人數十，皆國色也。……有女子西向而坐，方二十餘，顏色之美，又大勝前所睹。」趙生進入異境，眼前所見之侍女均天香國色，女主角更勝侍女十分，如此運用襯托的手法，將女子的美麗舖墊得筆墨難以形容。又如：〈路當可〉：「端麗絕人，默驚羨以為向所未睹。」〈四和香〉：「姿色殊絕，生目所未睹。」〈沈生〉之婦人「真絕代」。〈呂使君宅〉之女鬼，「有林下風致，年將四十」。

不只女性擁有美貌，部份男性也被冠以俊逸的外形，並成為吸引女性的關鍵。例如〈鄂州南市女〉的彭先，「姿相白晳若美男子」，富家女因此愛上

　　　　月），頁62。

〔註26〕游秀雲：《宋代傳奇小說研究》（臺中：東海大學中國文學研究所碩士論文，1992年6月），頁144。

〔註27〕舒紅霞：《女性審美文化——宋代女性文學研究》（北京：人民出版社，2004年7月），頁220。

〔註28〕陳玉萍：「所謂美貌情結，是指男子對貌美女子的審美愉悅、並期待一親芳澤的心理。然而，迷戀美貌又與另一種恐懼美色惑人的心態互相拉鋸，成為一種又愛又懼的矛盾心理。」見氏著：《唐代小說中他界女性形象之虛構意義研究》（臺南：成功大學中國文學研究所碩士論文，1998年），頁82。

〔註29〕陳水財：「愛『美』是人類的天性，美麗的東西會引來更多的愛慾。『愛』與『美』衍生了官能上的愉悅、生物性的慾求，道德上的貞潔與世俗的享樂、人間的情與動物的慾。」見氏著：〈維納斯的蛻變、美術史看女性美的演變〉，收入《炎黃藝術》第53期，1994年1月，頁46。

他。又如〈崔慶成〉中的崔慶成，因「美風姿」而被女鬼再三糾纏。

（2）鬼魂形象人性化、生活化

一般而言，作者多以擬人的手法描繪鬼魂形象，因此，鬼界就如人間，鬼魂的情感與生活，亦如世間男女，有愛憎好惡，需要衣食娛樂；這往往使鬼魂之形象更加栩栩如生，生動逼真。更有甚者，鬼魂還與世人同住，外人卻無從察覺，僅少數擁有異能之士能看穿其本質。試觀宋傳奇人鬼戀之鬼魂形象，如〈胡氏子〉中的女鬼與胡氏子相戀，因食人間煙火致「身有所著，欲歸不得」，遂與胡氏子結婚，生下子女數人。趙女曾言：「身在也，留則為人矣」，此似乎在說明鬼與人並無異，趙女留在冥間則為鬼，反之，留在陽世則為人。

又如〈呂使君宅〉、〈無鬼論〉中的女鬼嫁給男子；〈樊生〉中的女鬼在大白天乘坐轎子至樊宅。這些鬼魅有男、女、老、少，出入於熙來攘往的群眾之中，完全不被發現，具有鮮明的現實性。再如〈西湖女子〉之女鬼死亡五年後，「年貌加長，而容態益媚秀」，描寫鬼的容貌與人一樣會隨時間老化，人鬼之間實無差異。另有敘寫女鬼再亡，如〈吳小員外〉中的女鬼被殺得「流血滂沱」。透過擬人手法而塑造的鬼魂，無論其外形、情感、居住環境等，均具相當的人性化、生活化，形象顯得活靈活現。

不過，無論鬼魅如何變化，或者其外貌、生活起居無異於常人，總逃不過「巫覡之眼」，〔註30〕道行高深的術士總能一眼就看穿鬼魅的身分。例如〈郭銀匠〉、〈建德茅屋女〉等故事中的女鬼即是被道士識破。另外，傳說中鬼魅也懼怕雷電、酒、鏡及火等物，〔註31〕這也成為揭穿鬼魅的工具之一。例如〈京師異婦人〉之女鬼「每過燭後，色必變」，埋下被識破是女鬼的因子。

另外，通常我們所認知的鬼魂多具異能，但宋傳奇人鬼戀中的鬼魂，能力卻有限。如〈張客奇遇記〉之女鬼必須藉助人類（張客）的力量才能順利到異鄉尋找仇人。如〈王魁傳〉之桂英化為厲鬼欲向王魁報仇時，即使獲得神助、率領神兵，仍會撲空，還得仰仗王魁的家僕指點，才知道王魁的所在。

〔註30〕謝明勳先生將巫覡之眼歸納為變化物回復原形的媒介之一，並進一步說明：「覡巫具某種神力，可以通幽冥，明鬼神，所以在志怪小說中，變化物（通常指「鬼魂」）之變化法術，在巫覡眼中，早已被他們洞徹虛實，窺其原形矣！」見氏著：《六朝志怪小說變化題材研究》（臺北：文化大學中國文學研究所碩士論文），1988 年 6 月，頁 134。

〔註31〕謝明勳先生歸納出針術、酒、狗、華表、杖、雷電、珠、鏡及火等九項事物，是變化物回復原形的媒介之一。同上註，頁 133～152。

再如〈玉條脫〉所附之「蔡禋事」，女鬼曾問蔡禋：「聞子欲歸，何也？」鬼魂竟要用聽說、求證的方式才能知道事情的原委，可見其未具預知能力。上述女鬼的能力各有其限制，亦是鬼魂形象人性化的結果。

（二）人物典型

所謂典型，乃是「以鮮明的個性，概括地反映某種社會生活本質和規律的藝術形象；同時兼有鮮活獨特的個性與深刻充分的共性。」〔註32〕人鬼戀之題材較為特殊，歷來此類故事多以女鬼之形象獨秀，但宋傳奇人鬼戀中有一群既普遍又特殊的男性典型人物。茲說明如下：

1、男性人物典型

（1）癡情不悔，執著勇敢

宋傳奇人鬼戀塑造出一批癡情勇敢的男性形象，如〈遠煙記〉中的戴敷，他雖然浪蕩敗家，對妻子卻有情有義，篇中描寫他即使窮困潦倒，仍「脫衣遺園人」以取得妻骨；並時至江邊懷念妻子，他執情不悔的形象躍然紙上；尤其是篇末，妻魂前來迎接，戴敷無畏地相隨就死，凸顯出他的深情與勇敢。

又如〈楊三娘子〉中的韋高，當他知道新娶的妻子是鬼魂時，非但無所懼怕，且深情的地道：「諺云：『一日共事，十日相思。』吾七日之好，義均伉儷，豈以人鬼為間哉！」最後還與妻舅共同為妻子扶靈，表現出男子對妻子的繾綣深情。再如〈靳瑤〉，敘靳為使妻子復生，無所畏懼地屢入異域，終於讓妻子投屍再生。

其他如〈焦生見亡妻〉中的焦生、〈王蕚〉中的王蕚、〈胡氏子〉中的胡氏子等男子，都具癡情專意的形象。此外，〈越娘記〉中的楊舜俞雖也是個癡情漢子，可惜他最後因愛不到越娘而傷害她，他的愛顯得過於偏執、沈重。

（2）怯懦無能，膽小怕事

如〈張師厚〉中的張師厚，對後妻劉氏「嬖而畏之」，且被她「禁制如處女，不得浪出」，甚至放縱劉氏對亡妻「毀祠、沈骨」，其懼妻、懦弱的形象，實令人又氣又嘆。關於懼內一事，自宋迄清即多有此現象，如沈德符即云：「士大夫自中古以後，多懼內者」。〔註33〕

又如〈郭銀匠〉，女鬼投新死之屍私奔郭銀匠，郭「駭之」，卻把她「置之

〔註32〕林保淳：《古典小說中的類型人物》（臺北：里仁書局，2003年10月），頁5。
〔註33〕〔明〕沈德符：《敝帚軒剩語・懼內》（臺北：廣文書局，1969年9月，《筆記續編》），卷下，頁186～189。

密室，不令出入」；此事不慎被女屍之母發現，郭又「大駭」，自顧自地逃往他州；後來女鬼追上他，久之阮囊羞澀，竟賴女鬼至平里坊以歌舞賺錢；最後，郭一知其乃女鬼，馬上拜求道人濟度，致女鬼再亡。郭銀匠的作為，自私、懦弱又無能，尤其是哀求道士制裁女鬼的嘴臉，凸顯他對女鬼無絲毫情義。

（3）貪慕富貴，負心薄倖

這種形象的男性主要出現於「負心復仇」類型故事。例如〈王魁傳〉中的王魁，他與桂英歃血、結髮盟誓，最後為榮華富貴拋棄桂英，其薄倖的形象成為後世描摹負心漢之樣本。其他如〈陳叔文〉中的陳叔文、〈李雲娘〉中的解普及〈滿少卿〉中的滿少卿，均是為求富貴榮華，而拋棄共患難女人的負心男子。

（4）本領超群，作風強悍

這類形象的男性，主要出現於男性鬼魅，他們具高強的特殊能力，能打敗道士。如〈郝太尉女〉中的男魅面對道士，自言：「吾力出漢天師上，是何為者！」並親自率領逾千的鬼兵，「皆任金執銳，列陣相望」，全然不懼怕道士所率領的「神兵」。又如〈方氏女〉中的男鬼：「道士百法治之，反遭困辱」。再如〈路當可〉描寫鬼魅的能力極高，與他對戰的法師們，均「輒沮敗以去」。

而男鬼的作風則多半強勢敢為，如〈張師厚〉中的男魅直接附身在前妻身上，「叫呼怒罵，以其背盟而再醮」。又如〈郝太尉女〉中的男鬼為了郝女，不惜大動干戈，率領鬼兵與另一男魅激戰；雖然該男鬼的作風強悍，卻對郝女百般呵護，最後還怕她在戰事中受傷，不得已先將她送回家，展現出鐵漢柔情。

2、女性人物典型

古代社會要求女子應具「婦德、婦容、婦言、婦功」〔註34〕四德，強調其言行應幽閑貞靜、溫良賢淑。但宋傳奇人鬼戀創造出一批與此基調迴異，且鮮明的女子形象。

（1）熱情大膽，勇敢求愛

如〈西湖女子〉與〈吳小員外〉中的女鬼，均因生前的戀情沒有結果，死後魂魄追隨情人，並與之短暫纏綿。她們的癡心、執著，可謂愛情至上的模範。又如〈鄂州南市女〉，吳氏女勇於就愛，甚至為愛犧牲寶貴的生命，其

〔註34〕《周禮‧天官‧內宰》：「九嬪，掌婦學之法，婦德、婦言、婦容、婦功。」收入〔清〕阮元校刻《十三經注疏》（北京：中華書局，1991年6月），卷7，頁687。

為愛不悔的癡情，令人既同情又感動。其他如〈南豐知縣〉、〈馬絢娘〉、〈解俊保義〉、〈崔慶成〉、〈四和香〉、〈任迴春游〉等故事的女鬼，都是大膽求愛，勇於逾牆相從。她們對愛情的態度，正如〈四和香〉之女鬼所言：「雖不待援琴之挑，而已有竊香之志」。展現女性主動積極、熱情活力的一面。

（2）癡心機智，堅貞守節

例如〈解七五姐〉中的女鬼，遠赴異鄉尋找丈夫施華，施華驚問她如何隻身跋涉千里，她先訴說相思之苦，再道其假意投水而騙過父母，繼而沿路行乞，歷經千辛萬苦方與丈夫重逢。整個說辭充滿感情，且合情入理，表現出她的智慧。另外，她為求與丈夫廝守，努力修習法術而復生，其對愛情的執著，從生到死、由死轉生，不但浪漫、熱烈，而且勇敢。

又如〈遠煙記〉中的王氏曾向父親立誓：「若不從吾志，則我身不踐他人之庭，願死以報敷。」誓言擲地有聲，怎奈撼動不了父親的意志。王氏臨終前交待侍兒，請丈夫取她的骨骸同歸故里，最後，她的魂魄果真癡情地守候在丈夫身旁。再如〈太原意娘〉中的意娘被金兵虜去，不屈而自刎身亡；死後為鬼又對良人「每念念不能釋」。她的形象是既專情、又節烈。

（3）溫柔執著，快意恩仇

這類女性主要出現於「負心復仇」類型故事，如〈陳叔文〉中的蘭英，生前她不嫌棄叔文「家至窘窶」，時常款待他，並以錢財資助其赴官；被叔文害死後，她毫不留餘地的親手結果其性命。其他如〈王魁傳〉中桂英、〈李雲娘〉中的雲娘及〈滿少卿〉中的焦氏，她們生前溫柔多情，對男子傾心相待，卻為愛而死，最終都化為厲鬼復仇雪冤。

（4）貪財無識，蠻橫無理

世人多稱女子善妒，故事中卻有因貪圖財貨而對丈夫外遇全然不加干涉。例如〈張客奇遇〉中的張客之妻，張客帶女鬼回家時，張妻先兇悍地問他：「彼何人斯？勿盜良家子累我。」張客拿出女鬼所贈的白金五十兩，張妻「貪所得，亦不問」。又如〈莫小孫人〉之高公遭群鬼欺騙，以為可娶得富有的寡婦為妾，回家與妻商議，高妻「慕其貨，許納焉。」再如〈呂使君宅〉，由於女鬼贈送賀忠「金珠市帛」，賀妻「以獲財之故，一切弗問」。

上述妻子的形象嗜財如命，似乎只要錢、不談情，但〈張師厚〉中的妻子劉氏，則是要求丈夫只能以她為中心。故事中的劉氏因為丈夫常至故妻墓前憑弔，妒嫉得毀掉丈夫亡妻的祠堂，再令他沉其骨骸於江中，其妒婦的形

象令人印象深刻。另外，〈南豐知縣〉之女鬼亦相當兇悍，該女鬼因百尋不著曾與她歡合的男子而怒氣衝天，找到他之後，「忿怒特甚，戟手肆罵」，甚至猛挼男子的髮鬐，欲致他於死地。

二、人物刻劃技巧

宋傳奇人鬼戀的人物刻劃技巧相當多，分項說明之：

（一）出場舖排

人物出場的處理，若能經過精心安排，採取較爲妥適的場面與符合其個性的舖排，易留給人鮮明的印象。宋傳奇人鬼戀人物出場的方式主要有下列二種：

1、作者直述

人物之出場經由作者以全知全能的角度詳加介紹，此法在中國古典小說中十分常見。例如：

> 〈四和香〉：孫敏，字彥明，河朔人也。父守官於淮陽，敏住太學爲
> 外舍生。

> 〈錢塘異夢〉：賢良司馬槱，陝州夏臺人也。好學博藝，爲世巨儒，
> 而飄逸之材，尤爲過人。

> 〈焦生見亡妻〉：焦生，不知何許人，客於洛陽久之。生通《詩》、《易》、
> 《何論》，嘗以講說爲事於洛城西宮南里。

以上人物的出場方式是作者直接說明人物之姓名、身世背景等。此明顯是受中國史傳文學的影響，試觀古代的人物傳記，都先介紹傳主的姓名、籍貫，再敘述其事蹟。此種人物出場方式之優點乃省筆、一目瞭然；但較單調、缺乏變化，不易留給讀者鮮明的形象。

2、先聲奪人

在人物出場時，利用音聲、行動、氣勢等凸顯其與眾不同，抑是顯示其特殊性格。如〈范敏〉中的田權出現的場面：「有青衣走報曰：『將軍至矣。』……有介冑者貌峻神聳，執戈而來，言曰：『安得有世間人氣乎？』猛見敏，以戈刺敏。敏執其戈，兩相角力。……將軍曰：『權嘗將兵三千，夜劫韓信營，血戰至中夜，兵盡陷，唯權獨得歸。吾手殺百餘人，身中箭如蝟毛。』」田權還未出場，即先有人通報，再看其形乃披介冑、執戈的雄偉樣貌，均顯示他絕

非常人。待他一出場，立即嗅出異味、找到范敏，馬上不分青紅皂白地拿戈刺他，雙方展開一場混戰。田權的出場鋪排相當緊湊，而且有聲有色、熱鬧非凡，若再加上他自述夜入敵營的勇猛事蹟，充分彰顯他剛愎果敢、驍勇善戰的武官形象。

又如〈胡氏子〉，通判之女死後葬於後花園的「牆隅小屋，垂箔若神祠」，男主角胡氏子為求見該女鬼魂，接連二個月備酒祭奠。某日，他依舊前往女墓，忽然間「屋帘微動，若有人呼嘯聲。俄一女子袨服出，光麗動人。」墳上小屋突如其來的聲響，塑造出驚悚恐怖的氣氛，忽然間，身著黑色華服的美女出現在眼前，一股神秘感陡然而升，令人好奇後續發展。如此的出場氣氛營造，不但聲色俱佳，且在宋傳奇人鬼戀眾多女鬼中獨樹一格。

（二）肖像描寫

肖像乃指人物的外貌、衣飾及言談舉止之神態。肖像描寫是形象塑造相當重要的一環，除可提供讀者具體之人物造型，顯示人物特徵，甚至可揭露人物的內心世界。中國古典小說的人物肖像描寫較少採工筆刻劃，多以簡筆勾勒的方式。宋傳奇人鬼戀之肖像描寫主要運用以下三種手法：

1、著重寫形

此法主要是靜態地點染人物的外貌或局部特徵，較無法傳神地表現出人物的個性或情態。例如：

> 〈李通判女〉：（陳察推）年逾強仕，癯黑而多鬚，容狀塵垢。

> 〈范敏〉：婦人高髻濃鬢，杏臉柳眉，目剪秋水，唇奪夏櫻。

> 〈建德茅屋女〉：女面闊幾一尺而額才寸半，頤尖若錐。

上述的人物肖像描摹，乃以局部的特徵作為重點，正如電影中的特寫鏡頭，易加深讀者對人物的局部印象。

2、著重寫意

不強調人物肖像之外貌，而是凸顯人物的情韻、神態。此方法常見於古代文言小說，由於不刻意強求形似，預留較大的藝術空間，讓讀者可自由發揮想像力，創造出更優美的意境。例如：

> 〈無鬼論〉：遽令二青衣扶女子者出。……鬢鬟峨峨，星眸灩灩。香腮瑩膩，芙蕖綽約於秋江；體態輕盈，雛燕翔飛於曉霧。婉媚橫生，嬌羞可掬，立於座間，如不勝衣。

〈呂使君宅〉：娘子者出，淡裝素裳，然有林下風致。

〈玉尺記〉：女子立於廊廡之間，神閒而清，色美而清，弱質輕盈，
　　　　　　如不勝衣。

上述並未具體描寫人物之外形，僅以其神韻，凸顯女性的柔美氣質。

3、烘雲托月法

不直接描繪人物之形貌，而是透過他人之眼、語言及行動等，曲折地表現出人物形象。如：〈路當可〉描寫路當可初見葉氏女時，見她「端麗絕人，默驚羨以為向所未睹。」以路當可的心理活動——「驚羨」，來襯托葉女之妍麗。

又如〈越娘記〉，越娘自述「髡髮，以泥塗面，自壞其形」，但仍多次被人所奪，只好自縊於古木，以結束悲慘的命運。經由越娘自毀外貌仍不斷被奪的描寫，輾轉烘托出其難以言喻的美麗。再如〈莫小孺人〉描寫高生初見傳聞中的美女：「婦人青衣紅裳步堤上，令童子以小青蓋障面，腰支綽約，客止閒暇，為之心醉。」婦人即使臉上覆著面紗，但婀娜的體態，仍令旁人為之心醉。作者始終沒有讓婦人「露臉」，卻成功地塑造她「顏色絕美」的形象，更讓讀者忍不住想掀開障面的薄紗以一睹她的丰采，如此之寫法更勝正面描繪其容色。

（三）心理描寫

作者在刻劃小說人物時，除描繪人物之形象、行為等外在特徵或活動之外，亦可藉由描繪其內心世界，以凸顯人物內在衝突，真實地呈現人物的精神世界。透過人物之心理描寫，既可強化人物之整體形象，亦能藉此推展故事後續之情節。宋傳奇人鬼戀對人物之心理描寫，約有四端：

1、直接描寫人物心理

所謂直接描寫人物心理，即是「作者在描寫人物的對話、行動以後，緊接著便直接道出了人物的心理，以便讓讀者能更加熟悉作品中的人物。」〔註35〕此類手法若運用得宜，將有助讀者更瞭解人物個性。例如〈太原意娘〉描寫楊從善偶然看到女鬼王意娘在酒樓壁間的留書，立即追趕意娘的過程：

楊便起追躡（王意娘一行人），及之，數人同行，其一衣紫，佩金馬
盂，以帛擁項。見楊愕然，不敢公召喚，時時舉目使相從。逮夜眾

〔註35〕同註8，頁97～98。

散，引楊到大宅門外立。

王意娘在群鬼間突然看到丈夫的表弟從善，既驚又喜，卻礙於群鬼在旁，不敢冒然叫喚，只好頻頻回顧，希望他能相隨；好不容易等到夜深，群鬼散去，她才將從善引至無他鬼的門外相會。意娘以異物的身分忽見故人的心理轉折，透過作者直接敘寫，讓讀者易於掌握。

又如〈樊生〉多次描寫樊生與友人連續遇鬼的驚慌心態。故事中的樊生與友人冶遊，突遇暴雨，誤投宿於女鬼家宅，二人「懼不敢寐」、「益恐」，連夜從後門落荒而逃；疾走數里，遇有門宅急投之，還告訴屋主他們遇鬼一事，怎奈「喘未定」，已被屋主等群鬼所擒。作者將人類遇鬼魂的驚懼恐慌與手足無措的心態，細膩地直接描繪出來。

2、人物內心獨白

所謂人物之「內心獨白」，通常又可分為二種，一是人物對自己說話，即所謂的自言自語，另一種是藉用日記或書信的形式傳達自己的想法。由於是透過人物自己剖析其內心世界，所以通常最能表達出人物最真實的情感或最隱密的心理。前者例如〈王魁傳〉，王魁中狀元之後，飛揚得意，卻隨即私念：

　　吾科名若此，即登顯要，今被一娼玷辱。

王魁窮困、依附桂英時，立誓「不貴則已，若貴誓不負汝」、「心誠固若精金，雖死亦相從於地下」，一旦折桂榮顯即想到她娼妓的身分會辱沒他。這個心理刻劃，除凸顯王魁為功名利祿，拋棄舊愛的意念，亦暗示情節的走向——王魁已決定拋棄桂英，也埋下後來桂英化為厲鬼復仇的伏筆。

類似之負心漢的心理描摹，亦見〈滿少卿〉。故事中的滿少卿在中第後，叔父為其另議他婚，他私謂：「彼焦氏非以禮合。況門戶寒微，豈真吾偶哉！異時來通消息，以禮遣之足矣！」此內心獨白赤裸裸地揭露滿氏的真實想法，在他心中利益完全凌駕於情愛與恩義之上，有助讀者看清他忘恩負義的惡行。

又如〈陳叔文〉中的叔文為謀取蘭英的錢財，欺騙要娶她為妻，又恐重婚之事被發現而興訟，在兩難之下私念：「英囊篋不下千緡，而有德於我，然不知我有妻，妻不知有彼，兩不相知，歸而相見，不唯不可，當起獄訟。」叔文擺盪於妻子與情人之間的矛盾心態在此展露無遺。類似的心理描摹亦見〈李雲娘〉，解普也因欺騙雲娘而陰念：「家自有妻，與雲娘非久遠計也。」淺白而簡短的人物心理獨白，卻影響後續情節甚鉅。

再如〈玉條脫〉所附之「蔡禋事」，蔡禋在寺院窺見亡女之畫像，即私心謂：「吾遭逆旅，得有若彼者來爲一笑，何幸。」是夜，婦人之魂魄果來相就。另外，蔡禋不願別人知道他得到女鬼的資助，於是向友人徐璋謊稱獲得親人相助。徐璋私念：「我二人同居巷，豈有鄉人而己不識者，且聞禋夜若與女子竊語，他時事露，寧不自累？」此一獨白，可看出徐璋對蔡禋之艷遇的羨慕與妒嫉，及他怕因此而惹禍上身的自私心態。

透過小說人物的心理活動表現出其眞實的想法，有些描寫雖然簡短，卻因是當事人剖白自我的內心世界，讓人倍感眞實。由於人物之內在想法被眞實地揭露，不但凸顯人物的正反形象，且有助推展後續情節。此外，循此亦可見小說敘寫手法的推進，例如同樣寫負心漢，在唐傳奇〈霍小玉傳〉中的李益身上，並未看到如王魁等人般誠實的心理描寫。當然，這也是宋傳奇在人物心理描摹的進步與成熟的表現之一。

人物的內心獨白另有一種表現方式——寫信。例如〈解七五姐〉中的施華即是寫信給妻子解七五姐，以表達自己內心眞實的想法：

> 我在汝家日，爲丈人丈母凌辱百端。況於經紀不遂，今浪跡汝寧。
>
> 汝獨處耐靜，勿萌改適之心。容我稱意時，自歸取汝。

施華婚後無法自立，寄居於丈人家而受盡屈辱。萬般忍氣吞聲，終於等到外出經商奮鬥，才敢寄書密告妻子，請她務必待他榮歸。七尺之軀因手頭窘迫、寄人籬下的無奈，溢於言表。

3、透過他人描繪人物之心理活動

有時作者會藉小說人物之口，揭示其他人物的內心世界。例如〈馬絢娘〉：

> 有士人寓跡三衢佛寺，忽有女子夜入其室，詢其所從來，輒云所居
>
> 在近。詰其姓氏即不答，且云：「相慕而來，何乃見疑？」

在夜深的佛寺中，士人面對不請自來的陌生女子，他的內心肯定是有很多疑慮與猜忌，作者對此並未耗費任何筆墨，反而是藉由士子再三詰問女子的家世背景，讓女子回以「何乃見疑」，將士子的憂慮、疑惑等心理活動攤在讀者面前。

又如〈無鬼論〉中的王大夫欲將女兒許配給黃肅，黃肅「猶豫未有以應」。王大夫馬上執問他：「君豈非疑吾女子陋質，不堪爲配乎？」透過王大夫之口將黃肅的疑惑與猶豫清楚地道出，反而較由黃肅自己說出，更合乎人性，也推展出後續的情節——王大夫馬上令青衣請出貌如天仙的女兒，黃肅「神蕩魂逸，幾不自持」，遂立即應允成親。

4、通過事件表現人物心理

如〈四和香〉，孫敏經不起女鬼再三挑引，雙方約定隔日在崇夏寺相會，當夜，孫敏「心意恍忽，坐以待旦。乃曉，乃出齋，迤邐詣崇夏。」透過一夜難眠與心情忐忑不安，來凸顯他對會見儷人的期待；又刻意安排天剛亮，孫敏就急著出門拜訪崇夏寺，清楚地揭示孫敏欲見儷人的渴望心態。經由孫敏從等待到赴約之間的整個過程，已將其慕求佳人的心理活動清楚展現。

又如〈越娘記〉，以楊舜俞乘醉趕路而失道於荒野，在走投無路之時巧遇女鬼越娘所住之茅屋。慌亂的他向越娘保証絕無他圖，但甫進屋即開始打量越娘，但她始終「面壁坐不語」，這讓心情初定的舜俞「徘徊不樂」，乃藉構火取暖，藉以端詳越娘——「熟視，乃出世色也。臉無鉛華，首無珠翠，色澤淡薄，宛然天真。」此時，得寸進尺的舜俞漸生慾念，初時只爲遮風避雨的想法早已拋諸腦後，所以即使越娘自述爲鬼，他仍「愛其敏慧，固有意焉」，甚至作詩爲贈，極力挑引越娘。舜俞內心的轉折，從慌亂到穩定，再至慾念陡升，其心理活動透過整個場面的描寫，一層層地被揭開。

（四）性格刻劃

作者在塑造人物時，除注意外形與心理之外，也會刻意把握人物性格的發展變化。劉世劍先生云：「進入創作過程時，作家最苦惱的不是別的，而是尋找、發現、把握引起創作慾望的人物的獨一無二的個性，個性一旦明確，人物的一切都將迎刃而解。」〔註36〕因此，成功的人物形象，應同時具適切的性格。

宋傳奇人鬼戀在性格刻劃上，以直接描寫人物性格爲主。例如〈遠煙記〉之王父，作者指他「剛毅很人」。王父因爲女婿戴敷放蕩，強行將女兒帶回家，其女因此生病，家人勸他讓女兒回夫家，他說：「吾頭可斷，女不可歸敷！」又責罵女兒：「汝寡識無知，如敷者凍餓死道路矣。」他的言行完全符合他剛愎自用的形象。〔註37〕其實，戴敷誤交損友，耗盡家產，固不可取，但此事無關夫妻之情，反倒是王父介入其夫妻之間的強硬態度，令人氣憤。由此也可知王父因性格而被塑造的形象，相當成功。

〔註36〕同註3，頁91。

〔註37〕雖然王父的作爲符合「剛毅很人」的形象，但試由父親的角度視之，王父的行爲實出於愛女心切，他怕女兒跟著戴敷將會挨餓受凍，所以他寧可拆散他們，也不忍她受苦，這是身爲人父的愛與矛盾。

又如〈周助〉描寫李生的性格：「本庸人，不識古今，但其志銳然，敢爲者也。」故事中周助以不曾見過亡故未婚妻一面爲憾，並找李生訴苦，李生立即建議周助發棺，並認爲這只是小事，「開其欑破其棺觀之，已則復合柩修欑如故，何害？」發棺當夜，李生還趁毀欑、破棺的當兒，竊取孫氏的金釵耳環。孫氏因此托夢給其父，其父訟於邑廷。最後李生被黥面鞭背，流放遠方。李生認爲發棺事小、偷竊等想法與作爲完全符合「庸人、敢爲」的性格。

綜上，宋傳奇人鬼戀的人物塑造，由其形象、心理描摹等手法，刻劃人物之情態。在描寫鬼魂方面，以擬人的手法，描繪鬼神的外形、認知及生活，使形象栩栩如生，宛若眞人。其中尤以人物的心理描摹最值得關注，綜觀宋代之前的文言小說罕見此種人物描寫手法，此當與宋代話本小說興盛有關。〔註38〕試觀宋代話本小說關於直接描寫人物心理者相當多，例如〈鬧樊樓多情周勝仙〉描寫周勝仙一見茶坊裡的范二郎便不由自主地愛上他，故事寫道：「這女孩兒（周勝仙）心裡暗暗地喜歡，自思量道：『若是我嫁得一個似這般子弟，可知好哩……。』正思量道：『如何著個道理和他說話，問他曾娶妻也不曾。』……」〔註39〕又如〈錯斬崔寧〉描寫劉貴與陳二姐說笑，表示將以十五貫錢將她賣掉時，「那小娘子聽了，欲待不信，又見十五貫錢堆在面前；欲待信來，他平日與我沒有半句言語，大娘子又過得好，怎麼便下得這等狠心辣手。狐疑不絕，……那小娘子好生擺脫不下：『不知他賣我與甚色人家？』我須先去爹娘家說知。……」〔註40〕兩則故事均相當詳盡而生動地描繪女子的心理活動。宋代傳奇直接描摹人物心理，應是受話本小說的影響所致。

第三節　景物描摹

「文學作品（尤其是敘事體的小說）中的環境描寫，首先是指通過具體的藝術形象對特定時代、特定情境下的人物關係所作的藝術概括。」〔註41〕環境是小說人物活動的舞臺，因此，透過景物的描摹營造出適切的環境，將

〔註38〕筆者認爲，由於話本小說多是說書人的底本，說書人便直接剖析人物的心理，一方面吸引閱聽者注意，另一方面也讓閱聽者不致產生混淆。

〔註39〕見程毅中輯注：《宋元小說家話本集》（濟南：齊魯書社，2000 年 2 月），頁787。

〔註40〕同上註，頁 235。

〔註41〕同註3，頁 117。

可以凸顯主題，襯托人物，也可烘托氣氛及推進行節。茲就場景描寫與器物運用二部份，探討宋傳奇人鬼戀的景物描摹手法。

一、場景描寫

　　場景的描寫主要是為人物創造活動的環境，及提供事件發生、發展的背景。人鬼戀的題材原本就較荒誕不經，若能設計符合人物或情節的特殊背景，將增加故事的渲染力。以下就場景在宋傳奇人鬼戀中的作用加以探討。

（一）交待背景

　　在小說之開端詳實地交待故事背景，以幫助讀者進入故事的主題。例如，〈大桶張氏〉一開始即寫道：

> 大桶張氏者，以財雄長京師。凡富人以錢委人，權其子而取其半，
> 謂之行錢，富人視行錢如部曲也。或過行錢之家，設特位置酒，婦
> 女出勸，主人皆立侍。富人遜謝，強令坐再三，乃敢就位。

將孫家與張氏的關係、社會地位交待清楚，讓讀者瞭解由於雙方家世之差距，以致張氏敢戲言訂親、另娶，而孫家卻不敢出面責問張家以致女兒亡故，進一步發展出後續情節。如此，讓讀者明瞭雙方的關係，可以很快進入小說情節。

　　另外，在交待背景的同時，亦寄寓特殊意義，例如人與鬼相遇的地點多在寺廟。如〈馬絢娘〉在「三衢佛寺」、〈解俊保義〉在寶積寺、〈四和香〉在「聖禪剎」、〈趙訛之〉在「尼院」等。之所以如此安排乃因宋代之寺院常供人停放靈柩，設置殯宮，而鬼魂常不離其殯宮所致。此可由〈解俊保義〉的情節得到印證，故事中的女鬼「葬於（寶積寺）後牆之外，……自解俊事件後，女鬼常現身糾纏寺僧，遂請求邵家改葬，先遷至郊外，女鬼仍出現作祟擾民，再遷葬於深山之中，女鬼終於絕跡。」足見女鬼出沒的地點，是隨著其殯宮的遷移而改變。

　　其他如〈寧行者〉中的寧行者在「寧居院」遇女鬼，乃因「寺後舊有趙通判女墳」；〈莫小孺人〉之女鬼的墳墓則是「藏院後列殯宮十餘所」之一；〈玉尺記〉人鬼相遇於「僧舍」，而女鬼正殯於僧寺；〈玉條脫〉所附之「蔡禋事」人鬼相遇於「觀音院」，而女鬼正「殯於（僧室之鄰）房中地下」，均可印證古人多認為鬼魂不離其殯宮。

（二）襯托人物

小說作者在塑造人物時，除可於形象、個性及言語上著力外，亦可運用周遭的環境或景物的擺設，襯托出人物的身分與個性。

如〈無鬼論〉多次描寫女鬼家中的環境，讓人感受女鬼的家世不凡。如黃蕭首次至女鬼家宅的描寫：「（蕭）至一大莊，溝池環而竹木周布，場圃築於前，果園樹於入後，蔥蔥鬱鬱，真幽勝之地也。」利用自然環境的描寫，襯托宅第主人的清高。再如，女鬼父親派遣僕從迎接黃蕭前去娶親，黃蕭所見「僕從皆鮮衣美服，簪花□首，填塞門外，若錦繡焉。」「狨鞍金勒，玉燈繡襪，被褥華麗。」至於洞房的佈置則是「紋燭搖□，□香囊碧，珠翠縱橫，羅綺充牣。」如此金碧輝煌、豪華氣派的場景，無怪乎連作者都跳出來稱道：「人間天上，無以過也。」利用層層的舖墊，凸顯女鬼顯赫非凡的家世。

又如〈四和香〉，亦是利用景物的襯托，讓女鬼的家世顯得富貴、神秘，如男主角孫敏受邀至女鬼居所，「視其珍品異果，皆殊方絕域所有，與其器皿什物，迥遠塵俗。」女鬼閨房的佈置，「燭搖紅彩，麝嫋清煙，帳掩流蘇，衾鋪繡鳳。」利用精品珍饌、富麗的環境等，營造出「此應天上有」的氣氛，讓讀者產生女鬼並非凡人的遐思。

（三）烘托氣氛

利用特殊的場景營造出不同的氣氛，以使人物與背景充分結合，將有助強化作品的渲染力。一般小說常在特殊事件發生之前，故意描繪異於常態的怪誕景象，以凝塑出緊張、恐怖、詭譎的氣氛。宋傳奇人鬼戀主要將此手法運用於人類進入異界之前，如〈范敏〉中對范敏落入鬼圈套之前的場景描摹：

> 時大暑，敏但見星月而行，未數里，浮雲蔽月。不甚明朗。忽一禽
> 觸馬首，敏急下馬捕而獲之。……敏跨馬而行，則昏然失道路，乃
> 信馬行。望數里有煙火若居人，鞭馬速行約三十里，望之其火愈遠。
> 敏倦，僕人亦不能行，乃縱馬齧草，僕亦倚木而休，敏抗鞍而臥。
> 不久，天將曉，四顧無人，荊刺縱橫。

在盛暑的夜晚，原本清晰可見的星月瞬間隱去，突然又有奇異的禽鳥觸及馬首，一股肅殺之氣陡然而升；接下來的失道、燈火闌珊的描寫，讓人益發覺得詭異。這一連串的背景氣氛描寫，完全配合范敏在疲憊之餘，不知不覺得落入群鬼所設的陷阱之情節發展。

又如〈越娘記〉寫楊舜俞遇女鬼之前的詭譎景象：

> 行未二十里，則日已西沉，四顧昏黑，陰風或作，愈行愈昏暗，
> 不辨道路。舜俞酒初醒，意甚悔恨，亦不知所在焉，但信馬而已。
> 忽遠遠有火光，舜俞與其僕望火而去。又若行十數里，皆荊棘間，
> 狐兔呼鳴，陰風愈惡，方至一家，惟茅屋一間，四壁俱無鄰里。

利用楊舜俞乘醉趕路的「異常」，先製造一個陰森恐怖的自然環境，讓所見、所聞均顯詭譎，再對照之前野店住客所言：「鳳樓坡多怪」，令人不禁膽顫心驚。接著，突然那一點寒夜的光芒，點燃受困者與讀者的心，終於引導男女主角相遇。如此藉由異常的自然環境摹寫，烘托出詭奇的氣氛，不但製造出懸疑的效果，也襯托女主角是異類的身分。

二、器物之運用

　　器物亦是小說環境的一環，以彰顯主題、襯托人物。有些器物看似平凡無奇，卻貫穿全文，影響全篇情節之推展，具相當的影響力。丁肇琴先生就曾指出，對於器物描寫的技巧運用，宋傳奇可以和唐傳奇一爭上下。〔註42〕

（一）情節發展之關鍵

　　善用器物作為情節發展的關鍵，或達預示情節發展的技巧。例如〈大桶張氏〉中的「玉條脫」，既是富人強為婚聘的信物，也是引起鄭三盜墓致女主角復活的重要物件，實乃推展故事情節的靈魂。

　　又如〈郭銀匠〉中的「紅履」，是女鬼被揭穿的關鍵。故事中的老嫗之女新死，被女鬼附體投奔郭銀匠，因該女大殮時所穿的紅鞋被老嫗在郭家發現，才導致郭銀匠與女鬼必須逃往他鄉，展開後續情節。

　　再如〈京師異婦人〉中的「符咒」，是女子離魂的重要物證，因為符咒，女子不得不魂歸本體，也因符咒，女子最後必然死亡。

　　其他如〈畢令女〉的「銅鏡」、〈玉尺記〉中的「玉尺」均是女鬼送給男

〔註42〕丁肇琴：「唐傳奇的器物描寫是承襲六朝小說來的，但作用則大得多，有影響全篇的，也有只影響局部的，……另有凸顯主題、襯托人物等效用。可見唐傳奇的作者已能充分掌握器物描寫的技巧。這種技巧對宋傳奇及明代戲曲影響也很大。」接著於附註說明：「（在器物描寫的技巧上），宋傳奇可以和唐傳奇一爭上下。」見氏著《唐傳奇的寫作技巧》（臺北：臺灣大學中文研究所，1987年碩士論文），頁238～239、241。

子的訂情之物，也是女鬼身分被識破的導火線，進而使劇情急轉直下。當然，
這些器物也都是女鬼進出幽明的見證。

（二）出入異界之見證

人鬼相戀的故事本就多屬幻設的情節，爲強化故事的眞實性，作者亦會
以器物作爲人或鬼出入冥界的重要憑證。

例如〈趙詵之〉中的「玉環」與「北珠直擊」。故事寫趙詵之進入異界與
女鬼遇合，離去之前，女鬼贈她「玉環、北珠直擊」各一。趙回到現實世界，
「身在相國寺三門下，恍如夢覺，但腰間古玉環與北珠直擊在焉。」

又如〈王萼〉中的「繡衣」與「金縷玉杯、玉環」。女鬼因家人遷葬而與
王萼相別，臨別之前，女鬼將陪葬物之金縷玉杯、玉環贈予王萼，王萼則回
贈以繡衣。家人爲女鬼重新整棺時，發現棺中多了繡衣、少了玉環與金杯。
因此，這兩樣信物成爲人鬼相戀的見證，也是跨越陰陽兩界的重要證物。

再如〈范敏〉中的「馬」。范敏因所騎的馬被飛鳥誤觸，導致范敏迷路，
進而步入鬼圈套。最後，甫從鬼域中驚醒的范敏，發現其馬僅存皮骨，原來
是群鬼殺其馬以取肉。因此，殘存的馬皮，不但是范敏進入冥界的證明，更
成爲他被群鬼詐騙的物證。

其他如〈解俊保義〉的「金銀釵珥」、〈無鬼論〉的「香囊」、〈玉條脫〉
所附之「蔡禋事」的「金釵」、〈四和香〉的「四和香」、〈呂使君宅〉的「花
驄與白金百兩」等，均是人或鬼進出冥界的證物。

第四節 語言運用

「小說的基本功能在於描摹人生，所謂的描摹，指的是包括敘述、對話
以及一切能夠造成形象的語言手段。」〔註43〕換言之，小說作者運用豐富的
語言技巧，詮釋不同的人、事、物，使讀者在閱讀其人其事時，如聞其聲，
如見其人，如歷其境。一般而言，小說語言可分爲敘述語言與人物語言，前
者通常是指以較精確的語言交待情節；後者則是藉人物之言，體現其性格，
務求言如其人。另外，古典小說常在文中穿插詩詞，用以調節故事的節奏、
氣氛。以下針對敘事語言、人物語言、詩歌三個部分來論述。

〔註43〕馬振方：《小說藝術論稿》（北京大學出版社，1991年2月），頁55。

一、敘述語言

敘述語言其實就是敘述者的語言，或是作者的語言。其涵蓋面甚廣，舉凡情節安排、人物活動、人物刻劃、景物描寫，甚至作者的議論和抒情等均是。宋傳奇人鬼戀之敘述語言，呈現俗雅並陳的現象。

（一）平實淺顯

宋傳奇人鬼戀的語言，多平實淺顯。例如〈越娘記〉之越娘敘述自身的悲慘遭遇：

> 妾之始末，皆可具道，長者留間，不敢自匿。妾本越州人，于氏。
> 家初豐足，良人作使越地，妾見而私慕之，從伊歸中國，妾乃流落
> 此地。……妾非今世人，乃後唐少主時人也。妾之夫奉命入越取弓
> 矢，將妾回。良人爲偏將，死於兵。時天下喪亂，妾爲武人奪而有
> 之。武人又兵死，妾乃髡髮，以泥塗面，自壞其形，欲竄回故鄉。
> 晝伏夜行，至此，又爲群盜脅入古林中，執爨補衣。數日，妾不忍
> 軍盜見欺，乃自縊於古木，軍盜乃哀而埋之於此。不知今日何代也？
> 煙水茫茫，信耗莫問，引領鄉原，目斷平野，幽沉久埋之骨，何日
> 可回故原？

平鋪直敘地陳述後唐時代的紛亂，社會動盪、流離及越娘親身遭遇。透過未多誇飾的文字，將戰爭的殘酷、婦女的遭遇自然呈現，更拉近故事與讀者間的距離。

又如〈郝太尉女〉描寫兩方鬼兵打架之場面：「……推案而起，寶玉杯盤皆碎於地。舍人奮然逐之，綠袍戟手去。居一二日，聞金鼓聲徧山谷，甲騎數千，譟於城下。舍人帥師御之，交綏而退。綠袍爲七寨環城，矢石下如雨，韓將軍晝夜拒戰，互有勝負。如是者十餘日，舍人軍事良苦，無得歡悰。」作者以流暢質樸的語言敘寫兩兵交戰的經過，藻繪雖非華麗流亮，但場面浩大、情節緊湊，不失爲精彩的描寫。

再如〈馬絢娘〉：「……死於公廨，叢塗於此，……然將還生，得接燕寢之久，今體已蘇矣。君可具斤鎬，夜密發棺，我自於中相助。然棺既開，則不復能施力矣，當憒然如熟寐，君但逼耳連呼我小字及行第，當微開目，即擁致臥榻，飲之醇酒，放令安寢，既寤即復生矣。」作者將女鬼復生之情事以平實淺白的語言一一敘明，令人一目瞭然。

（二）清麗典雅

雖然宋傳奇的文風趨於平實，但仍有不少藻繪優美、清麗典雅之作。例如〈周助〉中的女鬼復生與未婚夫周助盡夫妻之禮，禮成即再亡的描寫：

> （夫妻之禮）既已，助復詢之，則不語；以手舉之，則不動。玉冷香銷，蘭衰柳因。舉其支，則春藕輕柔；視其臉，則輕紅已淡。星目瞑而不開，檀唇合而復冷。膩魄不返，嬌魂再飄，復奄然死矣。

其用偶句韻言，間以散行句法，足以顯見作者對文字的駕馭能力。

又如〈四和香〉：「燭搖紅彩，麝嬝清煙，帳掩流蘇，衾鋪繡鳳，生意愈惑，遂相與就枕，雲情雨意，不可具道。」及〈無鬼論〉：「鴛帳低紅，鸞衾重繡，如紋禽比翼，玉樹連枝，加以漏永更遲，衾香枕穩，雨意雲情，不可名狀。」兩者均以儷句描寫男女纏綿，既艷麗，又富含音韻之美。

再如〈遠煙記〉男主角戴敷懷念妻子的描寫：「敷懷妻，居常傷感，多獨詠齊己詩曰：『誰知遠煙浪，多有好思量。』於時窮秋木脫，水落湖平，溶溶若萬頃寒玉。」全段描寫兼具聲色，情景交融，並蘊含淡淡的憂傷，可謂宋傳奇人鬼戀中較優美之抒情片段，有學者稱其「敘事委婉，已很近於唐人傳奇」。〔註44〕

此外，〈江渭逢二仙〉有一段詞曰：「天上月圓，人間月半，教人似月，正在今宵，不應留連，飲酒歌曲，只能動情，未暢真情；酌醴，只能助興，未洽真興；與其徒然笑語，何似羅帳交歡。」藉女待之口，促請主人（女鬼）與客人登帳歡好，還博得主人誇獎其善解人意。由於文句韻律頗諧，讀來流利酣暢。

二、人物語言

人物語言是刻劃人物的重要方式之一，因為「人物說的話總是直接間接地反應其思想、願望和心理。」〔註45〕所以成功的人物語言除須精煉外，亦必須具個性化；意即，人物以生動而可感的話語，陳述出合乎個性與身分的內容，以凸顯其獨特的風格。

〔註44〕蕭相愷：《宋元小說史》（杭州：浙江古籍出版社，1997年6月），頁183。
〔註45〕同註43，頁171。

（一）切合個性

例如〈張師厚〉中的悍婦劉氏，因張師厚常到前妻墓前憑弔，劉氏怒詬曰：「故夫美而俊，簪纓家也，爾何物，鶻弁爲人奴，乃汙瀆我！爾猶悼亡，我獨不念舊耶！」不但拿前、後任丈夫相比，還痛罵現任丈夫是個奴才，配不上她。透過生動而個性化語言，將劉氏既妒又悍的形象刻劃得入木三分。

〈崔慶成〉中的女鬼，多次以露骨的言語挑逗男主角：「君既風儀秀潔，妾亦容色非常。……閉關見拒，深駭人惰。……今日捨君，而我寧不悔？竢君迴轅，別圖後會。」「當始遇君也，月白風細，館寂人孤。值我陰數未同，偶君獨臥無味。……手內有花，面前有酒，人生美事，君能獨不愛乎？……有酒可飲，有情可寄，……」大膽而主動的挑情語言，與她艷情女鬼的身分相吻合。

另有以對話方式巧妙地表達人物的行爲、心理及性格。如〈任迴春游〉中的鬼母與任迴之間的對話：

> （姥）忿然作色曰：「吾女良家處子，汝何敢無禮相污？」
>
> 迴無辭以答，但泣拜引罪。
>
> 久之，姥忽易怒爲笑曰：「汝既犯吾女，無奈矣，當遂爲吾婿，則可解，不爾，則縛送官矣。」
>
> 迴思己未娶，又畏成訟，唯而從之。
>
> 姥曰：「若爾，無庸歸，少留旬日，吾自遣信報爾父母。」

姥嫗故作姿態的指責，讓任迴因姦淫其女而愧疚，待他上勾後，姥嫗反怒爲笑地安撫任迴的情緒。整段對話生動活潑地描繪出姥嫗工於心計的性格；相對於任迴之「泣拜引罪」、「唯而從之」，更加凸顯其性格的軟弱，也終致成爲女鬼的禁臠。

（二）鮮活口語

宋傳奇人鬼戀部分的人物語言通俗淺白，例如〈畢令女〉中以「媽媽」指稱母親；描寫大女的復生還魂法被二姐破壞時，直接書寫成「爲二姐壞了」。下列人物語言，亦淺顯生動：

> 〈南豐知縣〉：土地神：「吾乃土地也，來救郎君。郎君性命，幾爲此鬼壞了。」
>
> 〈焦生見亡妻〉女鬼：「爾向後覷，引他許多人來。我怕！我怕！可速教他回。」

〈張客奇遇〉：女鬼：「我鄰家子也，無多言。」

〈寧行者〉：女鬼：「我只在下面百步內住。尋常每到此，一寺上下，
　　　　　　　無不稔熟者。」

〈楊三娘子〉：民女之父：「我細民，以賣酒為活，女又野陋，不堪
　　　　　　　　備外家侍。」

〈王魁傳〉：女鬼：「我只要汝命，何用佛書紙錢！」

另外，也有俚俗傳神之詈詞：

〈大桶張氏〉：富人張氏：「賤奴，誰教汝如此！」

〈鄂州南市女〉：茶店僕人彭先：「死鬼，爭敢白晝見形！」

〈范敏〉：女鬼：「唐帝有甚不如你這小鬼？」

三、詩詞穿插

　　古典小說常穿插詩詞韻文，作為補充人物形象，抑是聯繫情節，以調整
小說的節奏，〔註46〕增加閱讀趣味。歷來研究者多認為，小說中所出現的詩
詞遠不及文人之作。如此之評論，也許是個事實，但不盡公允。林辰先生說：

　　　　小說詩詞和文人詩詞，兩者不可等量齊觀。小說詩詞是一個文學術
　　　　語，是中國古代小說創作中的一種民族的藝術形式，在小說中起著
　　　　表現手法的作用，是一種傳統的小說藝術技法。因此，評量一首小
　　　　說詩詞的好壞，不能用評量文人詩詞的那個標準，而是要看它在小
　　　　說作品中是否起到了小說詩詞應發揮的表現作用。〔註47〕

誠然，小說詩詞的好壞應從其在小說中的地位加以探討，讓其「扮演適合自
己情性的角色，或者把詩的精神當作養分，化為小說自己的血肉。」〔註48〕
如此，或可說是還給小說詩詞一個較公平的文學地位。而適切的小說詩詞，

〔註46〕洪順隆：「詩歌的穿插也有補充、彌縫情節的作用，更有刻畫人物心理，表現
　　　　人物情緒的功能，更要者，由於詩歌對於情節的重複往來，可以寫出變化，
　　　　又寫變化於不變之中，以造成回環往復之美，突出重點，對故事產生深化、
　　　　對比、貫穿、渲染、鋪墊等作用。」見氏著：〈六朝異類戀愛小說芻論〉《文
　　　　化大學中文學報》創刊號，1993 年 2 月），頁 75。

〔註47〕林辰：《古代小說概論》（瀋陽：春風文藝出版社，2006 年 12 月），頁 290～
　　　　291。

〔註48〕張稔穰：《中國古代小說藝術教程》（濟南：山東教育出版社，1998 年 10 月），
　　　　頁 374～375。

可以含蓄雋永地表現人物的情感、心理及性格，也可以描繪出景物的意境，增加小說的情韻。宋傳奇人鬼戀的詩詞主要用於人物抒懷、景物描繪、預言伏筆及總結全文，以下分別論述之。

（一）人物抒懷

例如〈遠煙記〉中的戴敷在江水煙波中望見妻子的鬼魂，於是在壁上題詩：

> 湖中煙水平天遠，波上佳人恨未休。
>
> 收拾鴛鴦好歸去，滿船明月洞庭秋。

詩中表白他對妻子的思念之情，及想隨妻魂步入黃泉的心跡。最後，妻魂前來相迎，戴敷果然無畏地赴死。

又如〈錢塘異夢〉之司馬槱所作的〈河傳〉詞：

> 銀河漾漾。正桐飛露井，寒生斗帳。芳草夢驚，人憶高唐惆悵。感離愁，甚情況！春風二月桃花浪。　扁舟征櫂，又過吳江上。人去雁回，千里風雲相望。倚江樓，倍悽愴。

司馬槱執著於夢中情人蘇小小，將自己與她的境遇比擬為楚王與神女的歡會。不過，夢鄉畢竟虛無縹緲，現實中只有懷人而人不見的惆悵；只有相思卻思不盡的情愫，惟藉詞作抒發。

再如〈越娘記〉的舜俞為挑引女鬼越娘，故意吟詩示好：「子是西施國裏人，精神婉麗好腰身。撥開幽壤牡丹種，交見陽和一點春。」其中既以簡筆描寫人物之形象，又有相挑情慾的作用。另外，越娘離去後，舜俞在愛極、思極之下，在她的墓前禱念一詩以寄情：

> 香魂妖魄日相從，倚玉憐花意正濃。
>
> 夢覺曲悼天又曉，雨消雲歇陡無踪。

詩中訴說人鬼間濃烈的情意，抱怨越娘無情的失踪，將舜俞癡情的形象烘托得更加感人。如〈四和香〉的儷人，因苦等不到愛人，遂題詩於壁間：「雨滴梧桐韻轉淒，黃昏凝竚倚朱扉。相期已過中秋後，不見郎來淚濕衣。」真切道出女鬼等候情郎不至的心酸與期盼。

此外，亦有女鬼的怨懟之作。如〈崔慶成〉中的女鬼因引誘崔慶成不成，乃作詩云：「妖魄才魂自古靈，多情心膽似平生。知君不是風流物，卻上幽原怨月明。」女鬼除在詩中自詡才性與多情外，也怨崔生不解風情。

（二）描繪事物

〈越娘記〉中的越娘，以長詩描繪戰爭的可怕景象、社會的離亂實況及她自身的遭遇：

> 欲說當時事，君應不喜聞。軍兵交戰地，骨血踐成塵。
>
> 兵革常盈耳，高低孰保身。變形歸越國，中道值兇人。
>
> 執役無辭苦，遭欺願喪身。沉魂驚曉月，寒骨怯新春。
>
> 狐兔爲朋友，荊榛即四鄰。君能挈我去，異日得相親。

五代是中國歷史上動盪不安的年代，帝王荒唐無道，連年的戰火讓人民飽嘗流離失所之苦。遍野的橫屍，竟被踐踏成塵泥，何等悽慘！這樣的苦難，又怎能輕易磨滅！千言萬語無法訴說的，藉由簡短的詩句，讓後人體會當時人民的悲痛與無奈。至於詩的後半段，越娘將其悲慘的一生，甚至化鬼後仍不得安寧的痛苦一一呈現。複雜的戰事、慘痛的經歷，透過詩歌傳達出來，更像是苦難中人民的集體吶喊，更顯得動人心弦。

又如〈范敏〉中有〈吹笛〉詩：「一聲吹起管欲裂，竅中迸出火不滅。半夜蒼龍伸頸吟，五湖四海波濤竭。自從埋沒塵土中，玉管於聲寶筐空。今日重吹舊時曲，幾多怨思悲秋風。此意無心伴寒骨，夢魂飛入李王宮。」此詩與上述〈越娘記〉中的詩歌有異曲同工之妙，均描寫戰事乍起，社會瞬間風雲變色及女鬼親身的遭遇，既寫景又言情。

（三）預言伏筆

例如〈王魁傳〉，王魁臨赴科考之前，桂英以詩贈王魁，詩云：「靈沼文禽皆有匹，仙園美木盡交枝。無情微物猶如此，因甚風流言別離。」詩中以萬物有情，感傷情郎王魁即將遠行，並以「風流言別離」設下王魁輕別離的伏線，也預告結局必然是王魁相負於桂英。

又如〈無鬼論〉，是以詩讖預言死期。故事敘述女鬼與丈夫黃肅分別時，曾贈他一首詩：

> 人別匆匆□□□，須知後會不爲賒。
>
> 黃斑用事當青兔，駢騎翩翩踏落花。

黃肅對此詩之意不甚瞭解，請教其友何皋，亦無法解開謎底。直至隔年清明，黃肅突然暴亡。何皋方恍然大悟，詩文正一日不差地指出黃肅的死期；原來「黃斑」是指戊寅年；「青兔」乃乙卯月；「駢騎」即是丙午日；而「翩翩踏落花」則是「長往之意」；後兩句詩的眞意爲：「戊寅年二月之清明將亡故」。

〔註49〕

（四）總結全文

　　將詩文置於篇末，主要作用是將故事內容作一概括性的回顧，或抒發對人物的特殊情感。例如〈越娘記〉之篇末，有多情者作詩曰：「越娘墓下秋風起，脫葉紛紛逐流水。只如明月葬高原，不奈霜威損桃李。妖魂受賜欲報郎，夜夜飛入重城里。幽訴千端郎不聽，傾心吐肝猶不止。仙都道士不知名，能用丹書鎮幽鬼。楊郎至此方醒然，孤鸞獨宿重泉底。」詩中將已見於故事中的重要情節再復述一遍，如：遷葬、歡媾、女鬼勸離、舜俞的糾纏、道士制鬼及最後舜俞的醒悟；最後筆鋒一轉，「孤鸞獨宿重泉底」道出越娘的孤寂。以詩文回顧重要情節，讓讀者再回味一遍，實具深化故事的效果。

　　又如〈錢塘異夢〉以主角司馬槱之弟司馬棫所作之〈哭兄詩〉收結，詩曰：「誰教作雁破牽飛，一舸南遊遂不歸。乍見音容悲且喜，不知魂夢是邪非。陟岡望遠心猶在，攜幼還家意已達。淚眼重尋邱壑去，可堪猶采故山薇。」詩作一方面回顧司馬槱的鬼魂隨蘇小小同乘畫舫離去，另一方面也敘述賦詩之原由，乃司馬棫夢見與兄長燕談如平生，夢醒後抒發其思兄的悲悵情懷。

〔註49〕關於全詩的解釋，如下，〈無鬼論〉：「黃斑者，黃虎也。戊之色黃，寅之辰虎，則『黃斑』為戊寅年也。青兔者，青兔也。乙之色青，卯之辰兔，則『青兔』為乙卯月也，戊寅之年二月建乙卯故也。又，騂騎者，赤馬也。丙之色赤，午之辰馬，則「騂騎」為丙午日也。生以其年二月二十七日告終，其日丙午，始得清明之節。『翩翩踏落花』，則長往之意也。」同註14，頁395～399。

第六章　結　論

李劍國先生曾道出研究宋代小說的爲難處境：

> 總的說來，宋人小說有所成就，成就不算太高，三百多年間有所變
> 化，變化也不算太大。……相對唐人小說尤其是唐傳奇來說它有退
> 步也有進展，它的歷史命運既有悲劇性也有喜劇性，它對宋代及後
> 世小說的影響趕不上唐小說但也不能小覷。這兩重性格太難爲人，
> 使我們討論它很感吃力，不得不經常調整評論的角度與參照系，結
> 果時不時露出捉襟見肘的尷尬。〔註1〕

的確，由於特殊的時代氛圍與思想背景，造就宋代小說的「特殊性」，既不能
按照唐傳奇或明清小說的標準去衡量它，也不能任意誇耀其成就，在切入角
度與立論評點的拿捏，稍有不愼即可能顧此失彼。本論文深入探討宋傳奇人
鬼戀之內容，致力凸顯其主題、特色及所反映的思想，不諱言宋傳奇有其缺
失與不足，卻更有不容抹煞之成就與影響。

一、宋傳奇「人鬼戀」之影響

（一）轉趨通俗，啟文言小說之新局

「小說是屬於再現藝術，它應該眞實地反映、摹仿、再現社會生活。」
〔註2〕宋傳奇人鬼戀許多內容源於生活，故事中的景物是當時生活的再現，
饒富市井小民的生活情趣。誠如程毅中先生所言：「宋人小說文備眾體，……

〔註1〕 李劍國：《宋代志怪傳奇敘錄》（天津：南開大學出版社，1997 年 6 月），頁
20。
〔註2〕 葉朗：《中國小說美學》（臺北：里仁書局，1987 年 6 月），頁3。

其爲市井細民寫心，固無倫矣；而傳奇志怪，亦多人情世態，聲色俱繪，敘事則如經目睹，記言則若從口出，宋之傳奇於搜神志異而外，或摹壯士佳人之心膽，或述引車賣漿之言語，聲氣風貌，神情畢肖，千載而下，猶可彷彿。」〔註3〕換言之，宋代傳奇小說具有「通俗化」、「市井化」的鮮明特色。〔註4〕林辰先生更進一步說明唐、宋傳奇賦予鬼魅題材不一樣的旨趣，他說：「宋代傳奇體鬼魅小說，與唐人的偏重於人鬼情愛不同，走進了以鬼事而展現人情世態的新階段，即以荒誕的鬼事揭示現實的社會人生。」〔註5〕宋傳奇的主要特徵在表現平民的生活情態，此即是文言小說內容通俗化的開端，〔註6〕至於趨向俗化的原因，是「反映出文言小說在市民文化氛圍中求取生存發展的積極姿態」，〔註7〕也是小說發展的自然演化過程。

　　試觀宋代傳奇之人鬼戀，許多故事出現恩怨交錯、情理衝突的情節，內容

〔註3〕 詳見程毅中先生爲《宋代傳奇集》所寫之序言。李劍國輯校：《宋代傳奇集》（北京：中華書局，2001年11月），頁1。另外，程毅中先生又指出，「宋人通俗，並不限於話本小說，即使傳奇體小說也是如此。言情派的傳奇一方面承襲唐代傳奇而有所發展，另一方面又靠近通俗小說的道路。」見氏著：〈宋代的傳奇小說〉（《文史知識》，1990年第2期），頁15。

〔註4〕 李劍國先生認爲宋人小說有「通俗化」、「市井化」兩個鮮明的特色，他解釋道：「所謂的『通俗化』、『市井化』，……市井細民題材向文人小說大量湧入，並伴隨著情感趣味上市井氣息的彌漫和通俗語言的運用，或者題材雖非市井卻經過了市井化的審美處理」。同註1，頁8。持類似看法的學者，如，丁峰山：「宋人另闢蹊徑，把小說帶上了樸雅平淡、通俗自然的道路。」見氏著：〈宋代小說在中國小說史上歷史地位的重新估價〉（《師範大學學報》，2003年第6期），頁77。又如，吳志達：「北宋中期至南宋中期，是形成宋傳奇特色的時期。其顯著特徵是雅俗融合，審美心理由士大夫之雅趨向市民之俗。作者……對市民生活、思想意識、審美觀念是比較瞭解的，因而，傳奇小說的文體規範也發生了變化，語言上受話本的影響，變得通俗淺顯，頗有文不甚深、白不甚俗近似後來《三國演義》的語言風格。」見氏著：《中國文言小說史》（濟南：齊魯書社，2005年6月），頁595。再如，蕭相愷：「宋元傳奇在藝術上的一個明顯特點是它的市人小說化傾向。」見氏著：《宋元小說史》（杭州：浙江古籍出版社，1997年6月），頁331。

〔註5〕 林辰：《神怪小說史》（杭州：浙江古籍出版社1998年），頁215。

〔註6〕 傳奇小說逐漸通俗化的主因，乃是受說書、說話等通俗文學的影響所致。趙國維先生即曾指出通俗文學對傳奇的影響，他說「由於士大夫平民的喜好，說書人進行藝術的參與，在說書藝術中產生傳奇小說。……俗文學的發展，反過來影響古體小說雅文化的發展，文人士子又以俗文學概念引入古體小說。」見氏著：〈傳奇體的確立與宋人古體小說的類型意識〉（《寧夏大學學報》，「哲學社會科學版」第21卷，1999年第3期），頁96。

〔註7〕 段庸生：〈宋人傳奇論〉（《重慶師院學報》2000年增刊，2000年8月），頁80。

反映了傾向於世俗的抉擇。例如〈越娘記〉之女鬼越娘，生前受盡戰爭的折磨，死後還受制於楊舜俞、道士等人，在地獄飽受垂撻之苦。相較於唐傳奇大部分的女鬼，飄然來去、跳脫禮法，越娘的遭遇更像現實生活中受欺壓的婦女。又如〈西湖女子〉中的民女，與官人一見鍾情，卻因父母不許、私奔不忍，最後捨棄愛情，卻因此喪命；女子因道德束縛而選擇放棄感情的作為，傳達出彼時人們對愛情自由的看法。另外，六朝、唐代之人鬼戀故事的女主角多是高門之後，或具有「罩上神女仙姬神秘而美好的光圈」〔註8〕的形象，宋傳奇則多是民女村婦；至於男主角的身分，宋傳奇人鬼戀連茶店僕人都躍升為男主角，故事的人物明顯更貼近現實生活。葉朗先生曾言：「小說藝術的生命力就在於它真實地反映了社會生活的情狀；小說家的虛構是以社會生活為基礎的。」〔註9〕宋傳奇人鬼戀擴大描寫的層面，無疑初步實踐反映社會人情世態的樣貌。

　　宋傳奇人鬼戀不只是故事內容俗化，語言亦有通俗化的趨向。基本而言，宋初的傳奇作者，如樂史、張齊賢等人因文學涵養厚實，作品的語言仍承繼晚唐的風格，較為典雅。至北宋中期，歐陽修倡導古文運動，「條達疏暢」、「紆徐委備」的平易文風，漸為宋人所接受，而且直接左右宋人對文章的好惡，唐傳奇「著文章之美，傳要妙之情」〔註10〕的美文已不符合北宋古文學家的文章標準，平實敘述的散文體逐步躍居文壇主流。此種文風的轉變，影響傳奇的發展，加上受說話等通俗藝術的影響，〔註11〕宋傳奇的語言逐漸貼近口語生活。因此，宋傳奇人鬼戀無論是人物語言或敘述語言，多通俗淺顯。如以「媽媽」指稱母親、〈鄂州南市女〉：「死鬼，爭敢白晝見形」、〈焦生見亡妻〉：「我怕！我怕！」等語言都顯得生動活潑，有些甚至是以生活常用的口語經藝術加工後呈現。宋傳奇語言的通俗化，影響明清的文言與白話小說，成為文言小說走向白話小說的橋樑之一。

〔註8〕　鄧鳳美：《唐代人鬼戀故事研究》（臺中：東海大學中國文學研究所碩士論文，1997年6月），頁221。

〔註9〕　葉朗先生進一步指出：「小說家如果脫離社會生活，即便『面壁九年，嘔血十石』，也不可能寫出好的小說。」同註2，頁33～34。

〔註10〕　〔唐〕沈既濟：〈任氏傳〉，收入王汝濤編校：《全唐小說》（濟南：山東文藝出版社發行，1993年3月），頁48。

〔註11〕　侯忠義、劉世林先生在歸納宋元傳奇小說的藝術特點與影響時，特別指出，「語言表達上，宋元傳奇一般比較淺顯通俗，蓋與當時興盛的話本小說相互滲透有關。」見氏著：《中國文言小說史稿》下（北京：北京大學出版社，1993年），頁58。

　　宋傳奇人鬼戀關注現實世界，使後代人鬼戀故事的描寫擴及人情世態，影響明清傳奇小說甚鉅。〔註12〕薛洪勣先生指出，「明代的傳奇小說，……沒有忘記對現實生活的積極關注。」〔註13〕明人傳奇小說〈金鳳釵記〉、〈聚景園記〉、〈綠衣人傳〉等故事，〔註14〕不但描寫人鬼之愛，也深入描寫其日常生活，這無疑是受宋傳奇人鬼戀的影響所致；甚至《聊齋志異》、《夜譚隨錄》〔註15〕等書，皆可見承襲之迹。

（二）藝術創見，開描摹心理之先河

　　中國古典小說受史傳筆法的影響，多採全知的觀點敘事，罕見描寫人物的心理。宋傳奇人鬼戀在創作技巧上的最大成就，莫過於人物心理描摹。李華年先生就曾指出：「（唐傳奇）沒有能夠揭示人物的內心活動和人物性格的發展，宋傳奇彌補了這個方面的缺憾。」〔註16〕可見宋傳奇在人物心理描繪上的創新與發展，值得嘉許、肯定。

　　宋傳奇人鬼戀的人物心理描摹，包括直接描寫人物心理、人物內心獨白、或透過他人描繪人物之心理活動，及以事件或場面表現人物心理等。其中，最為典型者莫過於直接描摹人物的心理，即所謂人物的內心獨白。此主要是透過人物自我剖析，表達其最真實的情感與私密。例如〈無鬼論〉，故事描寫黃肅接連三次進入夢境，其中首次夢醒之後、第二次入夢之前後描寫：「翌日，生起，……良久，其僕果至，謂先生就館。生熟其僕，而私自念曰：『吾方正色危坐，略不瞑目，此非夢也。』乃隨僕而前。……生又疑為夢，徘徊不進。」看似不經意的黃肅之內心獨白，傳達他對身處夢境內外的疑惑，接著巧妙地使場景在虛實之間轉換，增添故事的詭譎氣氛，讀者也在故事的真真假假之間感到惶惑。簡短的心理描摹，既肯定、又否定虛幻之境，凸顯故事的主題「無鬼」之說其實是在有、無之間。

〔註12〕 侯忠義、劉世林：「宋元傳奇的眾多作品，對後世產生重大影響，為明傳奇的出現鋪平了道路，做了必要的準備。」同上註，頁59。

〔註13〕 薛洪勣：《傳奇小說史》（杭州：浙江古籍出版社，1998年12月），頁251。

〔註14〕 三則故事均見《剪燈新話》。詳見〔明〕瞿佑：《剪燈新話》（臺北：天一出版社，1985年5月，《明清善本小說叢刊初編》第二輯），卷1。

〔註15〕 《夜譚隨錄》是清代《聊齋志異》之後的一部重要短篇文言小說集，內容大多敘寫鬼狐怪異、人妖艷遇之事。詳見〔清〕和邦額：《夜譚隨錄》（台北：新文豐出版，1996年）。

〔註16〕 李華年：《宋代小說選譯》（上海：上海古籍出版社，1990年7月），頁7。

　　又如〈王魁傳〉、〈滿少卿〉之男主角中舉後，立即認爲女主角的身分卑下，不堪匹配其顯耀的官位。〔註17〕此想法透過淺白簡短的心理描摹呈現，既揭示男子鄙視糟糠之卑劣心態，同時暗伏後續情節的發展，必是薄倖男子相負於癡心女子。同樣寫負心男子，在唐傳奇〈霍小玉傳〉、〈鶯鶯傳〉中的男主角身上，並未看到如前述男主角般誠實的心理描寫。透過作家進入人物的內心內界，將視覺無法觸及的複雜心理，細膩而眞實地揭露出來，既能凸顯人物的虛實形象，且其性格更形分明。諸如此類的內心獨白，在宋傳奇人鬼戀中頗爲常見，足見宋傳奇在人物心理描摹的進步與深刻。

（三）故事情節，為後世文學之素材

　　宋傳奇人鬼戀許多篇章都成爲後世小說、戲曲的素材。例如，〈錢塘異夢〉寫宋代才子司馬槱與南朝錢塘名妓蘇小小的人鬼相戀故事，故事在宋代以後多爲小說、戲曲所援引，流傳相當廣泛。例如，宋代有何蓮《春渚紀聞·司馬才仲遇蘇小小》〔註18〕、曾慥《類說·蘇小歌蝶戀花》，〔註19〕內容略有差異；另《醉翁談錄》記載宋代有話本〈錢塘佳夢〉。〔註20〕至元代則有白樸的〈蘇小小月夜塘夢〉雜劇，〔註21〕但已佚失。明代梅鼎祚《清泥蓮花記》〔註22〕、田汝成《西湖游覽志餘》〔註23〕、《綠窗女史》〔註24〕、馮夢龍《情史類略》〔註25〕

〔註17〕　詳見本文第五章第二節「人物刻劃」。

〔註18〕　〔宋〕何蓮：《春渚紀聞》（上海：上海古籍出版社，2001年，《宋元筆記小說大觀》冊3），頁2394。

〔註19〕　〔宋〕曾慥撰、王汝壽校注：《類說校注》（福建：福建人民出版社，1996年1月）上，卷18，頁584～584。

〔註20〕　《醉翁談錄·小說開辟》中的宋代話本小說有著錄〈錢塘佳夢〉。詳見〔宋〕羅燁：《醉翁談錄》（臺北：世界書局，1965年3月），甲集卷1，頁4。

〔註21〕　《錄鬼簿》著錄白樸之雜劇〈錢塘夢〉名，題目爲「司馬槱詩酒蝶戀花」，正名爲「蘇小小月下錢塘夢」。詳見〔元〕鍾嗣成著：《錄鬼簿》，收入《歷代詩史長編二輯》冊2（臺北：鼎文書局，1974年2月），頁107。另外，《太和正音譜》亦有著錄。詳見〔明〕朱權：《太和正音譜》，收入《歷代詩史長編二輯》冊3（臺北：鼎文書局，1974年2月），頁28。

〔註22〕　〔明〕梅鼎祚：《清泥蓮花記·蘇小小》（臺北：新興書局，1976年，《筆記小說大觀》第14編），卷9，頁2181～2182。

〔註23〕　〔明〕田汝成：《西湖游覽志餘》（臺北：臺灣商務出版社，1977年，《四庫全書珍本》冊99），卷16，頁1。

〔註24〕　詳見秦淮寓客：《綠窗女史·冥感上·夢寐·司馬才仲傳》（臺北：天一出版社，1985年5月，《明清善本小說叢刊初編》第二輯），卷6。

〔註25〕　〔明〕馮夢龍：《情史類略·司馬才仲》（臺北：天一出版社，1985年5月，《明清善本小說叢刊初編》第二輯），卷9。

等均曾記載司馬槱與蘇小小相戀的故事；清代徐釚《詞苑叢談》〔註26〕、沈冰《芳情院》〔註27〕亦曾敷衍此故事。

又如〈王魁傳〉亦流傳頗廣，後世筆記、小說多收錄此文。宋代有曾慥《類說・王魁傳》〔註28〕、《醉翁談錄・王魁負心桂英死報》；〔註29〕另《醉翁淡錄・小說開辟》中「傳奇」一門載有〈王魁負心〉話本名。〔註30〕明代《剪燈新話》〔註31〕、《綠窗女史》〔註32〕、《清泥蓮花記》〔註33〕、《艷異編》〔註34〕、《情史》〔註35〕皆收錄此作品，惟字句略有差異。至於戲曲方面，宋代有南戲〈王魁〉（一名〈王魁負桂英〉）〔註36〕、戲文〈王俊民休書記〉。〔註37〕元代戲曲家尚仲賢有〈負桂英〉，今僅存曲詞一折。〔註38〕又有為王魁翻案之作，如明代戲文〈桂英誣王魁〉〔註39〕、王玉峰之傳奇〈焚香記〉〔註40〕、楊文奎之雜劇〈王魁不負心〉。〔註41〕其中《焚香記》較為特別，其將原本的悲劇改為大團圓

〔註26〕〔清〕徐釚、王百里校箋：《詞苑叢談》（北京：人民文學社出版，1988 年 11 月），卷 12，頁 638。

〔註27〕清代沈沐的《芳情院》傳奇已佚失，其劇名著錄於《古典戲曲存目彙考》、《曲海總目提要補編》。前者詳見莊一拂：《古典戲曲存目彙考》（臺北：木鐸出版社，1986 年），頁 1296；後者詳見北嬰編著：《曲海總目提要補編》（臺北：新興書局，1976 年，《筆記小說大觀》第 41 編），頁 78～80。

〔註28〕同註 20，卷 34，頁 1040。

〔註29〕同註 21，辛集卷 2，頁 91。

〔註30〕同註 21，甲集卷 1，頁 4。

〔註31〕同註 14，卷 9。

〔註32〕《綠窗女史・緣偶下・尤悔・王魁桂英傳》，同註 25，卷 5。

〔註33〕《清泥蓮花記・桂英》，同註 23，卷 5，頁 2110～2112。

〔註34〕〔明〕王世禎：《艷異編》，（臺北：天一出版社，1985 年 5 月，《明清善本小說叢刊初編》第二輯），卷 30。

〔註35〕《情史類略・王魁》，同註 26，卷 16。

〔註36〕《南詞敘錄》：「南戲始於宋光宗朝，永嘉人所作〈趙貞女〉、〈王魁〉二種實首之。」〔明〕徐渭：《南詞敘錄》，收入《歷代詩史長編二輯》冊 3（臺北：鼎文書局，1974 年 2 月），頁 239。

〔註37〕〈王俊民休書記〉為宋元戲文，已佚失，但徐渭《南詞敘錄・宋元舊篇》有著錄。同註 37，頁 252。

〔註38〕詳見〔明〕朱權撰《太和正音譜》，同註 22，頁 29。又《錄鬼簿》亦有著錄〈海神廟王魁負桂英〉劇名。同註 22，頁 111。

〔註39〕《南詞敘錄》著錄。同註 37，頁 252。

〔註40〕《今樂考證》著錄。詳見〔清〕姚燮：《今樂考證》，收入《歷代詩史長編二輯》冊 10（臺北：鼎文書局，1974 年 2 月），頁 228。

〔註41〕《今樂考證》有著錄，同上註，頁 148。《太和正音譜》亦著錄此劇略名，同註 22，頁 41。

作結，敘王魁高中狀元後，曾欲迎接桂英團聚，卻因奸人作梗，致桂英自殺，後王魁的魂魄被拘至陰司與桂英對質，至此真相終於大白，桂英死而復生，王、桂有情人終成眷屬。時至今日，仍可見由〈王魁傳〉改編的戲曲於小大螢幕搬演。〔註42〕

再如〈越娘記〉亦是流傳甚廣的故事，尤其是越娘背燈的情節，常被後代戲曲小說敷衍。如，元代孫季昌〈正宮·端正好〉：「受寂寞似越娘背燈，恨離別如樂昌分鏡。」〔註43〕又如，元曲〈中呂·十二月帶堯民歌〉：「看看的相思病成，……一扇兒越娘背燈，一扇兒煮海張生。……」〔註44〕再如，清人《耳食錄·段生》，除延續〈越娘記〉中的「鬼女求人遷葬」之情節，亦反覆以「背燈」的細節刻劃人物的心態。〔註45〕另外，元代亦有〈越娘背燈〉、〈鳳凰坡越娘背燈〉等雜劇，可惜今僅存殘本或全部佚失。〔註46〕另外，《醉翁談錄·小說開闢》中亦有宋代話本小說〈楊舜俞〉，〔註47〕亦敷衍自〈越娘記〉。

其他如〈陳叔文〉為南戲〈三負心陳叔文〉〔註48〕（已佚）所本；〈樊生〉

〔註42〕 例如，蘭陵戲劇團之「精緻歌仔戲」有〈王魁負桂英〉戲碼。上網日期：2008.04.20 網址：http://svr2.ilccb.gov.tw/lytoc.2003/drama-600.asp。
又如，廖瓊枝之薪傳歌仔戲有〈王魁負桂英〉戲碼，並曾遠赴法國巴黎上演。上網日期：2008.04.20。網址：http://www.yzu.edu.tw/E_news/205/firstnews/1.htm。
再如，俞大綱先生之京劇新編的〈王魁負桂英〉，為近代劇場時常演出的戲碼，甚至近日（2008年4月27～28日）即將於臺北市的城市舞臺演出。上網日期：2008.04.20。網址：http://com2.tw/kknews/0703/index.htm。

〔註43〕 〔元〕孫季昌：〈端正好·四時怨別集雜劇名〉，收入隋樹森輯：《全元散曲》（臺北：漢京文化事業公司，2004年3月，《四部刊要》），頁1239～1240。

〔註44〕 〔元〕無名氏：〈中呂·十二月帶堯民歌·相思〉，收入隋樹森輯：《全元散曲》，同上註，頁1711～1712。

〔註45〕 〔清〕樂鈞：《耳食錄·段生》（臺北：新興書局，1976年，《筆記小說大觀》第1編），卷3，頁4125～4132。

〔註46〕 〔元〕尚仲賢之〈越娘背燈〉雜劇，今僅存第四折殘曲於《北詞廣正譜》。詳見〔清〕李玉編輯：《北詞廣正譜》（臺北：臺灣學生書局，1987年11月，《善本戲曲叢刊》第六輯），頁649。另外，《太和正音譜》亦有著錄略名，同註22，頁29。至於元人之《鳳凰坡越娘背燈》雜劇，內容不傳，曲目著錄於《錄鬼簿》。同註22，頁117。

〔註47〕 《醉翁談錄·小說開闢》中有宋代話本小說〈楊舜俞〉。同註21，甲集卷1，頁4。

〔註48〕 南戲〈三負心陳叔文〉今已佚失，劇名著錄於《永樂大典》、《南詞敘錄》。前者見《永樂大典·戲文十二》（北京：中華書局，1986年），卷13976。後者，同註37，頁251。其中《南詞敘錄》作〈三負心陳叔萬〉，錢南揚先生認為此

爲《京本通俗小說・西山一窟鬼》〔註49〕、《警世通言・一窟鬼癩道人除怪》〔註50〕所本；〈吳小員外〉爲《警世通言・金明池吳清逢愛愛》〔註51〕所本；〈滿少卿〉爲《二拍・少卿饑附飽揚、焦文姬生仇死報》〔註52〕所本；〈太原意娘〉與〈韓師厚〉爲《古今小說・楊思溫燕山逢故人》所本；〈大桶張氏〉與〈鄂州南市女〉同爲《醒世恒言・鬧樊樓多情周勝仙》〔註53〕之本。此外，〈馬絢娘〉的復生情節因描寫生動，被清代俞樾指是湯顯祖《牡丹亭》傳奇的藍本，馬絢娘就是杜麗娘的原型。〔註54〕

　　宋傳奇處於古體小說邁向近體小說的過渡階段，由上述可知，宋傳奇人鬼戀部分篇章不斷被後人改作，成爲後世小說、戲曲的名篇佳作。因此，其之承先啓後地位，不言可喻。

二、宋傳奇「人鬼戀」之侷限

（一）重視教化，沖淡小說形象之藝術性

　　中國自古以來，即賦予文學「惡則刺、美則善」的現實功能，愈逢亂世愈能凸顯文學的教化與諷諫之特色。宋朝結束五代天下大亂的局勢，統治者爲迅速恢復社會秩序，便刻意強調文學的教化功能，致宋傳奇的內容常有意的出現勸戒說教。此作法常爲後代學者詬病，〔註55〕卻也有人認爲「道德勸懲在宋人眼中卻是對社會審美功能的重視」。〔註56〕無論如何，不容否認的

乃因「文」、「萬」雙聲，因聲音相近而誤，所以〈三負心陳叔萬〉即是〈三負心陳叔文〉一劇。詳見錢南揚：《宋元南戲百一錄》（臺北：進學書局，1969年11月），頁113～115。

〔註49〕　作者不詳：《京本通俗小說》（臺北：世界書局，1958年《世界文庫四部刊要》，影印《繆荃蓀刻煙畫東堂小品本》），卷12。

〔註50〕　〔明〕馮夢龍輯、李田意攝校：《警世通言》（臺北：世界書局，1958年《景印珍本宋明話本叢刊》，影印明金陵兼善堂本），卷14。

〔註51〕　同上註，卷30。

〔註52〕　〔明〕凌濛初輯：《二刻拍案驚奇》（臺北：天一出版社，1985年5月，《明清善本小說叢刊初編》第二輯），卷11。

〔註53〕　〔明〕馮夢龍輯、李田意攝校：《醒世恒言》（臺北：世界書局，1958年《景印珍本宋明話本叢刊》，影印明天啓葉敬池刊本），卷14。

〔註54〕　〔清〕俞樾：「按此事（指馬絢娘），乃湯臨川《牡丹亭》傳奇藍本。絢娘即麗娘，但姓不同耳。」見氏著：《茶香室叢鈔・馬絢娘即杜麗娘所本》（臺北：廣文書局，1969年9月，《筆記續編》冊2），卷17，頁405～406。

〔註55〕　關於學者對宋傳奇具較多教訓的說法，詳見本文第四章第二節之註腳65。

〔註56〕　段庸生先生進一步說明：「宋人小說的勸懲確有道學氣，諸如讚揚婦女守節、

是，小說中出現過多的勸懲，容易沖淡小說主體形象的藝術性。

　　試觀宋傳奇人鬼戀，確實有著重教化的創作傾向，且教訓中經常羼雜市民意識的道德勸懲。因此，故事中常利用鬼報的情節懲罰殺人背信、忘恩負義等違背社會道德正義的惡人，彰顯善惡有報的社會價值觀。如此雖有補償情感的作用，〔註57〕卻同時削減小說的感染力。例如敘寫男子與美艷女鬼遇合，雖是文人作者心中的美事，卻不符一般老百姓心中的道德原則，所以作者不得不刻意以貶抑的口吻敘述事件或刻劃人物，傳達情慾、女禍的可怕，以符合社會大眾的期待，此舉已詆毀愛情的可貴，沖淡人鬼相戀的感人力量。又如故事中制伏女鬼的道士、法師等術士，在小說中的作用，雖代表正義的力量，卻也成為破壞人鬼愛情的「惡人」，亦是減弱人鬼戀故事藝術性的「第三者」。

　　另外，由於勸懲是故事的主要寄託，導致「故事本身成為非主流性話語」，〔註58〕所以部分故事在篇末加入警世勸戒之議論，使人鬼戀情的敘述反成為配角，進而降低故事原本的藝術性。例如〈焦生見亡妻〉，原是描寫人夫鬼妻間的真情摯愛，作者卻在篇末論道：「書之者，欲使世之君子，無惑溺其情於婦人女子」。作者著錄故事的目的是勸戒世人勿被情慾所絆，此與故事所呈現的夫妻深情大相逕庭。又如〈崔慶成〉，本是艷情女鬼與木訥小生的故事，但作者在篇末評曰：「見色不惑，亦方潔之士。慶成終不及亂，是可嘉美。」這類教條式的議論，讓故事中的風流韻趣大打折扣。

（二）講究實錄，削弱人鬼戀情之感染力

　　「貴實惡虛」是宋代文壇的主流文風之一。當時的文人多集文學家、政治家及哲學家於一身，〔註59〕具極高的學術修養，對文學的態度相當嚴謹，

　　　警示人遵循因果善惡報應等等，……但其勸懲議論並不是一無可取。小說中
　　　總是有所寄意，發其所未發，是對唐人傳奇重視感觀娛樂享受的反正。」同
　　　註7，頁81。
〔註57〕陶慕寧先生指出，「通過鬼報，使創作主體和接受主體都能滿足於一種道德情
　　　感的平衡，這其實是一種文化中庸意識的體現。」見氏著：〈中國古典小說中
　　　「進士與妓女」的母題之濫觴及其流變〉（《華僑大學學報》哲社版，1999年
　　　1月），頁97。
〔註58〕段庸生：「唐人傳奇中的勸懲不過是涉筆成趣。借篇末垂誡來顯示自己的才
　　　華，勸懲是非主流性話語，『故事』本身才是主流性話語。而宋人傳奇中的勸
　　　懲是寄托之所在，是題材義意的凸現，勸懲成了主流性話語，『故事』本身則
　　　成了非主流性話語。」見氏著：〈勸懲與宋人傳奇〉（《重慶師院學報》哲學版，
　　　2000年第4期），頁33。
〔註59〕宋代知名的散文家如歐陽修，即曾參與《新五代史》、《（新唐書》之編撰。又

甚至以治史的態度治學，推崇「臨事摭實」，反對「肆意虛構」。於是宋代文風逐漸趨於崇實黜虛，甚至連寫鬼神都強調乃耳聞目見，並非虛設。洪邁曾指出：「耳目相接，皆表表有據依者」〔註60〕、「文書一字之誤，……爲汗下。」〔註61〕足見宋傳奇受此風氣的影響，作者寫作時多「注重史料的眞實，偏向考證的周詳，而輕視虛構，小說的文學色彩相對較爲淡薄」。〔註62〕因此，如果說唐人「是以一種較爲恢宏大度、矯矯脫俗的精神氣度和審美情趣」〔註63〕描寫人鬼間的浪漫愛情，則宋人是以實錄的心態、寫實的手法，寄寓人事於人鬼戀情之上；前者追求的是無關大體的浪漫人生，後者崇尙平實、樸質的審美韻趣。雖然兩者各有姿態，但著重實錄的寫作方式，畢竟限縮幻構虛設的空間，不但讀者的想像空間變小，同時削弱小說感動人心的力量，更何況主題是描寫浪漫的人鬼之愛！

例如，同樣是寫婦人臨終託付口信給戀人，唐傳奇〈李章武傳〉中的王子婦，臨終之前託鄰婦轉告李章武：「我本寒微，曾辱君子厚顧，心常感念，久以成疾，自料不治，曩所奉託，萬一至此，願申九泉啣恨，千古睽離之嘆。仍乞留止此，冀神會於髣髴之中。……」〔註64〕作者極盡鋪陳之能事，將遺言寫得纏綿悱惻。反觀宋傳奇〈周助〉，故事中周助與孫氏爲未婚夫妻，孫氏病故之前請其父母轉告周助：「我料不起矣，所不足者，不得侍助之巾櫛，雖死爲泉下恨也。」沒有過多藻繪來鋪敘其泉下之恨，僅平實描敘寫所思所感。

如，司馬光亦爲優秀的散文與詩賦作家，同時也編修《資治通鑑》。

〔註60〕〔宋〕洪邁：《夷堅乙志・序》（臺北：明文書局，1982年4月），卷2，頁185。

〔註61〕〔宋〕洪邁：「文書誤一字，文書一字之誤，有絕系利害者，予親經其三焉，至今思之，猶爲汗下。」見氏著：《容齋四筆》（臺北：大立出版社，1981年7月），卷8，頁709。

〔註62〕陳節：《中國人情小說通史》（江蘇：江蘇教育出版社，1998年3月），頁63。關於宋傳奇偏重記實的描寫，李劍國先生亦指出「平實化」與「道學化」是宋人小說的兩個明顯缺點，他說：「所謂平實化說的是構思方面的想像窘促，趨向實在而缺乏玄虛空靈，語言表現方面的平直呆板而缺乏筆墨的鮮活伶俐、含蓄蘊藉。所謂道學化說的是在創作動機和主題表現上對於封建倫理道德的過分執著，常又表現爲概念化和教條化。」同註1，頁4。張祝平先生則認爲，「宋人淡化主觀意識，用平實史筆寫小說。」見氏著：〈論宋代小說的「由虛入實」〉（《中國文化月刊》，2003年11月），頁87。

〔註63〕鄧鳳美：《唐代人鬼戀故事研究》（臺中：東海大學中國文學研究所碩士論文，1997年6月），頁171。

〔註64〕〔唐〕李景亮：〈李章武傳〉，收入王汝濤編校：《全唐小說》（濟南：山東文藝出版社，1993年3月），頁65。

後者的描寫雖然筆端含情，亦頗動人，但不及〈李章武傳〉中「千古睽離之嘆」、「冀神會於髣髴之中」之撼人心弦。

　　又如，同是妓女自憐身世不堪與男子匹配的情節，唐傳奇〈霍小玉傳〉中的描寫為：「……中宵之夜，玉忽流涕觀生曰：『妾本娼家，自知非匹。今以色愛，托其仁賢。但慮一旦色衰，恩移情替，使女蘿無托，秋扇見捐。極歡之際，不覺悲至。』」〔註65〕霍小玉擔心色衰愛弛的告白，深深打在讀者的心坎上，無論男女多會因「女蘿無托」而揪心、感傷。再看宋傳奇中的〈王魁傳〉，桂英在王魁赴科考之前，怕王魁相負於她，邀他至海神廟歃血為盟，還告訴王魁：「以君才學，當首出群公，但患不得與君偕老。」相較於霍小玉聲淚俱下、情辭兼備的淒訴，桂英的說辭顯得平淡許多，感人的力量也相形遜色。此即是宋傳奇以錄實的心態、記實的筆法書寫小說所導致的後果。

〔註65〕　〔唐〕蔣防：〈霍小玉傳〉，收入王汝濤編校：《全唐小說》，同上註，頁70。

附表一　宋傳奇「人鬼戀」故事一覽表

篇　　名	編撰者	原　輯　出　處	後世輯錄出處
〈焦生見亡妻〉	張齊賢	《洛陽紳舊聞記》	①頁 95～98 ②頁 130～135
〈越娘記〉	錢易	《青瑣高議》	①頁 111～115 ②頁 166～175
〈王魁傳〉	夏噩	《青瑣高議》	①頁 159～165 ②頁 533～541
〈陳叔文〉	劉斧	《青瑣高議》	①頁 268～210 ②頁 336～339
〈李雲娘〉	劉斧	《青瑣高議》	②頁 334～336
〈遠煙記〉	劉斧	《青瑣高議》	①頁 304～305 ②頁 305～307
〈郭銀匠〉	佚名	《異聞總錄》	③頁 149～150
〈范敏〉	劉斧	《青瑣高議》	①頁 322～327 ②頁 344～352
〈崔慶成〉	劉斧	《青瑣高議》	①頁 360～361
〈周助〉	劉斧	《青瑣高議》	①頁 363～364
〈錄龍井辯才事〉	秦觀	《淮海後集》	①頁 208～210
〈錢塘異夢〉	李獻民	《雲齋廣錄》	①頁 391～394 ②頁 514～518
〈玉尺記〉	李獻民	《雲齋廣錄》	①頁 394～395 ②頁 514～518
〈無鬼論〉	李獻民	《雲齋廣錄》	①頁 395～400 ②頁 521～529

〈四和香〉	李獻民	《雲齋廣錄》	①頁 385～387 ②頁 503～509
〈大桶張氏〉	廉布	《清尊錄》	①頁 467～469 ②頁 555～559
〈玉條脫〉	王明清	《投轄錄》	①頁 517～518
〈玉條脫〉附「蔡禋事」	王明清	《投轄錄》	①頁 518～519
〈沈生〉	王明清	《投轄錄》	①頁 523～524
〈趙誩之〉	王明清	《投轄錄》	①頁 521～522
〈馬絢娘〉	郭彖	《睽車志》	①頁 553～554
〈李通判女〉	郭彖	《睽車志》	①頁 556～558 ②頁 586～589
〈靳瑤〉	郭彖	《睽車志》	①頁 558～559 ②頁 583～586
〈吳小員外〉	洪邁	《夷堅志》	①頁 590～591 ②頁 607～610
〈京師異婦人〉	洪邁	《夷堅志》	①頁 592～594
〈莫小孺人〉	洪邁	《夷堅志》	①頁 611～612
〈畢令女〉	洪邁	《夷堅志》	①頁 618～621
〈胡氏子〉	洪邁	《夷堅志》	①頁 624～625
〈南豐知縣〉	洪邁	《夷堅志》	①頁 671～672
〈太原意娘〉	洪邁	《夷堅志》	①頁 677～679 ②頁 621～624
〈張客奇遇〉	洪邁	《夷堅志》	①頁 687～688
〈路當可〉	洪邁	《夷堅志》	①頁 689～691
〈呂使君宅〉	洪邁	《夷堅志》	①頁 695～696
〈西湖女子〉	洪邁	《夷堅志》	①頁 696～698
〈寧行者〉	洪邁	《夷堅志》	①頁 699～700
〈解俊保義〉	洪邁	《夷堅志》	①頁 723～725
〈鄂州南市女〉	洪邁	《夷堅志》	①頁 733～734 ②頁 632～634
〈建德茅屋女〉	洪邁	《夷堅志》	①頁 754～756
〈解七五姐〉	洪邁	《夷堅志》	①頁 767～768 ②頁 637～639

〈楊三娘子〉	洪邁	《夷堅志》	①頁 794〜795 ②頁 652〜655
〈滿少卿〉	洪邁	《夷堅志》	①頁 797〜799 ②頁 656〜659
〈任迥春游〉	洪邁	《夷堅志》	①頁 811〜812
〈國鬼母〉	洪邁	《夷堅志》	①頁 823〜824
〈周瑞娘〉	洪邁	《夷堅志》	頁 1642
〈方氏女〉	洪邁	《夷堅志》	③頁 111
〈江渭逢二仙〉	吳良史	《夷堅志》	①頁 559〜562
〈樊生〉	沈氏	《鬼董》	①頁 892〜894 ②頁 789〜793
〈郝太尉女〉	沈氏	《鬼董》	①頁 891〜892
〈王萼〉	沈氏	《鬼董》	③頁 119〜120
〈張師厚〉	沈氏	《鬼董》	②頁 793〜795

註：「後世輯錄出處」之代號分別爲：①《宋代傳奇集》、②《唐宋傳奇總集》、③《舊
　　小說》；無代號者，爲「原輯出處」之頁碼。

附表二　宋傳奇「人鬼戀」類型一覽表

類　型　分　析			故　事　名　稱
一、兩情相悅	（一）陽世團聚	1.死而復生	〈馬絢娘〉、〈胡氏子〉、〈解七五姐〉
		2.借體還魂	〈靳瑤〉、〈楊三娘子〉
	（二）冥界死合	1.人間情侶	〈遠煙記〉、〈周助〉、〈周瑞娘〉
		2.陰陽戀人	〈錢塘異夢〉、〈無鬼論〉
	（三）幽明殊途	1.外力介入	·〈玉條脫之蔡禋事〉、〈玉尺記〉、〈畢令女〉、〈王蕚〉（以上「親友破壞」） ·〈吳小員外〉、〈京師異婦人〉、〈建德茅屋女〉、〈焦生見亡妻〉、〈錄龍井辯才事〉（以上「道士禳除」）
		2.鬼魂求去	·〈越娘記〉、〈西湖女子〉、〈四和香〉、〈趙訰之〉、〈呂使君宅〉（以上「鬼主動相離」） ·〈沈生〉、〈李通判女〉（以上「鬼了結願望離去」）
二、癡鬼單戀	（一）遊魂索愛		〈大桶張氏者〉、〈玉條脫〉、〈郭銀匠〉、〈鄂州南市女〉
	（二）鬼魅糾纏		〈崔慶成〉、〈路當可〉、〈國鬼母〉、〈郝太尉女〉、〈方氏女〉
三、貪慾尋歡	（一）露水之歡		〈寧行者〉、〈解俊保義〉、〈江渭逢二仙〉
	（二）財色之誘		〈范敏〉、〈莫小孺人〉、〈南豐知縣〉、〈任迴春游〉、〈樊生〉
四、負心復仇	（一）薄倖鬼誅		〈陳叔文〉、〈李雲娘〉、〈滿少卿〉、〈王魁傳〉
	（二）背約鬼戮		〈太原意娘〉、〈張客奇遇〉、〈張師厚〉

引用文獻

凡　例

分以下六部分，除網路資料外，餘均依書名筆劃排列：

・小說原著與輯刊：羅列研究文本之原著與輯刊；

・古籍：包括今人輯錄、點校成果；

・專著：今人之著作；

・碩、博士論文；

・單篇論文；

・網路資料。

一、小說原著與輯錄

1. 《宋代傳奇集》，李劍國輯校，北京：中華書局，2001 年 11 月。

2. 《投轄錄》，〔宋〕王明清撰，上海古籍出版社《宋元筆記叢書》，1991 年。

3. 《夷堅志》，〔宋〕洪邁撰，臺北：明文書局，1982 年 4 月。

4. 《青瑣高議》，〔宋〕劉斧撰，上海：上海古籍出版社，1983 年。

5. 《鬼董》，〔宋〕沈氏撰，北京：中華書局《叢書集成初編》，1991 年。

6. 《唐宋傳奇總集》，袁間琨、薛洪勣主編，鄭州：河南人民出版社，2002 年 7 月。

7. 《淮海集》，〔宋〕秦觀撰，臺北：臺灣商務印書館《四部叢刊》，1979 年。

8. 《清尊錄》，〔宋〕廉布撰，臺北：藝文印書館，原刻影印《百部叢書集成》，1965 年。

9. 《異聞總錄》，〔宋〕不著撰者，臺北：藝文印書館，原刻影印《百部叢書

集成》，1965 年。

10. 《雲齋廣錄》，〔宋〕李獻民撰，台南：莊嚴文化公司《四庫全書存目叢書》，1995 年。

11. 《睽車志》，〔宋〕郭彖撰，北京：中華書局《叢書集成初編》，1985 年。

12. 《舊小說》，王雲五主編，臺北：藝文印書館《國學基本叢書四百種》，1968 年。

二、古　籍

1. 《二刻拍案驚奇》，〔明〕凌濛初輯，臺北：天一出版社《明清善本小說叢刊初編》第二輯，1985 年 5 月。

2. 《二程集》，〔宋〕程顥、程頤著、王孝魚點校，北京：中華書局，2006 年 9 月。

3. 《七修類稿》，〔明〕郎瑛撰，臺北：世界書局《讀書箚記叢刊》第二集，1963 年 4 月。

4. 《廿二史札記》，〔清〕趙翼撰、杜維運考證，臺北：文史出版社，1974 年 4 月。

5. 《太平廣記》，〔宋〕李昉監修，臺北：文史哲出版社，1981 年 11 月。

6. 《文史通義》，〔清〕章學誠撰，臺北：臺灣商務印書館，1957 年。

7. 《升庵全集》，〔明〕楊慎撰，臺北：臺灣商務印書館《國學基本叢書》，1968 年。

8. 《王安石全集》，〔宋〕王安石撰，臺北：河洛圖書出版社，1974 年 10 月。

9. 《太和正音譜》，〔明〕朱權撰，臺北：鼎文書局《歷代詩史長編》二輯，1974 年 2 月。

10. 《少室山房筆叢》，〔明〕胡應麟，臺北：臺灣商務印書館影印《文淵閣四庫全書》，1983 年。

11. 《今樂考證》，〔清〕姚燮撰，臺北：鼎文書局《歷代詩史長編》二輯，1974 年 2 月。

12. 《玄怪錄》，〔唐〕牛僧孺撰，上海：上海古籍出版社《歷代筆記小說大觀》，2000 年 3 月。

13. 《白虎通》，〔漢〕班固撰，臺北：臺灣商務印書館《四部叢刊初編》，1965 年。

14. 《石林燕語》，〔宋〕葉夢得，上海：上海古籍出版社《宋元筆記小說大觀》，2001 年。

15. 《司馬溫公集》，〔宋〕司馬光，臺北：臺灣商務印書館《四部叢刊初編》，1965 年。

16. 《北詞廣正譜》，〔清〕李玉編輯，臺北：臺灣學生書局《善本戲曲叢刊》第六輯，1987 年 11 月。

17. 《北夢瑣言》，〔宋〕孫光憲撰，北京：中華書局《叢書集成初編》，1985年。

18. 《四禮翼》，〔明〕呂坤，臺南：莊嚴文化出版公司《四庫全書存目叢書》，1997 年。

19. 《西湖游覽志餘》，〔明〕田汝成撰，臺北：臺灣商務印書館《四庫全書珍本》，1977 年。

20. 《耳食錄》，〔清〕樂鈞撰，臺北：新興書局《筆記小說大觀》，1976 年。

21. 《次柳氏舊聞》，〔唐〕李德裕撰，上海：上海古籍出版社《筆記小說大觀》，2000 年 3 月。

22. 《江淮異人錄》，〔宋〕吳淑撰，北京：中華書局《叢書集成初編》，1991年。

23. 《朱子語類》，〔宋〕黎靖德編，長沙：岳麓書社，1997 年。

24. 《全元散曲》，隋樹森輯，臺北：漢京文化事業公司《四部刊要》，2004年 3 月。

25. 《全宋詩》，北京大學古文獻研究所編，北京：北京大學出版社，1998 年12 月。

26. 《全唐詩》，臺北：文史哲出版社《清聖祖御定本》，1978 年 12 月。

27. 《全唐小說》，王汝濤編校，濟南：山東文藝出版社，1993 年 3 月。

28. 《宋元小說家話本集》，程毅中輯注，濟南：齊魯書社，2000 年。

29. 《宋史》，〔元〕脫脫，臺北：鼎文書局，1985 年 2 月。

30. 《宋刑統》，〔宋〕竇儀等撰、張名振校訂，臺北：文海出版社，1974 年 1月。

31. 《宋會要輯稿》，〔清〕徐松輯，臺北：世界書局，1964 年 6 月。

32. 《宋歷科狀元錄》，〔明〕朱希召編，臺北：文海書局《宋史資料萃編》第四輯，1981 年。

33. 《牡丹亭》，〔明〕湯顯祖撰，太原：山西古籍出版社，2006 年 1 月。

34. 《盱江集》，〔宋〕李覯撰，臺北：臺灣商務印書館《景印文淵閣四庫全書》，1983 年。

35. 《京本通俗小說》，不著撰者，臺北：世界書局《世界文庫四部刊要》影印《繆荃蓀刻煙畫東堂小品本》，1958 年。

36. 《尚書》，〔清〕阮元校刻《十三經注疏》，北京：中華書局，1991 年 6 月。

37. 《夜譚隨錄》，〔清〕和邦額編撰，台北：新文豐出版，1996 年。

38. 《周易》，〔清〕阮元校刻《十三經注疏》，北京：中華書局，1991 年 6 月。

39. 《周易本義》，〔宋〕朱熹撰，收入程頤《易程傳》，臺北：文津出版社，1987 年 6 月。

40. 《周禮》，〔清〕阮元校刻《十三經注疏》，北京：中華書局，1991 年 6 月。

41. 《孟子》，〔清〕阮元校刻《十三經注疏》，北京：中華書局，1991 年 6 月。

42. 《東京夢華錄箋注》，〔宋〕孟元老撰、伊永文箋注，北京：中華書局影印《中國古代都城資料選刊本》，2007 年 7 月。

43. 《武林舊事》，〔宋〕周密撰，北京：學苑出版社，2001 年 10 月。

44. 《洛陽搢紳舊聞記》，〔宋〕張齊賢撰，臺北：新興書局《宋元筆記小説大觀》，1978 年。

45. 《春秋經傳集解》，〔晉〕杜預注，臺北：新興書局《相臺岳氏本》，1979 年 8 月。

46. 《春渚紀聞》，〔宋〕何薳撰，上海：上海古籍出版社《宋元筆記小説大觀》，2001 年。

47. 《茶香室叢鈔》，〔清〕俞樾撰，臺北：廣文書局《筆記續編》，1969 年 9 月。

48. 《南詞敘錄》，〔明〕徐渭撰，臺北：鼎文書局《歷代詩史長編》二輯，1974 年 2 月。

49. 《唐律疏議》，〔唐〕長孫無忌等撰，北京：中華書局，1996 年 6 月。

50. 《唐會要》，〔宋〕王溥撰，上海：上海古籍出版社，2006 年 12 月。

51. 《涑水記聞》，〔宋〕舊題宋司馬光撰，北京：中華書局《唐宋史料筆記叢刊》，1989 年。

52. 《容齋四筆》，〔宋〕洪邁撰，臺北：大立出版社，1981 年 7 月。

53. 《袁氏世範》，〔宋〕袁采撰，臺北：臺灣商務出版社《四庫全書珍本》，1977 年。

54. 《梧溪集》，〔元〕王逢，臺北：臺灣商務印書館，1983 年，影印《文淵閣四庫全書》。

55. 《通志》，〔宋〕鄭樵撰，臺北：臺灣商務印書館《國學基本叢書》，1968 年。

56. 《通典》，〔唐〕杜佑撰，蘇州：古文軒出版社《隋唐文明》，2004 年 12 月。

57. 《閑居編》，〔宋〕智圓撰，北京：九洲圖書，2000 年。

58. 《閒情偶寄》，〔清〕李漁撰，臺北，里仁書局，1983 年 3 月。

59. 《剪燈新話》，〔明〕瞿佑撰，臺北：天一出版社《明清善本小説叢刊初編》第二輯，1985 年 5 月。

60. 《情史類略》，〔明〕馮夢龍撰，臺北：天一出版社《明清善本小説叢刊初

編》第二輯，1985 年 5 月。

61. 《張耒集》，〔宋〕張耒撰，北京：中華書局，2000 年 1 月。

62. 《搜神記》，〔晉〕干寶撰，臺北：臺灣商務印書館，1983 年，《景印文淵閣四庫全書》。

63. 《搜神後記》，〔晉〕陶潛撰，臺北：臺灣商務印書館，1983 年，《景印文淵閣四庫全書》。

64. 《敝帚軒剩語》，〔明〕沈德符撰，臺北：廣文書局《筆記續編》，1969 年 9 月。

65. 《雲笈七籤》，〔宋〕張君房撰，臺北：臺灣商務書局《四部叢刊》，1983 年。

66. 《貴耳集》，〔宋〕張端義撰，上海：上海古籍出版社《宋元筆記小說大觀》，2001 年。

67. 《詞苑叢談》，〔清〕徐釚著、王百里校箋，北京：人民文學社出版，1988 年 11 月。

68. 《詩經》，〔清〕阮元校刻《十三經注疏》，北京：中華書局，1991 年 6 月。

69. 《楚辭集注》，屈原等著、朱熹注，北京：線裝書局，2002 年。

70. 《說文解字注》，〔漢〕許慎撰、〔清〕段玉裁注，臺北：黎明文化事業股份有限公司，1986 年 12 月。

71. 《新五代史》，〔宋〕歐陽修撰，臺北：鼎文書局，1976 年 11 月。

72. 《新唐書》，〔宋〕歐陽修撰，臺北：鼎文書局，1976 年 11 月。

73. 《道樞》，〔宋〕曾慥撰，京都：中文出版《正統道藏》，1986 年影印《上海涵芬樓線裝本》。

74. 《齊東野語》，〔宋〕周密撰，上海：古籍出版社《宋元筆記小說大觀》，2001 年。

75. 《新編分門古今類事》，〔宋〕委心子撰，臺北：藝文印書館《百部叢書集成》，1967 年。

76. 《閱微草堂筆記》，〔清〕紀昀撰，上海：上海古籍出版社，2005 年 4 月。

77. 《澠水燕談錄》，〔宋〕王闢之撰，上海：上海古籍出版社《宋元筆記小說大觀》，2001 年。

78. 《廣異記》，〔唐〕戴孚撰、方詩銘輯校，北京：中華書局《古小說叢刊》，1992 年 3 月。

79. 《說苑》，〔漢〕劉向撰，臺北：藝文印書館《百部叢書集成》，1967 年。

80. 《端明集》，〔宋〕蔡襄撰，臺北：臺灣商務出版社《四庫全書珍本》，1977 年。

81. 《諸蕃志》，趙汝適撰，臺北：臺灣商務印書館《四庫全書》，1986 年 3 月。

82. 《論衡》，〔漢〕王充撰，臺北：文史哲出版社，1988 年 10 月。

83. 《墨子》，〔春秋〕墨子撰，臺北：藝文出版社《百部叢書集成》，1969 年。

84. 《養性延命錄》，〔南朝〕陶弘景撰，京都：中文出版影印《上海涵芬樓線裝本》《正統道藏》，1986 年。

85. 《醉翁談錄》，〔宋〕羅燁撰，臺北：世界書局，1965 年 3 月。

86. 《歐陽文忠公集》，〔宋〕歐陽修，臺北：臺灣商務印書館《四部叢刊正編》，1979 年。

87. 《樂府詩集》，〔宋〕郭茂倩編撰，台北：里仁書局，1984 年 9 月。

88. 《醒世恒言》，〔明〕馮夢龍輯、李田意攝校，臺北：世界書局《景印珍本宋明話本叢刊》影印《明天啓葉敬池刊本》，1958 年。

89. 《錄鬼薄》，〔元〕鍾嗣成著，臺北：鼎文書局《歷代詩史長編》二輯，1974 年 2 月。

90. 《禮記》，〔清〕阮元校刻《十三經注疏》，北京：中華書局，1991 年 6 月。

91. 《顏氏家訓》，〔北齊〕顏之推撰、王利器集解，上海：上海古籍出版社，1980 年。

92. 《警世通言》，〔明〕馮夢龍輯、李田意攝校，臺北：世界書局《景印珍本宋明話本叢刊》影印明金陵兼善堂本，1958 年。

93. 《類說校注》，〔宋〕曾慥撰、王汝壽校注，福建：福建人民出版社，1996 年 1 月。

94. 《續資治通鑑長編》，〔宋〕李燾撰、〔清〕黃以周等輯補，上海：上海古籍出版社，1986 年 2 月。

95. 《艷異編》，〔明〕王世禎撰，臺北：天一出版社《明清善本小説叢刊初編》第二輯，1985 年 5 月。

三、專 書

1. 《小說技巧》，傅騰霄撰，臺北：洪葉文化事業有限公司，1996 年 4 月。

2. 《小說面面觀》，〔英〕佛斯特著、李文彬譯，臺北：志文出版社，1987 年 6 月。

3. 《小說敘事學》，徐岱撰，北京：中國社會科學出版社，1992 年 9 月。

4. 《小說創作論》，羅盤撰，臺北，東大圖書公司，1980 年 2 月。

5. 《小說概說》，劉世劍撰，高雄：麗文文化事業股份有限公司，1994 年 11 月。

6. 《小說藝術論稿》，馬振方撰，北京大學出版社，1991 年 2 月。

7. 《小說鑑賞入門》，魏飴撰，臺北：萬卷樓圖書有限公司，1999 年 6 月。

8. 《女性‧審美文化──宋代女性文學研究》，舒紅霞撰，北京：人民出版社，2004 年 7 月。

9. 《中國小說史》，孟瑤撰，臺北：傳記文學出版社，1986 年 1 月。

10. 《中國小說史》，李悔吾撰，臺北：洪葉文化事業有限公司，1995 年 4 月。

11. 《中國小說史》，韓秋白、顧青撰，臺北：文津出版社，1995 年。

12. 《中國小說史》，郭一箴撰，臺北：臺灣商務印書館，1999 年 4 月。

13. 《中國小說史略》，魯迅撰，收入《魯迅小說史論文集──中國小說史略及其他》，臺北：里仁書局，2003 年 2 月。

14. 《中國小說的歷史的變遷》，魯迅撰，收入《魯迅小說史論文集──中國小說史略及其他》，臺北：里仁書局，2003 年 2 月。

15. 《中國小說美學》，葉朗撰，臺北：里仁書局，1987 年 6 月。

16. 《中國小說敘事模式的轉變》，陳平原撰，北京：北京大學出版，2006 年 1 月。

17. 《中國小說源流論》，石昌渝撰，北京：三聯書店，1994 年 2 月。

18. 《中國大歷史》，黃仁宇撰，臺北：聯經出版事業公司，1995 年。

19. 《中國文言小說史》，吳志達撰，濟南：齊魯書社，2005 年 6 月。

20. 《中國文言小說史稿》，侯忠義、劉世林編，北京：北京大學出版社，1993 年。

21. 《中國古代小說文化研究》，王平撰，濟南：山東教育出版社，1996 年 9 月。

22. 《中國古代小說的原型與母題》，吳光正撰，北京：社會科學文獻出版社，2002 年 10 月。

23. 《中國古代小說與宗教》，孫遜撰，上海：復旦大學出版社，2000 年 7 月。

24. 《中國古代小說演變史》，齊裕焜撰，甘肅：敦煌文藝出版社，1990 年 9 月。

25. 《中國古代小說藝術教程》，張稔穰撰，濟南：山東教育出版社，1998 年 10 月。

26. 《中國古代文學通論──宋代卷》，傅璇琮、蔣寅總主編，劉揚忠主編，審陽：遼寧人民出版，2005 年 5 月。

27. 《中國古代夢幻》，吳康撰，臺北：萬象圖書股份有限公司，1994 年 1 月。

28. 《中國古典小說史論》，楊義撰，北京：中國社會科學出版社，1995 年 12 月。

29. 《中國古典小說的人文精神與藝術風貌》，毛德福、衛紹生、閔虹撰，成都：巴蜀書社，2002 年 4 月。

30. 《中國的小說藝術》，周中明撰，臺北：貫雅文化事業有限公司，1980 年 1 月。

31. 《中國的婚俗》，馬之驌撰，臺北：經世書局，1985 年 12 月。

32. 《中國社會史》，（法）謝和耐（Jacques Gernet）著、耿升譯，南京：江蘇人民出版社，2005 年 5 月。

33. 《中國佛教與宋明理學》，陳運寧撰，長沙：湖南人民出版社，2002 年 6 月。

34. 《中國鬼信仰》，張勁松撰，臺北：谷風出版社，1993 年 6 月。

35. 《中國傳奇小說史話》，陳文新撰，臺北：正中書局，1995 年 3 月。

36. 《中國愛情與兩性關係——中國小說研究》，何滿子撰，臺北：臺灣商務印書館，1995 年 1 月。

37. 《古小說散論》，魯迅撰，收入《魯迅小說史論文集——中國小說史略及其他》，臺北：里仁書局，2003 年 2 月。

38. 《古代小說概論》，林辰撰，審陽：春風文藝出版社，2006 年 12 月。

39. 《古典小說中的類型人物》，林保淳撰，臺北：里仁書局，2003 年 10 月。

40. 《古典小說的人物形象》，張火慶撰，臺北：里仁書局，2006 年 9 月。

41. 《古典小說論稿——神話、心理、怪誕》，劉燕萍撰，臺灣：商務印書館股份有限公司，2006 年 7 月。

42. 《古典與現代》，周伯乃撰，臺北：遠景出版社，1979 年 11 月。

43. 《古典短篇小說藝術新探》，陳炳熙撰，上海：東華師範大學出版社，1991 年 9 月。

44. 《文學理論》，〔美〕卡勒著、李平譯，香港：牛津大學出版社，1998 年 5 月。

45. 《文學理論》，趙滋蕃撰，臺北：東大書局，1988 年。

46. 《文學概論》，張健撰，臺北：五南圖書出版公司，1980 年 7 月。

47. 《水滸傳資料匯編》，朱一玄、劉毓忱編，天津：百花文藝出版社，1981 年 8 月。

48. 《仙鬼妖人——志怪傳奇新論》，俞汝捷撰，北京：中國工人出版社，1992 年 9 月。

49. 《民俗學》，林惠祥撰，臺北：臺灣商務書局，1986 年 11 月。

50. 《民間信仰影響下的古典小說創作》，朱迪光撰，北京：中國文聯出版社，1999 年 9 月。

51. 《朱熹的歷史世界》，余英時撰，臺北：允晨文化，2003 年。

52. 《全宋詞》，唐圭璋編，北京：中華書局，1998 年 11 月。

53. 《宋元小說史》，蕭相愷撰，杭州：浙江古籍出版社，1997 年 6 月。

54. 《宋元小說研究》，程毅中撰，南京：江蘇古籍出版社，1999 年 9 月。

55. 《宋史》，陳振撰，上海：上海人民出版社，2003 年 4 月。

56. 《宋史叢論》，黃寬重撰，臺北：新文豐出版公司，1993 年 10 月。

57. 《宋代小說選譯》，李華年撰，上海：上海古籍出版社，1990 年 7 月。

58. 《宋元小說簡史》，蕭相愷撰，太原：山西人民出版社，2005 年 5 月。

59. 《宋元文學史稿》，吳組緗、沈天佑撰，北京：北京大學出版社，1989 年。

60. 《宋元話本》，程毅中撰，臺北：木鐸出版社，1988 年 9 月。

61. 《宋元南戲百一錄》，錢南揚撰，臺北：進學書局，1969 年 11 月。

62. 《宋代文化史》，姚瀛艇主編，開封：河南大學出版社，1992 年 2 月。

63. 《宋代文言小說研究》，趙章超撰，重慶：重慶出版社，2004 年 12 月。

64. 《宋代文學通論》，王水照主編，高雄：復文出版社，2000 年 6 月。

65. 《宋代市民生活》，伊永文撰，北京：中國社會出版社，1999 年 1 月。

66. 《宋代志怪傳奇敘錄》，李劍國撰，天津：南開大學出版社，1997 年 6 月。

67. 《宋代修史制度研究》，蔡崇榜撰，臺北：文津出版社，1991 年 6 月。

68. 《宋明理學與古代小說》，朱恒夫撰，上海：上海古籍出版社，2005 年 12 月。

69. 《宋明道教思想研究》，孔令宏撰，北京：宗教文化出版社，2002 年 4 月。

70. 《宋代婚俗研究》，彭利芸撰，臺北：新文豐出版社，1988 年 8 月。

71. 《宋代婚姻家族史論》，張邦煒撰，北京：人民出版社，2003 年 12 月。

72. 《我國婚俗研究》，馬之驌撰，臺北：經世書局，1979 年 12 月。

73. 《兩宋文學史》，程千凡、吳新雷撰，上海古籍出版社，1991 年 2 月。

74. 《明清小說的藝術世界》，黃清泉、蔣松源、譚邦和撰，臺北：洪葉文化事業 1995 年 5 月。

75. 《青樓文學與中國文化》，陶慕寧撰，北京：東方出版社，1996 年 5 月。

76. 《重審風月鑑：性與中國古典文學》，康正果撰，臺北：麥田出版社，1996 年。

77. 《神怪小說史》，林辰撰，杭州：浙江古籍出版社，1998 年。

78. 《唐五代志怪傳奇敘錄》，李劍國撰，天津：南開大學出版社，1993 年 12 月。

79. 《唐代傳奇——唐朝的短篇小說》，廖玉蕙撰，臺北：時報文化出版，1987 年 1 月。

80. 《復仇・報復刑・報應說：中國人法律觀念的文化解說》，翟存福撰，長春：吉林人民出版社，2005 年 1 月。

81. 《落絮望天——負心婚變與古典文學》，黃仕忠撰，陝西：人民教育出版社，1991 年 9 月。

82. 《傳統小說與中國文化》，張振軍撰，桂林：廣西師範大學出版社，1996年1月。

83. 《傳奇小說史》，薛洪勣撰，杭州：浙江古籍出版社，1998年12月。

84. 《聊齋志異藝術研究》，張稔穰撰，山東：山東教育出版社，1995年12月。

85. 《意志與命運——中國古典小說世界觀綜論》，樂衡軍撰，臺北：大安出版社，1992年4月。

86. 《道教與中國文化》，葛兆光撰，臺北：東華書局，1989年12月。

87. 《德·才·色·權—論中國古代女性》，劉詠聰撰，臺北：麥田出版，1998年。

88. 《談小說鬼》，葉慶炳撰，臺北：皇冠雜誌社，1976年。

89. 《變態心理學派別》，朱光潛撰，合肥：安徽教育出版社，1997年。

四、博碩士論文

1. 《六朝志怪小說中的死後世界》，賴雅靜撰，臺北：政治大學中國文學研究所碩士論文，1990年7月。

2. 《六朝志怪小說異類姻緣故事研究》，顏慧琪撰，臺北：文化大學中國文學研究所碩士論文，1993年6月；又臺北：文津出版社，1994年5月。

3. 《六朝志怪小說變化題材研究》，謝明勳撰，臺北：文化大學中國文學研究所碩士論文，1988年6月。

4. 《六朝志怪妖故事研究》，蔡雅薰撰，臺北：台灣師範大學國文所碩士論文，1990年6月。

5. 《中國上古鬼魂觀念及葬祀之探索》，林登順撰，臺北：中國文化大學中國文學系碩士論文，1987年6月。

6. 《宋代文言小說中女性群像之探究》，王怡斐撰，臺北：台灣大學中國文學研究所碩士論文，2004年6月。

7. 《宋代傳奇小說研究》，游秀雲撰，臺中：東海大學中國文學研究所碩士論文，1992年6月。

8. 《夷堅志神鬼精怪世界的文化解讀》，關冰撰，寧夏：寧夏大學中國文學研究所碩士論文，2004年4月。

9. 《東周喪葬禮制之初探》，李淑珍撰，臺北：師範大學歷史研究所碩士論文，1986年6月。

10. 《青瑣高議研究》，陳美偵撰，臺北：中國文化大學中國文學研究所碩士，1996年。

11. 《洪邁生平及其夷堅志之研究》，王年雙撰，臺北：政治大學中國文學研究所博士論文，1988年6月。

12. 《枕中記、南柯太守傳與邯鄲記、南柯記之比較研究》，盧惠淑撰，臺北：臺灣師範大學國文研究所博士論文，1987 年。

13. 《唐人小說中變化故事之研究》，李素娟撰，臺北：文化大學中國文學研究所碩士論文，1997 年 6 月。

14. 《唐代人鬼戀故事研究》，鄧鳳美撰，臺中：東海大學中國文學研究所碩士論文，1997 年 6 月。

15. 《唐代小說中他界女性形象之虛構意義研究》，陳玉萍撰，臺南：成功大學中國文學研究所碩士論文，1998 年。

16. 《唐代志怪小說研究》，鄭惠璟撰，臺北：台灣大學中國文學研究所碩士論文，1989 年 6 月。

17. 《唐代異類婚戀小說之研究》，林岱瑩撰，臺中：中興大學中國文學系碩士論文，1998 年 6 月。

18. 《唐代傳奇中的道教思想之研究》，陳正宜撰，臺北：台灣師範大學歷史所碩士論文，1998 年 6 月。

19. 《唐傳奇的寫作技巧》，丁肇琴撰，臺北：臺灣大學中國文學研究所碩士論文，1987 年。

20. 《「情史」人鬼婚戀故事研究》，黃蔚蓉撰，臺南：成功大學中國文學系碩士論文，2005 年 6 月。

21. 《從古典小說的鬼觀察鬼信仰的心理與文化現象》，陳美玲撰，高雄：高雄師範大學國文學研究所博士論文，2001 年。

22. 《「聊齋誌異」中「人靈結合」故事研究》，鄭幸雅撰，嘉義：南華大學文學研究所碩士論文，2004 年 6 月。

23. 《雲齋廣錄研究》，馮一撰，蘇州：蘇州大學文學碩士，2006 年 5 月。

24. 《傳統短篇小說中鬼妻故事之研究》，蔣宜芳撰，臺中：逢甲大學中國文學研究所碩士論文，1995 年 1 月。

五、單篇論文

1. 〈人妖戀模式及其文化意蘊〉，謝真元撰，《重慶師院學報哲社版》，2000 年第 1 期。

2. 〈人鬼戀——以《搜神記》爲本〉，蔡美瑤撰，《文革學報》，2006 年 3 月。

3. 〈人鬼婚戀故事的文化思考〉，洪鷺梅撰，《中國比較文學》2000 年第 4 期。

4. 〈亡靈憶往：唐宋傳奇的一種歷史觀照方式〉，李劍國、〔美〕韓瑞亞，《南開學報》（哲學社會科學版），2004 年第 3 期。

5. 〈六朝志怪人鬼姻緣故事中的兩性關係——以「性別」問題爲中心的考

察〉，梅家玲撰，《魏晉南北朝文學與思想學術研討會》第三輯，臺北：文
津出版社，1997 年 9 月。

6. 〈六朝志怪小說中的幽冥姻緣〉，王國良撰，《魏晉南北朝文學與思想學術
研討會論文集》，臺北：文史哲出版社，1991 年 8 月。

7. 〈六朝異類戀愛小說芻論〉，洪順隆撰，《文化大學中文學報》創刊號，1993
年 2 月。

8. 〈六朝精怪傳說與道教法術思想〉，李豐楙撰，《中國古典小說研究專集 3》，
臺北：聯經出版社，1981 年 6 月。

9. 〈文言小說人鬼戀故事基本模式的成因探索〉，嚴明撰，《文藝研究》，2006
年第 2 期。

10. 〈文言小說的理論研究與基礎研究〉，李劍國撰，《文學遺產》，1998 年第
2 期。

11. 〈中國文藝思潮〉，蔡正華撰，收入劉麟生編《中國文學八論》，出版社與
年份不詳。

12. 〈中國古典小說中「進士與妓女」的母題之濫觴及其流變〉，陶慕寧撰，《華
僑大學學報》哲社版，1999 年 1 月。

13. 〈中國古籍中的女神—她們的生活、愛情、文化象徵〉，謝選駿撰，收入
王孝廉主編《神與神話》，臺北：聯經出版事業公司，1988 年 3 月。

14. 〈以雅入俗—宋代小說的普及與繁榮〉，張祝平撰，《雲夢學刊》第 24 卷
第 4 期，2003 年 7 月。

15. 〈北宋傳奇小說論〉，洪順隆撰，《中國文化大學中文學報》卷 2，1994 年
6 月。

16. 〈另一個世界將因調合適當而令人欣賞——魏晉南北朝文學中人鬼相戀故
事初探〉，揚勝利撰，《山東教育學院學報》，1999 年第 1 期。

17. 〈再論鬼靈酬恩與中國古代復仇文學主題〉，王立、陳昕馨撰，《丹東師範
學報》，第 25 卷第 4 期，2003 年 12 月。

18. 〈夷堅支志中異類婚戀故事的幾點觀察——兼論與唐代異類婚戀故事的比
較〉，廖玉蕙撰，《東吳中文學報》，1997 年 5 月。

19. 〈宋人傳奇論〉，段庸生撰，《重慶師院學報》2000 年增刊，2000 年 8 月。

20. 〈宋代小說在中國小說史上歷史地位的重新估價〉，丁峰山撰，《師範大學
學報》，2003 年第 6 期。

21. 〈宋代女性財產權述論〉，袁俐撰，收入鮑家麟主編《中國婦女史論集續
集》臺北：稻香出版社，1991 年。

22. 〈宋代民俗信仰初探〉，沈宗憲撰，《國立華僑大學先修班學報》第 3 期，
1995 年 7 月。

23. 〈宋代志怪傳奇小說研究百年綜述〉，趙章超撰，《社會科學研究》，2002年第 5 期。

24. 〈宋代的傳奇小說〉，程毅中撰，《文史知識》，1990 年第 2 期。

25. 〈宋代傳奇的特點及原因分析〉，王巧玲撰，《牡丹江教育學院學報》，2006年第 6 期。

26. 〈宋代道教醫療——以洪邁《夷堅志》爲主之研究〉，莊宏誼撰，《輔仁宗教研究》第 12 期，2005 年。

27. 〈宋代濃嫁述論〉，宋東俠撰，《蘭州大學學報》「社會科學版」第 31 卷第 2 期，2003 年 3 月。

28. 〈宋傳奇的市民化特徵〉，毛淑敏撰，《河南師範大學學報》哲學社會科學版，2004 年第 31 卷第 4 期。

29. 〈志怪書中的復生變化〉，劉楚華撰，收入黃子平主編，《中國小說與宗教》，香港：中華書局，1998 年 8 月。

30. 〈男性視野中的異類女子——《搜神記》婚戀小說中神女鬼女妖女形象文化透析〉，莊戰燕撰，《語文學刊》，2002 年第 6 期。

31. 〈枕中記的結構分析〉，黃景進撰，臺中：靜宜文理學院中國古典小說研究中心編《中國古典小說研究專集》第四輯，臺北：聯經出版社，1982年 4 月。

32. 〈若有人兮山之阿〉，龔鵬程撰，《聯合文學》第 190 期，1990 年 8 月。

33. 〈周瑞娘的生死戀—宋代的羅密歐與朱麗葉〉，陶晉生撰，《歷史月刊》第 174 期 2002 年 7 月。

34. 〈既鄙夷又畏懼——未婚去世女子的處理問題與文化意涵〉，施芳瓏撰，臺北：兩性平等教育季刊第 18 期，2002 年 5 月。

35. 〈是花香自有，只要靜中聞——說宋人傳奇〉，李景綱撰，《嘉應大學學報》社會科學版，1996 年第 2 期。

36. 〈鬼道‧談風‧女鬼——魏晉六朝志怪小說女鬼形象獨秀原因探析〉，孫生撰，《西北民族學院學報》，1997 年第 2 期。

37. 〈唐人志怪小說中異類婚姻的幾點觀察〉，廖玉蕙撰，《中正嶺學術研究集刊》第 16 集，1997 年 4 月。

38. 〈從女鬼的出現談漢文化中女性的地位〉，江寶月撰，《宜蘭文獻雜誌》第 26 期，1997 年 3 月。

39. 〈理學束縛下的潛抑情欲——論《夷堅志》中的人鬼之戀〉，周榆華、郭紅英撰，《江西廣播電視大學學報》，2004 年第 2 期。

40. 〈陰陽越界——論《三言》人鬼戀故事之意涵〉，劉順文撰，《有鳳初鳴年刊》，2005 年 7 月。

41. 〈《聊齋志異》中女鬼形象的文化意蘊〉，鄭春元撰，《十堰職業技術學院學報》第 13 卷第 3 期，2000 年 9 月。

42. 〈試論六朝志怪的幾個主題〉，賴芳伶撰，《幼獅學誌》第 17 卷第 1 期，1982 年 5 月。

43. 〈試論中國古代的冥婚習俗〉，楚夏撰，《民間文學論壇》，1993 年 2 月。

44. 〈道教醮儀的開展與現代的醮〉，李獻章撰，收入《中國學誌》第五本，東京：泰山文物社，1986 年。

45. 〈傳奇體的確立與宋人古體小說的類型意識〉，趙國維撰，《寧夏大學學報》哲學社會科學版第 21 卷，1999 年第 3 期。

46. 〈維納斯的蛻變、美術史看女性美的演變〉，陳水財撰，收入《炎黃藝術》第 53 期，1994 年 1 月。

47. 〈論古代傳奇小說的兩種類型及其演變〉，陳文新撰，《清海社會科學》，1994 年第 3 期。

48. 〈論宋代小說的「由虛入實」〉，張祝平撰，《中國文化月刊》，2003 年 11 月。

49. 〈論宋元小說的道德勸懲觀念〉，許軍撰，《廣西社會科學》，2003 年第 11 期。

50. 〈論魏晉志怪的鬼魅意象〉，石昌渝撰，《文學遺產》，2003 年第 2 期。

51. 〈遼宋西夏金時期少數民族的喪葬習俗〉，張邦煒撰，收入張其凡、陸勇強主編《宋代歷史文化研究》，北京：人民出版社，2000 年 6 月。

52. 〈勸懲與宋人傳奇〉，段庸生撰，《重慶師院學報》哲學版，2000 年第 4 期。

53. 〈魏晉南北朝的小說鬼與鬼小說〉，葉慶炳撰，《中外文學》第 3 卷 12 期，1975 年。

六、網路資料

1. 〈王魁負桂英〉，蘭陵戲劇團「精緻歌仔戲」，上網日期：2008.04.20
   網址：http：//svr2.ilccb.gov.tw/lytoc.2003/drama-600.asp

2. 〈王魁負桂英〉，廖瓊枝之「薪傳歌仔戲」，上網日期：2008.04.20
   網址：http：//www.yzu.edu.tw/E_news/205/firstnews/1.htm

3. 〈王魁負桂英〉京劇，俞大綱新編，上網日期：2008.04.20
   網址：http：//com2.tw/kknews/0703/index.htm